Günther G. Prütting

Die
Mallorca
Connection

Kriminelle Netzwerke
im Urlaubsparadies

Der Hofnarr
Verlag

Bibliografische Information der Deutschen Nationalbibliothek
Die Deutsche Nationalbibliothek verzeichnet diese Publikation in der Deutschen
Nationalbibliografie; detaillierte bibliografische Daten sind im Internet über
http://dnb.d-nb.de abrufbar.

Neuausgabe 2012

Günther G. Prütting
Die Mallorca Connection
Kriminelle Netzwerke im Urlaubsparadies

ISBN 978-3-9815450-0-5

Der Hofnarr
Verlag

Besuchen Sie uns im Internet:
www.hofnarr-verlag.de

Lektorat: Jenny C. Prütting
Umschlaggestaltung, Layout: Constanze Prütting
Titelfoto: Der Autor

Dank

Die Neuausgabe ist, wie die Erstauflage 2009, in enger Zusammenarbeit mit meiner Frau Jenny C. Prütting entstanden, die mich mit aller Kraft unterstützt hat. Nächtelang hat sie komplizierte Sachverhalte vom Spanischen ins Deutsche übersetzt. Durch ihre klugen Anmerkungen und Hinweise, durch ihre Kenntnis der spanischen Verhältnisse und durch ihre Bereitschaft zur sachlichen Diskussion konnte dieses Buch entstehen. Dafür danke ich ihr von ganzem Herzen.

Inhalt

7

8

Goethe war nicht auf Mallorca

Goethes Italienreise zwischen 1786 und 1788 hat den Geheimrat zu nachfolgendem Gedicht inspiriert.

Kennst du das Land, wo die Zitronen blühn,
Im dunkeln Laub die Goldorangen glühn,
Ein sanfter Wind vom blauen Himmel weht,
Die Myrte still und hoch der Lorbeer steht?
Kennst du es wohl? Dahin möcht' ich mit dir,
O mein Geliebter, ziehn.

In seinem Roman „Wilhelm Meisters Lehrjahre" legt Goethe diese Zeilen der schönen Kindfrau Mignon in den Mund. Mignon stammt aus Italien und so ist mit dem Land, *wo die Zitronen blühn*, natürlich Italien gemeint.

Goethe hätte mit seinem Gedicht auch, wenn er hingereist wäre, Spanien oder gar Mallorca meinen können. Dort blühen Zitronen und Orangen nicht anders wie in Italien. Und sie blühen nach wie vor, Jahr für Jahr, wie zu Goethes Zeiten und wie tausend Jahre zuvor. Ihr süßer Duft schwängert die flirrende Champagnerluft über den Plantagen. Der in sich ruhende Spaziergänger verspürt bei jedem Atemzug dessen erotisierende Leichtigkeit. Ein Duft, wie er von einem edlen Seidenschal ausgehen könnte, der von zarter Jungfrauenhand aus Samarkand gewebt wurde.

Wäre Goethe nach Mallorca gereist...hätte er vielleicht,... hätte, wenn und aber, die Phantasie könnte in ihren schönsten Farben erblühen. Leider ist keine Zeit für Phantasie und Romantik.

Wir sind in der Realität und müssen feststellen, dass in Spanien nicht nur Zitronen und Orangen blühen. Es blühen in ganz Spanien und besonders auf Mallorca, der schönsten aller Mittelmeerinseln, seit einigen Jahren noch ganz andere Gewächse. Ein ekelerregendes Gestrüpp, das im Sumpf der Korruption gedeiht und unter dem ewig blauen Himmel Spaniens seinen bestialischen Gestank verbreitet.

Unausrottbar und in ausgefallensten Variationen blühen Pflanzen, wie die Bestechung und ihre Schwester die Bestechlichkeit. Es blühen und gedeihen in allen vorstellbaren Parteifarben Gewächse, wie Steuerhinterziehung, Geldwäsche und Betrug. Sie sind das Gestrüpp, das mit seinen Krakenarmen Moral, Anstand und Ethik erstickt hat.

Politiker, Staatsdiener, skrupellose Banker und kriminelle Geschäftemacher haben in ihrer unersättlichen Gier ein stolzes Land an den Rand des Ruins getrieben. Wohin das Chaos noch führen wird, vor allem wie es enden wird, steht in den Sternen. Niemand kennt die nahe Zukunft.

Als ich 2009 die Erstausgabe meines Buches geschrieben habe, kannten die Ermittlungsbehörden nur einen Teil der Täter und auch nur einen Teil ihrer Taten. Und niemand ahnte, dass Mallorca über Jahre und Jahrzehnte von höchst kriminellen Politikern und Staatsdienern regiert, kommandiert und ausgeblutet wurde. Kriminelle, deren einziges Ziel es war, sich mit unvorstellbar Gier und kriminellsten Methoden zu bereichern.

Damals waren die Täter, soweit sie ermittelt werden konnten, nur Beschuldigte. Beschuldigte, die in ihrer dümmlichen Arroganz und angeborenen Überheblichkeit glaubten, über Justiz und Rechtsstaat spotten zu können. Beschuldigte, die fest davon überzeugt waren, sie würden mit ihrem Geld aus dunklen Kanälen und undurchsichtigen Geschäften die Sache schon zu ihren Gunsten regeln können. Verlass, so dachten sie, ist ja auch auf ihre *„stets zu Ihren Diensten"* Advokaten, deren Vorväter schon von Alters her Schmuggler und Strauchdiebe vor dem Galgen bewahrt hatten.

Doch dann kam der Tag, an dem Polizei und Staatsanwaltschaft mit eisernen Besen Amtsstuben, Privatpaläste, Fincas und Landgüter auskehrten. Zwar droht den heutigen Angeklagten kein Galgen, dafür aber hohe und sehr hohe Gefängnisstrafen. Beinahe täglich klickten in Palma de Mallorca die Handschellen. Manch zartes, feminines Handgelenkchen, prahlerisch geschmückt mit Gold und Edelsteinen, manch maskuliner Unterarm an dem teuerste Uhren aus Schweizer Edelschmieden tickten, zierte plötzlich ein stabiles Geschmeide aus Edelstahl mit Schloss. Las „esposas" zu deutsch; Handschellen.

Aus ihren noblen Palästen heraus hat man über Nacht Mallorcas Oberbosse, vor allem die, die sich dafür gehalten haben, verhaftet und in das Untersuchungsgefängnis gesperrt. Ganze Heerscharen von Ermittlern durchsuchten die Büros und Privatgemächer der Beschuldigten. Lastwagenweise wurde Beweismaterial abtransportiert. Langsam, nach und nach haben die Eingesperrten begriffen, dass auch in einem Land, *„in dem die Zitronen blühn"* der demokratische Rechtsstaat funktionieren kann.

Heute sind die kriminellen Señoras und Señores identifiziert und sitzen auf der Anklagebank.

Die Höhe der Strafen, die die Staatsanwaltschaft für jeden einzelnen fordert, sind exorbitant. 64 Jahre allein für den ehemaligen Ministerpräsidenten der Balearen -Regierung, Señor Jaume Matas.

Für zehn Kriminelle im Fall der Doppelverkäufe in der Cala Llamp fordert die Staatsanwaltschaft 180 Jahre Haft. Ebenso exorbitant sind die Schadenersatzforderungen in zig Millionen Höhe. Als Opfer sind mehrere deutsche Grundstückseigentümer betroffen.

Die Party ist zu Ende

„Die Alten haben Party gemacht und wir bezahlen dafür"
sagt Jordina Pallarols, eine junge Spanierin aus Madrid. Mit
diesem Satz trifft sie den sprichwörtlichen Nagel auf den Kopf
und sie ist nicht allein. Hunderttausende junger, gut ausgebildete
Spanier demonstrieren auf den Straßen und machen ihrem Ärger
Luft.

Nirgendwo in den europäischen Wirtschaftsnationen ist
die Jugend hoffnungsloser und hilfloser, als in Spanien. 46,4
Prozent sind ohne feste Arbeit. Wie Nomaden, die auf der Suche
nach Futterplätzen für ihr Vieh rastlos umherziehen, sind die
jungen Spanier unterwegs in der Hoffnung einen festen Job zu
finden. Nach neuesten Erhebungen ist die Auswanderungsquote
gut ausgebildeter, junger Spanier von 2011 bis 2012 um 44 %
gestiegen.

Schwarzgeld wurde zu Betongeld

In der Zeit der Einführung des Euro erblickte das jahrelang
gehortete Schwarzgeld aus der Tourismusindustrie quasi über
Nacht das Licht der Welt. Unvorstellbare Summen waren da unter
Matratzen, hinter Wäschestapeln oder sonst wo versteckt. Selbst
kleine Strandbudenbesitzer, die nur den Sommer über geöffnet
hatten, zauberten bündelweise Pestenscheine hervor. Wohin
damit ohne aufzufallen? Zur Bank mit all den großen Scheinen?
Ausgeschlossen. Das wäre sofort aufgefallen. Ein Bankgeheimnis
gibt es in Spanien nur auf dem Papier. Es blieb also nur ein Ausweg.
Das Geld musste in die Bauwirtschaft fließen. Schwarzes Bargeld
und weiße Kredite war die Devise. Diesen Mix konnte man den
ohnehin trägen Finanzbeamten als legales Geschäft unterjubeln,
glaubten damals die Schwarzgeldbesitzer.

Ob Spanier oder Deutsche, ob Engländer, Franzosen oder
Schweden, ja selbst Russen waren an Immobilien auf Mallorca
interessiert. Zum Tourismusboom kam Ende der 1990iger Jahre

noch der Immobilienboom mit unglaublichen Renditen. Jetzt konnte man das ganz große Geld machen. Dass eines Tages die Käuferflut nur noch ein dürftiges Rinnsal sein würde, daran dachte niemand.

So entstand eine Bau(miss)wirtschaft mit all ihren kriminellen Facetten. Auf der einen Seite waren da Banken, die billigste und schlecht, bis gar nicht abgesicherte Kredite unters Volk brachten. Auf der anderen Seite stand die Administration mit ihren korrupte Schmiergeldempfängern, die illegale Baulizenzen im großen Stil ausstellten. Selbst ausgewiesene Naturschutzgebiete, die bislang allenfalls als Schafweiden dienten, wurden per Federstrich in wertvollstes Bauland umdeklariert. Die schönsten Buchten Mallorcas wurden zubetoniert. Küstengesetz hin, Küstengesetz her. Wer kümmert sich schon um Baugesetze?

Die Gier nach immer mehr, nach Geld, Besitz, Macht und Ansehen hatte Hochkonjunktur. Als die Anzeichen schon längst auf das Platzen der Immobilienblase hinwiesen und der Bankencrash in den USA vor der Tür stand, wurde in Mallorca weiter in Saus und Braus gelebt.

Zum neuen Haus wurden gleich noch eine tolle Einrichtung finanziert. Statt dem altgedienten Renault R4, das Auto der Landbevölkerung oder dem älteren Seat, das durchschnittliche Fahrzeug der Städter, säumten jetzt, dank großzügiger Kredite, allradgetriebene SUV's die Straßen.

Arbeiter aus ganz Spanien, Lateinamerika und Nordafrika zog es in Scharen auf Mallorcas Baustellen.

Das Angebot an Immobilien ist in ganz Spanien derzeit siebzehn mal so hoch wie die Nachfrage nach Immobilien. Auf jeden Käufer kommen demnach siebzehn Immobilien. Insgesamt stehen 1,9 Millionen Immobilien zum Verkauf, 1,3 Millionen sind noch im Bau und rund 2,6 Millionen Häuser sind gar nicht ausgebaut und stehen leer. Auf Mallorca sieht es nicht anders aus. Geistersiedlungen soweit das Auge reicht.

Mit der Bankenkrise in den USA kam der Einbruch. Und nach und nach blieben die Kunden aus. Erst die Touristen, dann die

Immobilienkäufer. Spanische Unternehmen kamen ins Trudeln, Angestellte und Arbeiter wurden entlassen, Mieten und Raten für die Kredite konnten nicht mehr bezahlt werden.

Im Gegensatz zu Italien, Griechenland, oder neuerdings Zypern, hält sich die Verschuldung des spanischen Staates in Grenzen. Dafür ist die Verschuldung der Privathaushalte und damit der Banken, die mit der Finanzierung privater Gelüste das große Geld machen wollten, exorbitant. Und die Verschuldung steigt täglich weiter an. Nur wenn es dem neuen Regierungschef von der PP-Partei, Mariano Rajoy, bald gelingt die Konjunktur anzukurbeln, hat Spanien eine Chance. Das kann aber nur funktionieren, wenn sich der als Zauderer beschimpfte Rajoy mit den Sozialisten von der PSOE an einen Tisch setzt und ein Programm zur Bekämpfung der Arbeitslosigkeit ausarbeitet und auch sofort umsetzt.

Betrachtet man allerdings die tief verwurzelte und unversöhnliche Rivalität zwischen den spanischen Linken und den spanischen Rechten, sprich den Konservativen von der PP und den Sozialisten von der PSOE, könnte einem das berühmte Bibelwort von dem Kamel und dem Nadelöhr in abgeänderter Form einfallen, nämlich; Eher geht ein Kamel durch ein Nadelöhr, als dass in Spanien die Konservativen und die Sozialisten gemeinsam an einer Sache arbeiten. Auch wenn es sich um eine gute Sache handelt.

DER SPIEGEL zitiert in seiner Ausgabe Nummer 26 vom 25.06.2012 Padre Rafael von der Caritas:
„Vielleicht hilft diese Krise uns ja, den Irrweg der letzten Jahre zu erkennen und umzudenken; in Spanien ging es nur noch ums Haben, nicht mehr ums Sein; die christlichen Werte sind dem Konsumwahn gewichen. "
Wo er Recht hat, da hat er Recht, der Padre Rafael.

Im weiteren Verlauf des Buches habe ich die Fakten aufgeschrieben, die 2009 in der Erstauflage des Buches noch keine Berücksichtigung fanden, da sie noch niemand kannte. Erst jetzt durch die Ermittlungen der Behörden sind sie nach und nach ans

Tageslicht gekommen. Zum besseren Verständnis habe ich diverse Ausrisse aus einer der Anklageschriften der Staatsanwaltschaft und einen Ausriss aus dem spanischen Amtsblatt dem BOIB in den Aktualisierungen der Neuausgabe abdrucken lassen.

Vorwort

Verehrte LeserInnen, der Verlag der Erstausgabe meines Buches

DIE MALLORCA CONNECTION
kriminelle Netzwerke im Urlaubsparadies

hat, aus mir unerfindlichen Gründen und trotz vieler, vieler Anfragen seitens des Vertriebes, der Buchhändler und auch seitens begeisterter Leser, das Buch über Nacht makuliert, also vernichtet.

Böse Gerüchte behaupten, der Verlag hätte gegen Zahlung einer nicht geringen Summe Geldes das Buch vom Markt genommen. Sollten sich dise Gerüchte als wahr herausstellen, muss die Frage beantwortet werden – wer war der Zahlmeister und wie viel wurde bezahlt? Vielleicht war es einer jener reichen Deutschen, die in den Akten der Staatsanwaltschaft als Beschuldigte geführt werden?
Für Hinweise, die zur Aufklärung führen bin ich sehr dankbar. Es versteht sich von selbst, dass Hinweise streng vertraulich behandelt werden. Immerhin bin ich Journalist und als solcher steht der Informantenschutz an erster Stelle. Ganz abgesehen davon hat der Informantenschutz in Deutschland, Österreich und der Schweiz Verfassungsrang. Also raus mit der Sprache. Wer etwas weiß, der melde sich.

Auf Grund der zahlreichen Anfragen, die mich per Email erreicht haben, habe ich mich entschlossen das Manuskript zu überarbeiten, zu aktualisieren und als Neuausgabe, neu auflegen zu lassen.

Seit Erscheinen der Erstausgabe sind drei Jahre vergangen. Jahre in denen Staatsanwaltschaft und Gerichte nicht nur fleißig ermittelt, sondern auch angeklagt und teilweise verurteilt haben. Vor allem ging es den Großkopferten, wie der Volksmund gerne die oberen Zehntausend bezeichnet, an den Kragen.

Was sich im Einzelnen ereignet hat, habe ich in die jeweiligen Kapitel eingearbeitet.

Herzlichst
Ihr
Günther G. Prütting

Leider kein Roman

Wenn Sie das Buch lesen, haben Sie im ersten Moment wahrscheinlich das Gefühl, vor Ihnen liegt ein spannender, frei erfundener Thriller, ein Krimi. Viel besser noch. Was Sie zu lesen bekommen, ist noch spannender als jeder Kriminalroman. Es ist ein Tatsachenbericht. Ein wahres Kriminalstück, wie es selbst die Mafia nicht besser hätte erfinden können. Ein Kriminalstück, dessen Hauptakteure keine gewöhnlichen Verbrecher und Kriminelle sind. Nein, die Kriminellen in diesem Buch kommen aus der allerbesten mallorquinischen Gesellschaft. Es sind Väter und Söhne der angesehensten Familien Mallorcas. Sie sind Akteure in einem Krimi, der seit Jahren hinter dem Rücken jener Reisenden stattfindet, die jährlich in Millionen Scharen nach Mallorca kommen. Er spielt sich ebenso hinter dem Rücken der ganz normalen Mallorquiner ab.

Die Wahrscheinlichkeit ist groß, dass dieser Krimi noch lange nicht zu Ende ist. Die Ermittler wissen, dass sie tief graben und viel Dreck beiseite schaufeln müssen, wenn sie Grund sehen wollen.

Europas Urlaubs- und Sonnenparadies, ist zum Tatort für Geldwäsche, Korruption, Betrug, Amtsmissbrauch, Urkundenfälschung, Bestechung und Bestechlichkeit geworden. Mallorca ist nicht nur Urlaubsparadies, Mallorca ist seit zehn Jahren auch der Sitz der russischen Mafia-Organisation Tambovskaja, einer der mächtigsten Mafia-Strukturen der Welt.

Don Pedro P. Marrero ist Anwalt in Palma de Mallorca und Honorarkonsul von Irland auf den Balearen. In seiner wöchentlichen Kolumne schreibt der angesehene Jurist am

21. August 2008 in der Mallorca Zeitung:

„Das Ausmaß der Korruption ist mittlerweile so groß, dass wir im Vergleich zu anderen Orten Spaniens langsam aber sicher alle übertreffen ... Die Summe aller kriminellen Machenschaften übertrifft jegliche Vorstellung. Manche fangen schon an, unsere Insel mit dem nicht allzu fernen Sizilien zu vergleichen und manche Vorgehensweisen mit den Methoden der dortigen Mafia.“

Die Rede ist, wie schon gesagt, nicht von drogenabhängigen Kleinkriminellen, nicht von Einbrechern oder Strandräubern, die auch in Mallorca ihr Unwesen treiben, sondern von der hermetisch abgeschlossenen mallorquinischen Gesellschaft. Es ist die Rede von höchstangesehenen Anwälten und Notaren, von Amtspersonen in hohen und höchsten Ämtern, von Politikern, von Bänkern und Repräsentanten der Wirtschaft. Einige der Herrschaften werden Sie möglicherweise sogar persönlich kennen. Ihre Namen sind Ihnen sicher geläufig.

Was Sie im vorliegenden Buch zu lesen bekommen, wird so manchem von Ihnen, der Mallorca kennt und liebt, der alljährlich seinen Urlaub auf der Insel verbringt, der vielleicht sogar Besitz auf der Insel hat, unglaublich vorkommen und nicht wenige von Ihnen werden bis ins Mark erschüttert sein. Ein unvorstellbar großer und sumpfiger Abgrund hat sich aufgetan. Sie werden den Kopf schütteln und sagen: *„Das kann ich nicht glauben. Davon habe ich doch nie etwas gehört und ich kenne die Insel seit Jahren wie meine Westentasche.“* Richtig und gut so. Sie kennen die wunderbare Fassade dieser Trauminsel, Sie genießen die Erholung und Sie haben Ihren Spaß. Und damit das auch so bleibt, damit sich die Menschen auf Mallorca wohl und sicher fühlen können, damit wieder ein gewisses Maß an Rechtssicherheit hergestellt werden kann und in Mallorca keine sizilianischen Verhältnisse einkehren, werden Polizei und Justiz hart durchgreifen müssen.

Nur der, der die Möglichkeit hat, hinter die Kulissen zu blicken, so wie ich es getan habe, der ich seit zwanzig Jahren das Geschehen auf Mallorca beobachte, kann ermessen, was hier wirklich geschehen ist und geschieht.

Aus zwei Gründen musste das Buch zum jetzigen Zeitpunkt neu heraus gegeben werden. Der erste Grund ist die Aktualität der Ereignisse. Der zweite, sehr wichtige Grund sind Sie, verehrte LeserInnen. Sie sind möglicherweise selbst verwickelt, ohne dass Sie bewusst dazu beigetragen haben – noch nicht einmal geahnt haben, was da hinter Ihrem Rücken vor sich gegangen ist. Sie, die Sie eine Ferienwohnung oder auch eine Villa irgendwo auf dieser Insel gekauft haben. Sie, die Sie in gutem Glauben gehandelt haben, haben ein Recht darauf, umgehend zu erfahren, ob Sie persönlich mit Ihrem mallorquinischen Besitz von diesem Skandal betroffen sind. Sie müssen jetzt wissen, ob Sie zum Opfer der Mallorca Connection geworden sind. Sie müssen wissen, ob Sie überhaupt noch Eigentümer Ihres Grundstückes sind oder ob Ihre Immobilie zwischenzeitlich schon illegal weiterverkauft wurde. Sie müssen wissen, ob Ihr Haus, Ihre Finca oder Ihr Apartment illegal und mit gefälschten Lizenzen errichtet wurde. Wenn ja, dann müssen Sie wissen, ob Ihr Besitz legalisierbar oder gar vom Abriss bedroht ist. Sie müssen sich jetzt informieren, nur dann können Sie rechtzeitig und gezielt handeln.

Es liegt mir fern, Ihnen, meine verehrten LeserInnen, Angst zu machen. Aber den Kopf in den Sand zu stecken, das ist garantiert die schlechteste Lösung. In ein paar Jahren nützt ihnen, verehrte LeserInnen, dieses Wissen nichts mehr. Wenn dann möglicherweise auch noch eine Verjährung eingetreten ist, ist es ohnehin zu spät. Auch für Mallorca-Liebhaber, die noch kein Ferienhaus, noch keine Finca oder Apartment gekauft haben, aber kaufen möchten, ist dieses Buch jetzt von großer Wichtigkeit. Und das betrifft keineswegs nur Leute, die in und um Andratx eine Immobilie besitzen oder eines Tages besitzen möchten. Die traurige Wahrheit ist, dass Immobilien an jedem Ort der Insel betroffen sein können.

Allein an den durch das Küstenschutzgesetz geschützten Küsten rund um Mallorca stehen fast eintausend illegal gebaute Häuser und Apartments, deren Schicksal in der Hand der Gerichte liegt. Davon ca. einhundert in dem romantischen Hafenstädtchen Porto Pollença. Wie viele es in Porto Soller sind, kann nur geschätzt werden. Gerade dort wurden in den vergangenen zehn

Jahren ganze Hänge terrassiert und bebaut. Genauso verhält es sich in allen anderen Küstenorten.

Die Brunnen auf Mallorca sind bekanntlich tief. Oft bis zu hundert Meter. Wenn das Kind einmal in einen solchen Brunnen gefallen ist, wird es nicht mehr zu retten sein. Insider meinen, was bislang bekannt wurde, ist nur die Spitze des Eisberges. Aber selbst diese Spitze lässt schon erkennen, welches gigantische Ausmaß die Korruption auf Mallorca erreicht hat. Der angerichtete Schaden, insbesondere der Schaden, der ausländische Käufer und Investoren betrifft, geht in die Milliarden.

Der Staatsanwalt für Umwelt von Palma de Mallorca, Juan Cano, sagt: *„Die Korruption auf Mallorca hat die demokratischen Institutionen der Balearen zerstört. Damit die Rechtsordnung wiederhergestellt werden kann, müssen sämtliche Bauten, die auf Mallorca illegal errichtet wurden, abgerissen werden und die Täter müssen hart bestraft werden."*

Was dieser Staatsanwalt während einer Juristentagung auf Mallorca öffentlich ausgesprochen hat, ist erschütternd. Eine funktionierende Demokratie in einem europäischen Land ist von einer kriminellen Vereinigung außer Kraft gesetzt worden. Rechtssicherheit gibt es nicht. Die vorhandenen Gesetze werden vor den Augen der Justiz missachtet. Das sind Zustände, die der Europäer nördlich der Alpen allenfalls aus sogenannten Bananenrepubliken kennt. Der gemeine Urlauber bekommt davon wenig oder gar nichts mit.

Die Aussage Juan Canos wird fatale Folgen haben.

Einführung

Jeder nach seiner Façon

Mallorca ist unbestritten die meist bereiste Urlaubsinsel Europas. Vielleicht ist sie auch die schönste aller Inseln im ganzen Mittelmeerraum. Gerade einmal zwei Flugstunden von Frankfurt entfernt, bietet Mallorca alles, wovon der Mensch aus den nördlichen Gefilden sehnsuchtsvoll träumt. Im Süden am kilometerlangen Sandstrand von Es Trenc, der selbst in der Hochsaison dem Individualisten Raum fürs Alleinsein bietet, erwartet ihn Karibik pur: türkisfarbenes Wasser und feiner, heller Sand soweit das Auge reicht. Gleich um die Ecke die eindrucksvollen Felsküsten, die mit versteckten Buchten und smaragdgrünem Meer den Segler zum Verweilen einladen. Im Norden der Insel das Tramuntana-Gebirge. Eine einmalige und geschützte Naturlandschaft für Wanderer und Müßiggänger. Einer der letzten Zufluchtsorte für den Mönchsgeier, der vom Aussterben bedroht ist. Dann ist da noch die Metropole Palma de Mallorca mit ihren mondänen Avenidas, in denen sich Straßencafés und exquisite Boutiquen abwechseln. Rings um die gewaltige Kathedrale die Stadtresidenzen, die seit Jahrhunderten nichts von ihrer feudalen Pracht verloren haben. Am Vormittag haben sie ihre mächtigen Tore geöffnet, und so bekommt der Palma-Besucher eine flüchtige Ahnung vom einstigen Reichtum der Mallorquiner. Da sind die großen und kleinen, oft versteckten Restaurants, deren Gerüche dezent durch die mittelalterlichen Gassen schweben und allerfeinste internationale Küche versprechen. Im Yachthafen von Palma, dem größten Europas, ankern die teuersten Privatkreuzer der Superreichen dieser Welt. Selbst seine Exzellenz, König Juan Carlos von Spanien, verbringt alljährlich mit der Familie einige Ferienwochen auf der Insel. Auch er hat seine Yacht im Hafen von Palma liegen. Ohne Zweifel gehört Palma de Mallorca zu den schönsten Städten Europas.

Wohin sich der Mallorca-Reisende auch wendet, er findet immer und überall sein individuelles Paradies. Deutsche, Engländer, Skandinavier und jetzt auch Russen reisen alljährlich in Millionen Scharen nach Mallorca; der, der Ruhe und Erholung sucht, die Natur und das Meer liebt, ebenso wie der, der im Hully-Gully-Mekka für Nimmersatte, ob in Arenal, in Paguera oder in Magaluf, seine Zeit und seinen Verstand im Sangriaeimer ersäuft. Ob einsame Buchten entlang der Nordküste oder Teutonengrill in Arenal, ob Bettenburgen in Paguera oder nobelster Landsitz in einer der hochherrschaftlichen Fincas im Inselinneren, jeder kann und darf nach seiner Façon selig werden.

Vom Fischerdorf zum Ballermann – ein Rückblick

Schon sechstausend Jahre bevor der erste Urlauber seinen Fuß auf die Insel gesetzt hat, entdeckten Seefahrer dieses prächtige Eiland. Wahrscheinlich kamen sie aus Sardinien herüber geschippert, genau lässt sich das nicht mehr feststellen. Ihnen folgten Karthager, Römer, Vandalen, Araber und Spanier. Alle haben ihre Spuren hinterlassen; ihre genetischen ebenso wie ihre kulturellen. Spuren, die noch heute in der Hauptstadt Palma de Mallorca und auf der ganzen Insel zu bewundern sind. Gleich ob es sich um bedeutende Baudenkmäler handelt oder um naturblonde Mallorquinerinnen.

Die gravierendsten aller Spuren aber haben die Touristen hinterlassen. Dafür hat es noch nicht einmal ein Jahrhundert gebraucht. Es ist gerade einmal sechzig Jahre her, als die ersten Pauschalisten in Massen nach Mallorca kamen. Neckermann lässt grüßen. Angefangen hat alles in Arenal, südöstlich von Palma. Arenal, in dem Wort steckt das spanische Wort *arena* für Sand. Arenal war einst ein kleines Fischerdorf zwischen Sand und Pinien.

Wohlhabende Palmeser hatten dort schon vor mehr als hundert Jahren ihre Wochenendhäuser entlang der Küste gebaut, um dort nicht nur die Wochenenden, sondern auch ihre Sommerfrische zu verbringen. Ein Strandleben, wie es heute zum Inselurlaub gehört und in Arenal wohl am extremsten ausgeprägt ist, kannte man nicht. Das Meer gehörte den Fischern und gebadet haben damals nur die Hunde. Das sollte sich ändern. Der Bürgerkrieg hatte die spanische Staatskasse arg geplündert. Neue Einnahmen mussten her. In den 1950er Jahren sorgte ein Regierungsbefehl des Diktators General Franco dafür, Urlauber in Massen nach Mallorca zu holen. So entstanden hier in Arenal die ersten riesigen Bettenburgen.

Und weil der Deutsche auch im Urlaub die heimatliche Gemütlichkeit sucht und wohl auch braucht, entstanden bald die Schinkenstraße, die Bierstraße und das Hofbräuhaus. Es gab Schnitzel, Grillhähnchen und Bratwurst, Sauerkraut und Schweinshaxe. Dazu Bier vom Fass und Blasmusik in den Tempeln der Fröhlichkeit. Der Strand breit und lang, die Hotels billig, die Urlauberinnen willig und die Gaudi groß, das hat sich schnell unter den Deutschen herumgesprochen. Die Engländer haben sich zur selben Zeit in Magaluf, auf der Westseite von Palma eingerichtet.

So hat der Massentourismus auf Mallorca angefangen. Putzfraueninsel spotteten die, die sich als Intellektuelle verstanden. Hippies und Blumenkinder, die gerne den Künstler gaben, rümpften damals die Nase. Die, die nicht in der Toscana töpferten und Rotwein schlürften, brachten ihre wenigen Kröten nach Ibiza, auf die andere namhafte Baleareninsel. Das gutverdienende deutsche Arbeitervolk aber reiste nach Mallorca. Die Masse machts, das hatte sich auch bald unter den spanischen Gastarbeitern in Deutschland herumgesprochen. Viele von ihnen kehrten Opel, Ford oder VW den Rücken und kamen eilig zurück auf die Insel, um jetzt ihr Glück im Tourismus zu suchen. Sie hatten in Deutschland gutes Geld verdient und sie hatten gegenüber ihren Landsleuten den unschätzbaren Vorteil, sich mit den Neuankömmlingen in der deutschen Sprache verständigen zu können.

Bis auf den heutigen Tag ist Arenal der beliebteste Treffpunkt deutscher Massentouristen geblieben. Das „ *balneario numero seis* ", das Strandbad Nummer sechs, eines von dreizehn Strandbädern zwischen Can Pastilla und dem einstigen Fischerdorf Arenal gelegen, wurde Ende der 1980er Jahre weltberühmt: Vom süffigen Sangria gelähmte Zungen machten aus dem *Balneario* den Ballermann. Noch heute verbraten hier Kegelclubs und sonstige Vereine unter dem Motto, Sangria, Suff und Sex alljährlich ihre gut gefüllten Vereinskassen.

Operación Relámpago

Der 26. April 2007

Mit den Touristen in Massen haben sich schnell Geschäftemacher etabliert, die es gewohnt waren, in Millionen-Peseten zu denken. Heute nennt man diesen Menschenschlag Investoren. Diesen Typ Mensch gibt es nach wie vor und nicht nur auf Mallorca. Er ist bis heute weniger an Kultur oder Landschaft dieser einmaligen Insel interessiert. Vielmehr waren und sind diese Herrschaften daran interessiert, mit wenig Gegenleistung aus dem Tourismus den größtmöglichen Gewinn zu scheffeln. Geholfen hat ihnen dabei das damalige spanische Steuersystem mit seinen *gastos* und Pauschalsteuern. Besser gesagt, das nicht vorhandene Steuersystem, Steuererklärung unbekannt. Jeder durfte, ganz legal seine Einnahmen selbst schätzen und die Einkommenssteuer festlegen. Noch heute erzählen die älteren Mallorquiner voller Stolz, dass als dumm galt, wer in den 1950er und 1960er Jahren auf Mallorca mehr als ein Prozent Einkommensteuer zahlte. Und dumm waren diese Leute garantiert nicht. Oder vielleicht doch?

Mallorca ist eine große, prachtvolle Bühne. In wunderbarer, mediterraner Kulisse wird alljährlich das immer gleiche Stück gespielt und jeder Urlauber, der will, darf Hauptdarsteller sein. Der Titel:

Mallorca, wie es euch gefällt.

So ist das seit Jahrzehnten. Und so hätte es noch Jahrzehnte weitergehen können, hätte es da nicht den berühmten Donnerstag im April 2007 gegeben. Es war der 26. April, sozusagen die Saisoneröffnung, als auf Mallorcas Bühne überraschend ein anderes Stück zur Aufführung kam. Der Titel: Operación Relámpago. Zu Deutsch: „Operation Blitz".

Wie ein Blitz aus heiterem Himmel und für die, die betroffen waren, vollkommen unerwartet, haben an diesem Tag rund einhundert Beamte von Kriminalpolizei, Guardia Civil, Steuerfahndung, Betrugsdezernat und Sonderermittler der BANCO DE ESPANA (Bank von Spanien) Mallorcas Bühne betreten. Darunter vierzig Spezialisten, die sich auf die Untersuchung internationaler Geldwäschegeschäfte bestens verstehen: Es sind die Beamten der sogenannten SEPBLAC *(Servicio de Ejecutivo de la Comisión de Prevención del Blanqueo de Capitales e Infracciones Monetarias)*. Eine 1993 auf Anordnung des spanischen Königs gegründete Spezialeinheit für die Untersuchung von Geldwäsche und Finanzvergehen.

Die Spezialisten der SEPBLAC wurden für die Operación Relámpago eigens aus Madrid eingeflogen. Außerdem waren Spezialisten der spanischen Feuerwehr vor Ort. Schränker mit der Lizenz zum Öffnen großer und bestgesicherter Tresore. Ihren bühnenreifen Auftritt haben die Ermittler unter größter Geheimhaltung zwei Jahre lang sorgfältig geplant und vorbereitet.

Jetzt, an diesem Donnerstag im April 2007, ist die spanische Justiz mit großem Orchester blitzartig auf Mallorcas Bühne erschienen. Ein Spektakel, wie es der Zuschauer sonst nur bei großen Operninszenierungen in Bayreuth oder auf der Seebühne von Bregenz zu sehen bekommt. Operation Blitz. Treffender kann man den Auftritt nicht beschreiben. Wie ein gewaltiger Blitz, der mit seiner unmessbaren Leuchtkraft die Nacht zum hellen Tag werden lässt, hat die *Operación Relámpago* das Geschehen auf den Hinter-, den Seiten - und den Unterbühnen des Mallorca-Theaters ausgeleuchtet. Auch im letzten Winkel wurde es mit einem Schlag taghell. Vor allem in den Winkeln, in denen im Geheimen und Verborgenen, die Mallorca Connection seit Jahren ihre Millionengeschäfte abgewickelt hatte. Geschäfte die am treffensten mit der Bezeichnung „Organisierte Kriminalität" zu beschreiben sind.

Drei knackige Begriffe waren das Leitmotiv der Operation Blitz. Durchsuchung, Sicherstellung, Festnahme. Für die Betroffenen ein Supergau. Sie, die Herren im feinsten Zwirn, sie, die Damen in teuersten Haute Couture Kostümen, mit Gold und Platin Kreditkarten in der Tasche. Sie, die Mitglieder der ersten Gesellschaft Mallorcas, wohlhabend und einflussreich. Sie alle erlitten einen Schock. Niemand von ihnen hat je daran gedacht, dass ein Guardia Civilist es wagen würde sie anzufassen. Geschweige denn ihnen Handschellen anzulegen und sie wie richtige Verbrecher öffentlich abzuführen. An diesem Donnerstag herrschte in Teilen der reichen und noblen Mallorca-Gesellschaft eine Stimmung, die sehr an Weltuntergang erinnerte.

Elf Objekte standen auf der Liste der einhundert eingesetzten Beamten. Neun davon in Mallorca und zwei in Madrid. Darunter Objekte, wie die Geschäftsräume der alteingessenen und altehrwürdigen Anwaltskanzlei FELIU am Paseo de Mallorca Numero 2. Die Geschäftsräume der hochangesehenen Notare HERRÁN & DELAGO wurden genauso auf den Kopf gestellt, wie die Filialräume der namhaften Bank BANCO SABADELL auf Palmas Nobelmeile *Avenida Jaime III*. Álvaro Delgado Truyols, der Notar und Bruder von Carlos Delgado Truyols, der das Bürgermeisteramt von Calvia innehat, entstammt nicht nur einer der angesehensten Familien der Balearen, der Familie Truyols, er ist auch einer der wichtigsten Eckpfeiler des kriminellen Netzwerkes. Von seinem Bruder, dem Bürgermeister, wird auch noch zu berichten sein.

Vor allem aber haben es die Ermittler auf die Anwaltskanzlei FELIU in Palma de Mallorca abgesehen. Hier im ersten Stock am Paseo Mallorca N° 2 sitzt die Spinne im Netz, das wussten die Ermittler schon vor dem Zugriff. Auch die Filiale der Kanzlei Feliu in Madrid in der Calle Velázquez N° 71 war seit Monaten im Visier der Fahnder. Sie wurde von der dortigen Polizei im Rahmen der Amtshilfe durchsucht. Außerdem war für die Ermittler eine weitere Adresse in Madrid von großem Interesse. Sie diente als Briefkastenadresse für eine Vielzahl von Firmen, die die Herren Anwälte zum Zweck der Geldwäsche gegründet hatten.

Wer der Informant ist, der den Fahndern schlussendlich verraten hat, dass in der Kanzlei Feliu in Palma de Mallorca, hinter Aktenschränken und eigens aufgezogenen Mauern, Tresore mit brisantem Inhalt versteckt sind, bleibt geheim. Neben einem Heer von Anwälten und Steuerberatern arbeiten immerhin 38 Angestellte in der Kanzlei. Angestellte, vor allem mehrsprachige Sekretärinnen, die nur schwer zu kontrollieren sind. Angestellte, die selbst in die kriminellen Geschäfte und Machenschaften der Kanzlei verstrickt sind. Angestellte, die sich als Strohleute ein zweites, unversteuertes Einkommen sicherten. Angestellte, die im Auftrag der Anwälte Immobilien kauften und verkauften, ohne einen Knopf in der Tasche und ohne jemals eines der Millionen teuren Objekte gesehen zu haben. Allen voran die Chefsekretärin von Alejandro Feliu Vidal, Señora *Maria Antonia Ferragut*. Ihre Ausrede bei einer ersten Vernehmung, *sie hätte nur auf Befehl ihrer Dienstherren gehandelt*, wird der Angestellten vor Gericht nicht viel nützen. Auch in Spanien ist jeder Erwachsene für sein Tun selbst verantwortlich.

Die Herren der Kanzlei waren stets vorsichtig, deshalb hatten sie unweit ihrer Geschäftsräume, in der Calle Borguny, hinter schweren Stahlgittern eine bestens gesicherte Lagerhalle unterhalten. Sie diente dem Clan zur Auslagerung besonders brisanter Akten. Dies aber, sowie die genaue Adresse der Lagerhalle, kannten die Ermittler durch monatelange Observation. Auch sie wurde geöffnet und gefilzt. Ein Ermittler sprach bei der Durchsuchung des Lagers vom „Bunker" der Kanzlei Feliu.

Die eigens mitgebrachten Feuerwehrmänner bekamen jedenfalls an diesem und den folgenden Tagen reichlich zu tun. Mit Vorschlaghämmern, deren Dröhnen noch auf der anderen Seite des Paseo Mallorca zu hören war, rückten die *Bomberos*, so nennt man in Spanien die Feuerwehrleute, Hammerschlag um Hammerschlag den Geheimnissen der Anwälte zu Leibe. Eine gute Stunde brauchten die *Bomberos,* dann waren die Wände eingerissen. Dahinter kamen, wie von V-Leuten der Polizei verraten, die versteckten Tresore zum Vorschein.

Weder die Damen und Herren Abogados, noch die 38 Angestellten der Kanzlei hatten an diesem Morgen des 26. April 2007 auch nur die Spur einer Ahnung, was da in den nächsten

Stunden nach Büroöffnung über sie hereinbrechen würde. Als das Ensemble der spanischen Justiz die Geschäftsräume betrat, waren die Anwesenden wie vom sprichwörtlichen Blitz getroffen. Aufgeregt, zittrig und blässlich um die Nase, wurden die Herrschaften sofort in mehreren Räumen isoliert. In Schach gehalten und bewacht von der Nationalpolizei. Wie eine Klasse rotzfrecher Buben und Mädchen, die bei einem gemeinsamen Stinkbombenanschlag auf das Lehrerkollegium erwischt worden ist und jetzt nachsitzen muss, hockte die „ehrenwerte" Gesellschaft in den Konferenzzimmern. Die Hände auf dem Tisch, Unterhaltung verboten. Alles, was ihnen zur Kommunikation hätte dienen können wie Handys und Laptops, wurde sofort beschlagnahmt. Die Telefon- und Faxleitungen der Kanzlei waren schon zuvor stillgelegt worden. Besucher wurden von der Polizei bereits an der Haustüre höflich aber bestimmt abgewiesen. Allfällige Passanten mussten den Eindruck gewinnen, am Paseo de Mallorca würde eine Szene für einen TV-Krimi gedreht werden. Für den Nichteingeweihten bot sich ein gespenstisches Bild. In den, ansonsten gut klimatisierten, weitläufigen und eleganten Räumen der Kanzlei herrschte plötzlich auffällige Hektik und eine unangenehme Atmosphäre.

Während die Feuerwehrleute die Tresore hinter den eingerissenen Wänden öffneten, wurden schon mal die Tresore geleert, die hinter wandfüllenden Aktenschränken verborgen waren. Die dort versteckten Spezialdossiers, Mandantenakten, und Bankunterlagen wurden sorgfältig in mitgebrachten Kartons verstaut; ebenso verschiedene Umschläge in denen sich insgesamt 280.000 Euro Bargeld befanden. Auch wertvollster privater Schmuck von Weltstar Michael Douglas und Gattin befand sich in einem der Tresore. Das sei nicht außergewöhnlich, erklärte man den Fahndern, denn Señor Gabriel Feliu Vidal sei der spanische Anwalt der Familie Douglas.

Die Computerspezialisten unter den Ermittlern hatten alle Hände voll zu tun. Es mussten nicht nur Laptops sorgfältig eingepackt werden. Da war ein ganzes Kommunikationsnetzwerk mit größter Vorsicht zu deinstallieren. Daten mussten gesichert werden. Nichts durfte verlorengehen.

Schon bei der Durchsuchung erkannten die routinierten Wirtschaftskriminaler unter den Fahndern, dass von den Reichen und Schönen der Welt nicht nur Michael Douglas Kunde der Kanzlei war. Auch der englische Milliardär Richard Branson, der amerikanische Multimilliardär Malcolm Glazer, Besitzer von Manchester United, und die bekannte spanische Pop-Diva, Ana Torroja, wurden von den Felius betreut. Michael Douglas musste in der Zwischenzeit seine Geschäftskontakte zur Kanzlei Feliu einem amerikanischen Untersuchungsgericht erklären. Die Ermittlungen in den USA dauern noch an. Gabriel Feliu Vidal, einer der drei Geschäftsführer der Kanzlei und Betreuer der reichen Prominenz, galt bis zu diesem Tag als der Jet-Set-Palmeser schlechthin. Wo immer auf Mallorca die VIP-Musik spielte, gab er den Ton an. Es gab keine Veranstaltung der elitären mallorquinischen Gesellschaft ohne Gabriel Feliu Vidal. Die Rede ist hier von einer *hermetisch abgeschirmten, elitären mallorquinischen Gesellschaft.*

Die Rede ist ausdrücklich nicht von der Möchtegern-Gesellschaft ausländischer Mallorca-VIPs und der peinlichen Partygesellschaft der B- und C-Promis. Die geschmacklosen Selbstdarsteller, die in bunten Blättern und dümmlichen TV-Sendungen in regelmäßigem Turnus davon erzählen, wie wunderbar für sie das Leben auf ihrer Trauminsel Mallorca ist, haben mit Mallorcas geschlossener Gesellschaft absolut nichts zu tun, mehr noch, sie werden von ihr verachtet.

Die Durchsuchung der Büro- und Geschäftsräume ging in allen Objekten flott voran. Man wusste, wonach zu suchen war. Am Ende des Tages füllte das sichergestellte Beweismaterial, in Kartons verpackt, mehrere Lieferwagen randvoll. Elf Personen waren verhaftet und weitere vierzehn Personen, am Morgen noch quietschfidel und arglos, waren zu Beschuldigten geworden. Unter den Verhafteten war auch der oberste Chef der Kanzlei FELIU, Don Miguel Feliu Bordoy. Ihm wird vorgeworfen, einer der Köpfe einer weltweit operierenden kriminellen Organisation zu sein. Die Spinne im Netz war gefasst.

Zusammen mit den anderen Verhafteten und Beschuldigten soll er in den vergangenen Jahren ein noch nie dagewesenes Netzwerk für Geldwäsche, Steuerhinterziehung, Korruption, Bestechung, Betrug und Urkundenfälschung aufgebaut haben. Ein schwerer Vorwurf für einen renommierten Anwalt der ersten Kanzlei am Platz. Einer Kanzlei, die bereits 1927 gegründet worden war und sich seither in Familienbesitz befindet. Ein besonders schwerer Vorwurf, wenn man bedenkt, dass die Familien Feliu Vidal und Feliu Bordoy in den vergangenen Jahrzehnten Generationen von renommierten Anwälten hervorgebracht haben.

Die heutigen Köpfe der Kanzlei, Juristen und Steuerberater, betreuten am Tag der *Operación Relámpago* rund 2.700 Mandanten. Für sie führten die Anwälte weit mehr als tausend Bankkonten. Mindestens 816 international tätige Gesellschaften werden mit der Kanzlei in Verbindung gebracht. Davon 252 Gesellschaften, die nicht in Spanien registriert sind und weitere 116 Gesellschaften, die ihren Sitz in den Steuerparadiesen dieser Welt haben. Dreistellige Millionenbeträge wurden hier bewegt, vor dem Fiskus versteckt und gewaschen, sagt die Staatsanwaltschaft. Auch Millionenbeträge von reichen Deutschen. Einige der Betroffenen werden bereits zittern, wenn es frühmorgens an ihrer Villentür klingelt. Andere werden noch ahnungslos von den versprochenen, blütenweiß gewaschenen Millionen träumen. Spätestens nach der Lektüre dieses Buches werden auch sie fortan jeden Morgen schweißgebadet aufwachen.

Funktioniert hat das System FELIU, weil neben den eigenen Anwälten und Steuerberatern, angesehene Notare, Banken und unzählige Strohleute mit von der Partie waren. Man ist verwandt, verschwägert, und seit Generationen miteinander bestens bekannt. Die Ermittler sprechen bald von einem kriminellen Dreieck, gebildet von der Kanzlei FELIU, den Notaren HERRÁN & DELGADO und der BANCO SABADELL in der Avenida Jaime III. In diesem Bermuda-Dreieck, so wollen die spanischen Ermittler herausgefunden haben, wurde mitten auf des Deutschen liebster Ferieninsel direkt in deren Hauptstadt, ein Steuerparadies installiert. Dass sich dieses Paradies eines Tages in eine Hölle verwandeln könnte, daran hat keiner der Beteiligten gedacht.

Doch jetzt am 26. April 2007 war die Mallorca Connection enttarnt. Nicht der Clan der Sizilianer, sondern der Clan der Mallorquiner stand im Rampenlicht. Noch am Tag zuvor protzte der Clan in seiner Internetwerbung ungeniert mit dem Lockruf:

Wir bieten Ihnen – 100% Anonymität.
Wir bieten Ihnen – absolutes Bankgeheimnis.
Wir bieten Ihnen – 100% Schutz der eingezahlten Gelder.
Wir bieten Ihnen – absolute Diskretion ohne jede Buchführung.

Das sind Versprechen, die Millionäre in Deutschland, in Europa und der ganzen Welt gerne lesen. Elektrisiert und ständig auf der Suche nach Möglichkeiten, ihr ergaunertes Geld vor dem Fiskus zu verbergen, hatten die Herrschaften schnell die Kontakte nach Palma de Mallorca geknüpft. Manche via Internet, andere über heimische Anwaltskanzleien, die mit der Bufete FELIU bestens zusammengearbeitet haben. Auf ihrem Briefpapier wirbt die Kanzlei:

„Wir arbeiten mit Partnerkanzleien in den Ländern: *Alemania, Austria, Bélgica, Bulgaria, Chipre, (*Zypern*), Dinamarca (*Dänemark*), Estados Unidos (*USA*) Finlandia, Hungaria, Italia, Mónaco, Portugal, Reino Unido (*England*), República Checa, (*Tschechien*) Rusia, Suecia (*Schweden*), Suiza zusammen.*"

Vor allem haben solche Mandanten den Kontakt zur Kanzlei Feliu gesucht, deren Einnahmen aus Prostitution, Menschen- und Waffenhandel, Drogenbusiness und anderen kriminellen Geschäften stammten. Die Mundpropaganda bei so manchem Event der Reichen und Schönen muss enorm gewesen sein. Die Internetseite wurde vom Untersuchungsgericht sofort gesperrt. Die staatsanwaltschaftlichen Ermittlungen in den oben genannten Staaten liefen umgehend an.

Für das kriminelle Dreieck spielte weder die Herkunft der Gelder, noch die Nationalität ihrer Kunden eine Rolle. Die Kunden wurden, wenn nicht direkt in ihrer Muttersprache, in Englisch, Deutsch, Französisch, Italienisch oder Russisch bedient. Das war der besondere Kundenservice der Kanzlei.

Missverständnisse gab es nicht. Und was die vorgegebene Seriosität und den gepflegten Umgang mit den Mandanten angeht, war der Ruf der Kanzlei besser als der Ruf eines jeden mallorquinischen Dorfpaters. Bis zu jenem Donnerstag im April 2007 ahnte niemand, dass sich hinter der Maske des Biedermanns Anwälte, Notare, Banker, Beamte und eigens gekaufte Strohleute zusammengefunden hatten um eine weltweit operierende kriminelle Organisation zu installieren.

Die Firma

Man wird an den amerikanischen Kinofilm „Die Firma" erinnert, den 1993 der Regisseur Sydney Pollack inszeniert hat. Die Vorlage lieferte ein Roman von John Grisham. Der Autor, gelernter Anwalt und Strafverteidiger, hätte das Drehbuch auch über die Kanzlei FELIU schreiben können.

In Grishams Roman hat eine altehrwürdige Anwaltskanzlei ihr Geld damit verdient, Geldhaien und Mafiosi bei Steuerhinterziehung und Geldwäsche anwaltschaftlich behilflich zu sein. Auch im Roman wurden die brisantesten Mandantenakten ausgelagert. Nicht wie bei Feliu, um die Ecke, sondern auf den Cayman Islands.

Im Film bilden der Kanzleigründer und die Anwälte eine große Familie. Stets darauf bedacht, in der Öffentlichkeit ein untadeliges Bild abzugeben. Im Roman und im Film heißt die Kanzlei Bedini, Lambert & Locke. Wer es als Anwalt in diese Kanzlei geschafft hat, hat ausgesorgt, vor allem finanziell. Nach seinem Juraexamen, das er als Zweitbester seines Jahrgangs absolviert hat, bekommt auch der junge, aufstrebende Anwalt, Mitch McDeere, in der Kanzlei seinen Traumjob. Schneller, als gedacht ist er ein Mitglied der Familie, die sich „Die Firma" nennt. Zufällig entdeckt Mitch bei einer Reise auf die Cayman Islands, dass im noblen Kanzleiapartment Mandantenakten gelagert werden. Das macht ihn misstrauisch. Schnell findet er heraus, dass sechzig Prozent des gesamten Klientels der Kanzlei,

Capos der Organisierten Kriminalität sind. Kein Wunder, dass die Anwälte der Kanzlei in der Hauptsache mit der Beihilfe zur Steuerhinterziehung und zur Geldwäsche beschäftigt sind. Noch immer im Wolkenkuckucksheim, wacht der junge Anwalt Mitch McDeere schlagartig auf, als sich das FBI an ihn heranmacht. Er soll Insiderinformationen liefern, um die Anwälte der Kanzlei endlich anklagen zu können. Ihm ist klar, in welch brisanter Lage er sich befindet. So die Geschichte des Filmes.

Nicht anders verhält es sich mit der Kanzlei FELIU. Die Parallelen zur Bufete in Palma de Mallorca und Madrid sind erstaunlich. Nicht nur was den Familienclan angeht. Auch hier sollen, nach Aussagen von Informanten, eingeschleuste V-Leute wertvolle Informationen für die Ermittlungsbehörden beschafft haben. Einen bedeutenden Unterschied zwischen den Anwälten im Film „Die Firma" und den Anwälten der Kanzlei Feliu gibt es dennoch. Die Anwälte und Steuerberater der Bufete Feliu sind im Gegensatz zu den Filmanwälten miteinander verwandt und verschwägert.

Der Feliu - Clan

Der Einstieg in das Immobiliengeschäft in den 1960er Jahren

Die Innenminister der europäischen Länder, allen voran der deutsche Innenminister, Wolfgang Schäuble, träumen unisono von der totalen Kontrolle und Überwachung aller Bürger. Abhören, ausspionieren, beobachten, Konten durchleuchten. Wenn dann noch ein elektronischer Apparat erfunden werden würde, der es der Obrigkeit ermöglicht, die Gedanken der Bürger zu lesen, wäre das das Optimum.

Zum Glück gilt jedoch noch immer: *„Die Gedanken sind frei, wer kann sie erraten"* So heißt es in dem Volkslied von circa 1790, das Heinrich Hoffmann von Fallersleben 1842 neu bearbeitet hat. Ein Text, der schon während der französischen Revolution auf Flugblättern unters Volk gebracht wurde.

Und weil die Gedanken frei sind, weiß auch niemand, was in den Köpfen der ehrenwerten Herren Anwälte der Kanzlei FELIU vorgegangen ist, als diese im Jahr 2000/2001 einen großen Betrug einfädelten.

Die Kanzlei FELIU gehört zu den angesehensten Kanzleien in ganz Spanien. Sie wurde 1927 von José Feliu Rosselló als sogenanntes *despacho* gegründet. Despacho heißt übersetzt soviel wie Büro. Anfang der 1960er Jahre wurde aus dem *despacho* die Firma *Bufete Feliu*, also die Anwaltskanzlei Feliu. Sie wurde von den drei Söhnen des Firmengründers, José Feliu Vidal, Alejandro Feliu Vidal und Gabriel Feliu Vidal übernommen und fortan geführt.

Richtiges Geld war damals mit dem Advokatenberuf nicht zu verdienen. Das „Große Geld" machten andere. Jene, die die Zeichen der Zeit sehr früh erkannt hatten und sofort ins Immobilien- und ins Geschäft mit dem Massentourismus eingestiegen waren. Die Herren Anwälte wollten nicht abseits stehen. Sie kannten die Insel, sie kannten die Politiker und sie kannten die Planung. Also stiegen auch sie ins ganz große Immobiliengeschäft ein.

Ihnen war bekannt, dass westlich von Palma in der Cala Llamp, auf dem Gemeindegebiet von Andratx, große Ländereien brach lagen. Ländereien die sich bestens in Gewinn bringende Urbanisationen umwandeln ließen. Man benötigte nur gute Kontakte zu den Baubehörden und für den Kauf genügend Geld in der Tasche. Beides war bei den Felius reichlich vorhanden.

Der Patriarch José Feliu Rosselló gründete 1963 zunächst eine Firma mit dem wohlklingenden Namen *Desarrollo de Empresas Turisticas S.A.,* kurz Detursa genannt. Geschäftszweck war der Erwerb dieser riesigen Ländereien in der Cala Llamp, deren Parzellierung und Bebauung. Wo heute Ferienvillen allererster Klasse mit Blick auf die Felsküste von Andratx stehen, haben Anfang der 1960er Jahre allenfalls vereinzelt Schafe auf kargen Böden geweidet. Kein Mensch weit und breit. Vor allem kein Tourist.

Mit den Felius und ihrer Detursa kamen die Bagger und mit

ihnen die ersten Interessenten, die es sich leisten konnten, in der damals schon teuren Südwestregion Mallorcas Grundstücke zu kaufen und zu bebauen. 1967 hatten die Feliu-Brüder bereits viele dieser Grundstücke verkauft und waren um einige Millionen reicher geworden. Allerdings hatten die Grundstücke und die später darauf errichteten Nobelvillen allesamt einen Schönheitsfehler. Sie waren nicht im Kataster von Mallorca registriert. In den 1960er Jahren waren die Gesetze, was die Registrierung von Baugrundstücken und Häusern im Kataster anbelangt, äußerst lax. Die einzelnen Grundstücke der riesigen Finca wurden nicht individualisiert, sondern alle unter der Katasternummer der großen Finca aufgelistet. Es gab zwar einen Teilungsplan, aber die einzelnen Parzellen waren nur durch eine einfache Beschreibung in ihren Grenzen auszumachen.

Eine unverwechselbare Katasternummer ist heute für jeden Kauf oder Verkauf einer Parzelle zwingend vorgeschrieben, gleich ob bebaut oder unbebaut. Die aber fehlt den Grundstücken in der Cala Llamp. Nur die große Finca im Ganzen hat eine gültige Katasternummer. Da liegt Ärger in der Luft, denn genau genommen existieren die teuren Nobelvillen laut Kataster gar nicht.

Soweit so gut. Bis auf die Tatsache, dass die Eigentümer der Detursa, die Brüder Feliu, bei der Parzellierung der Finca vergessen hatten, für jedes Grundstück eine eigene Katasternummer zu beantragen, lief das Geschäft zunächst korrekt ab. Damit alles in der Familie blieb, hat José Feliu Rosselló 1981 die noch nicht verkauften Grundstücke der Detursa an eine Gesellschaft mit dem Namen *Petri S.A.* verkauft, deren Geschäftsführer sein Sohn José Feliu Vidal war. 1990 wurden die restlichen Grundstücke familienintern an die Firma *Andratx Villas S.A.* verkauft, die von Alejandro Feliu Vidal, dem Bruder von José repräsentiert wurde. Übrig blieb nur noch der Mantel *Detursa S.A.* Was hinter dem familieninternen Verkauf der Grundstücke wirklich steckt, wissen nur die Herren Feliu.

Das Bauordnungsgesetz

In den 1980er Jahren kam die Gegend um Andratx in Mode. Vor allem war es das Küstenstädtchen Port d'Andratx, das die Reichen und Schönen in den Südwesten Mallorcas lockte. Mit einer Hemmungslosigkeit, die auf der Insel ihresgleichen sucht, wurde betoniert und gebaut soweit das Auge reicht. Villen mit Schwimmbädern und Tennisplätzen, Apartments, ausgestattet mit allem Luxus, und Landsitze für den Geldadel wurden in wenigen Jahren aus dem Boden gestampft. In der Fachliteratur wurde die Zerstörung der Kulturlandschaft auf Mallorca mit dem Schimpfwort *Balearisierung* bezeichnet.

In den 1990er Jahren hat sich, was die Bebauung der Insel angeht, das Blatt gewendet. Der unkontrollierte Bauboom und damit der rasante Prozess der Landschaftszerstörung sollte eingebremst werden. Das Bauordnungsgesetz von 1991 mit speziell ausgewiesenen Schutzgebieten wurde verabschiedet. Darunter fielen auch zahlreiche Grundstücke der Andratx Villas S.A. in der Cala Llamp. Alle Beziehungen der Feliu-Brüder zu den Behörden reichten nicht aus: Durch das neue Bauordnungsgesetz war die Hälfte der Feliu-Grundstücke nicht mehr bebaubar. Basta.

Ein schwerer Schlag für die Brüder. Über Nacht war ein großer Teil ihres enormen Besitzes nur noch wertloses, steiniges Brachland. Keinen Pfifferling wert.

Die *Desarrollo de Empresas Turisticas S.A.,* kurz *Detursa S.A.,* war zu dieser Zeit, wie beschrieben, ohnehin nur noch ein Mantel. Mit dem Beitritt Spaniens zur EU im Jahre 1986 mussten nach und nach auch Rechtsnormen juristischer Personen, wie die spanische S.L. (Sociedad limitada), vergleichbar mit der deutschen GmbH und die S.A (Sociedad anónima), vergleichbar mit der deutschen Aktiengesellschaft, an die EU-Normen angeglichen werden. Wohl um Kosten zu sparen, wurde die Detursa S.A. nicht in das neue europäische System überführt. Die Firma wurde auch nicht liquidiert, sondern einfach stillgelegt.

Die Herren Yann Theau und Patrick Duchemin

Dann kam das Jahr 2000 und mit ihm betrat ein vietnamesischer Geschäftsmann mit französischem Pass die mallorquinische Bühne. Sein Name: Yann Theau. Der Mann aus Vietnam, der sich als Immobilienmakler versuchte, hatte seinen Firmensitz in eine Bar in den Avenidas von Palma verlegt. Abgesehen von seinem Geschäftssitz haftete Herrn Theau noch ein weiterer kleiner Makel an. Er wurde von Interpol per Haftbefehl gesucht, was er geschickterweise verschwieg. Aber das waren Kleinigkeiten.

Eines Tages tauchte in den sogenannten Geschäftsräumen des Herrn Yann Theau, also in der Bar in den Avenidas, ein französischer Geschäftsmann auf. Sein Name: Patrick Duchemin. Herr Duchemin sprach naturgemäß fließend französisch. Sein Äußeres war gepflegt und sein Auftreten machte Eindruck. Jedenfalls kam es zwischen den Herren Duchemin und Theau, dank der französischen Sprache, bald zu einer angeregten Unterhaltung. Herr Theau wusste viel und Interessantes zu erzählen. Unter anderem berichtete er Herrn Duchemin von seinen exzellenten Kontakten zur größten und wichtigsten Kanzlei der Balearen, der Bufete FELIU. Señor Duchemin, der stets auf der Suche nach neuen Geldquellen war, fühlte sich sichtlich beeindruckt von den Erzählungen des Yann Theau. Man verabredete gleich für den folgenden Tag ein Arbeitsgespräch in den Geschäftsräumen des Herrn Yann Theau.

Herr Theau kam nicht nur pünktlich, er kam auch gleich zur Sache. So erzählte er von einer Firma Detursa, die im Besitz von zahlreichen Grundstücken in allerbester Lage in der Cala Llamp sei. Die Firma sei im Augenblick inaktiv, weshalb man sie mittels Traspaso günstig übernehmen könne, meinte Herr Theau. Das habe den Vorteil, dass man für die Grundstücke der Detursa ein exklusives Verkaufsrecht hätte. Dabei verschwieg Herr Theau Herrn Duchemin, dass die Detursa im Jahre 2000 nicht ein einziges Grundstück mehr besaß. Die ehemaligen Grundstücke der Detursa waren schon vor Jahren verkauft worden. Möglicherweise kannte Herr Theau diesen Umstand gar nicht. Möglicherweise haben die Herren Anwälte der Kanzlei Feliu diesen Umstand für sich behalten und Herrn Theau arglistig getäuscht. Jedenfalls waren beide Herren, Yann Theau und Patrick Duchemin scharf darauf, die Detursa S.A. zu übernehmen. Wahrscheinlich vermutete der Vietnamese, der Franzose wäre mit Geld gesegnet, sodass einem Traspaso der Detursa nichts mehr im Wege stehen würde. Herr Duchemin war ziemlich aufgeregt. Das vorgeschlagene Geschäft war ganz nach seinem Geschmack. Ein Geschäft, das nach Millionengewinnen roch. Endlich könnte er, zusammen mit seiner Tochter Julie, ein feines Büro in exklusiver Lage eröffnen. Herr Duchemin gab Herrn Theau allerdings zu verstehen, dass er leider im Moment sein ganzes Vermögen investiert habe und deshalb kein Geld für das Traspaso aufbringen könne. Mit anderen Worten, keiner der Herren hatte auch nur einen Knopf in der Tasche. Trotzdem war Herr Theau ganz zuversichtlich, hatte er doch beste Beziehungen zu den Herren der Kanzlei Feliu.

Was die Herren Yann Theau und Patrick Duchemin ebenfalls nicht wussten, war die Tatsache, dass die Feliu-Anwälte schon seit geraumer Zeit auf der Suche nach einem geeigneten Traspaso-Partner waren. Wobei Geld keine Rolle spielte. Die Bufete Feliu suchte einen Strohmann für einen großangelegten Betrug. Als Herr Theau in der Kanzlei von seiner Begegnung mit dem französischen Geschäftsmann erzählte und selbigen auch noch als Verkaufsgenie für Immobilien anzupreisen wusste, war bei den Feliu-Brüdern der Groschen gefallen. Der Rest war nur noch anwaltschaftliche Routine. Die *Desarrollo de Empresas Turisticas S.A.* wurde aktiviert und gleichzeitig auf die Herren Patrick Duchemin und Yann Theau traspasiert. Herr Yann Theau wurde zum Geschäftsführer der Firma ernannt und Herr Duchemin war der Handelsvertreter der Detursa.

Traspaso *ist ein sogenannter Übernahmevertrag. Häufig wird diese Geschäftsform bei der Weiterverpachtung von Bars, Cafes, Restaurants, Boutiquen und Souvenirläden angewendet. Ein Pächter verpachtet (traspasiert) den selbstgepachteten Laden weiter an einen anderen Pächter. Der traspasiert den Laden,* *meist weil er nicht gut läuft, wieder weiter. Das Traspaso ist eine Vertragsform, die es – Gott sei dank – in Deutschland nicht gibt, weil große Risiken damit verbunden sind: Wird zum Beispiel der Firmenname weiter verwendet, kann es zu einer rechtlichen Schuldübernahme kommen.*

Duchemin und Theau müssen im Goldrausch gewesen sein. Nur so lässt sich erklären, warum keiner von beiden die Feliu-Brüder gefragt hat, warum sie eine Firma traspasieren, die so wertvolle Grundstücke besitzt wie die Detursa? Und keinem von beiden ist die Frage eingefallen, warum die Anwälte nicht selbst das große Geschäft mit den Grundstücken machen? Ganz gleich, was die Anwälte auf die nicht gestellten Fragen geantwortet hätten, es wäre in jedem Fall eine Lüge gewesen. Die Wahrheit kam erst rund vier Jahre später ans Tageslicht.

Im Jahr 2004 wollte der Jurist García Enterría vom spanischen Festland seine 1967 von der Detursa erworbenen Grundstücke, zwei an der Zahl, gewinnbringend verkaufen. Von 1967 bis 2000 hat sich der Grundstückspreis in Mallorcas teuerster Gegend alle zehn Jahre verdoppelt. Für ein Grundstück, das man 1967 für 100.000 Mark kaufen konnte, müssen heute 1,6 Millionen Euro auf den Tisch gelegt werden. Eine bessere Rendite konnte der Jurist mit keiner Anlage erzielen. Señor García Enterría, ein ordentlicher Jurist, hatte all die Jahre brav seine jährliche Grundsteuer bezahlt. Dass er gar nicht mehr Eigentümer seiner Grundstücke war, weil diese von der Detursa hinter seinem Rücken und ohne sein Wissen an die *UP Beat Enterprises* verkauft worden waren, bemerkte er erst, als er sich einen Grundbuchauszug vom Eigentumsregister besorgt hatte.

Gleiches erlebten weitere dreizehn Grundstückseigentümer. Auch ihre Grundstücke, die sie zur Absicherung ihres Alters in den 1960er Jahren gekauft hatten und deren Wert heute für eine ansehnliche Rentenaufbesserung dienen sollte, waren weg. Verkauft durch Kriminelle. Die Geschädigten konnten die Welt nicht mehr verstehen. Zu keiner Zeit hatten sie einen Verkaufsauftrag erteilt oder gar selbst verkauft. Und jetzt standen nicht mehr sie, sondern andere Personen und Firmen im Eigentumsregister. Auch sie hatten sich eine sogenannte *nota simple*, so heißen in Spanien die Grundbuchauszüge, besorgt. Einige der Grundstücke hatten zeitgleich mehrere Besitzurkunden. Sie wurden, laut Eintrag im Eigentumsregister am selben Tag gleich zweimal verkauft. Den so Betrogenen blieb nur der Weg zum Staatsanwalt. Die *Operation Blitz* nahm ihren Anfang. Bis zur Auslösung des „Blitzschlages" am 26. April 2007 sollten noch zwei Jahre vergehen. So lange haben Staatsanwälte, Spezialisten für Geldwäsche, Antikorruptionsspezialisten, und Steuerfahnder, abgeschirmt und unter strengster Geheimhaltung ihre Ermittlungen durchgeführt.

Erste Ermittlungen

Bei ihren Nachforschungen stießen die Ermittler zu allererst auf die Firma Detursa und die Herren Patrick Duchemin und Yann Theau. Herr Theau, der nach wie vor von Interpol zur Festnahme ausgeschrieben war, ließ sich willig von der Kriminalpolizei vernehmen. Es könne sich nur um ein Versehen handeln. Ein Fehler müsse sich eingeschlichen haben, den man schnellstens korrigieren werde, verteidigte sich der Vietnamese. Nach der Vernehmung wurde Herr Yann Theau nicht mehr gesehen. Er war lange auf der Flucht. Die Kriminaler hatten es versäumt, rechtzeitig einen Blick in den Fahndungs-Computer zu werfen. Ein Jahr später wurde er dann doch noch festgenommen. Patrick Duchemin, einst enger Freund von Miguel Feliu Bordoy, dann von ihm fallengelassen, soll, wenn es nach dem Willen der Anwaltskanzlei gehen würde, der Alleintäter gewesen sein.

Ob die Rechnung der Felius aufgeht, darf ernsthaft bezweifelt werden. Patrick Duchemin muss in Untersuchungshaft auf seinen Prozess warten, denn Geld für eine Kaution hat er nicht flüssig. Dafür will er beim Prozess eine handschriftliche Anweisung der Chefsekretärin von Miguel Feliu Bordoy präsentieren. Mit dieser Anweisung will der Franzose beweisen, dass er nur im Auftrag der Felius gehandelt hat. Auf dem Papier sind die Grundstücke aufgelistet, die er im Auftrag der Kanzlei verkauft hat. Die Aussage würde sich mit den Erkenntnissen der Ermittler decken. Sie haben bei einer ersten Auswertung des beschlagnahmten Materials festgestellt, dass alle Fäden für die Mehrfachverkäufe in der Anwaltskanzlei Feliu zusammenlaufen. Und noch etwas ist den Ermittlern ins Auge gestochen. Die Spuren des groß angelegten Betruges führen wieder einmal nach Andratx. Dabei ist es gerade ein halbes Jahr her, dass mallorquinische Ermittler eine Gruppe hochkrimineller Betrüger in dem Küstenort ausgehoben hatten.

Doch bevor die Ermittlungsbehörden Licht in das Dunkel des Detursa-Geflechts bringen konnten, geschah etwas Unvorhergesehenes. Plötzlich und über Nacht verschwanden sämtliche Unterlagen der Firma aus dem spanischen Handelsregister spurlos. Niemand kann heute sagen, wem die Detursa tatsächlich gehörte und wer wirklich Geschäftsführer war.

Mit wem es die Ermittler in der Operación Relámpago zu tun haben, zeigt ein anderer Vorfall. In der Nacht von Montag auf Dienstag, vom 28. auf den 29. Mai 2007 – also vier Wochen nach der Operation Blitz – fuhr, ohne dass jemand etwas mitbekam, ein dunkler PKW mit zwei Männern in die Tiefgarage des Gerichts. Von dort aus arbeiteten sich die ungebetenen Gäste mittels Nachschlüssel in das Gerichtsarchiv vor, in dem die Ermittlungsakten der Untersuchungsgerichte für gewöhnlich aufbewahrt werden. Die Spuren, die von den Einbrechern hinterlassen wurden, deuten darauf hin, dass sie die Akten der Operación Relámpago stehlen wollten. Die werden aber, der hohen Brisanz wegen, an einem geheimen Ort aufbewahrt. Außer Spesen nichts gewesen. Die Einbrecher mussten unverrichteter Dinge wieder abziehen. Ob sie deshalb zahlreiche Akten und Dokumente durcheinander gebracht und auf den Fußboden geworfen haben, bleibt ihr Geheimnis. Gefasst werden konnten diese Profis bisher jedenfalls nicht. Die Mallorca Connection funktioniert scheinbar weiterhin, wie die beiden Vorfälle deutlich zeigen.

Bevor die Geschichte der *Operación Relámpago* weitergeht

muss der *Caso* (Fall) *Andratx* beleuchtet werden. Gerade dieser Fall zeigt exemplarisch, wie Korruption auf Mallorca funktioniert. Der Caso Andratx ist das Ergebnis einer langen Ermittlung. Am 27. November 2006, also rund ein halbes Jahr vor der Operation Blitz, haben die Ermittler zugeschlagen.

Der Caso (Fall) Andratx

Korruption im Rathaus

Mahagonny

1920, vierzig Jahre, bevor der Massentourismus Mallorca heimsuchte, wurde eines der schönsten und nobelsten Hotels der Insel eröffnet. Das exklusive Hotel Formentor, draußen auf der Landzunge gleichen Namens, hinter Porto Pollenca gelegen. Ein Hotel, das bis heute nichts von seiner Schönheit und seiner Attraktivität eingebüßt hat, im Gegenteil: Noch heute treffen sich im Hotel Formentor die Regierungschefs der Welt, wenn es Wichtiges und Geheimes zu besprechen gibt. Weltstars, unter ihnen, der Engländer Sir Peter Ustinov, hatten im Hotel Formentor über Jahrzehnte eine ständige Suite gemietet.

1920 war auch in anderer Hinsicht ein bedeutendes Jahr. Berthold Brecht und Kurt Weil haben, weit weg von Mallorca in Baden - Baden, ein Theaterstück auf die Bühne gebracht, das bis heute nichts von seiner Aktualität verloren hat. Sie nannten es: *„Aufstieg und Fall der Stadt Mahagonny"*.

Ein Stück, das zum Standardrepertoire eines jeden guten Theaters gehört. Das Stück spielt in einer fiktiven Wüste mitten in Amerika. Doch niemand würde sich wundern, wenn demnächst ein Regisseur in einer Neuinszenierung den Handlungsort des Stückes, anstatt in eine amerikanische Wüste, nach Mallorca, genau genommen, nach Andratx verlegen würde.

Andratx hat im Jahr 2008 rund 10.900 Einwohner. Davon sind 3.514 Ausländer. Diese teilen sich auf in 1.369 Deutsche, 463

Engländer, 265 Franzosen und 169 Italiener, die als Residenten gemeldet sind. Der Rest sind Ausländer anderer Nationen, die dort über die Saison arbeiten.

Die Zahl derer, die von Zeit zu Zeit in den Nobelvillen residieren und nicht gemeldet sind, dürfte um ein Vielfaches höher liegen.

Andratx, das ist eine nicht wirklich attraktive Kleinstadt am Südwestende Mallorcas. Der Reisende lässt sie links liegen, bevor er nach rechts in die Tramuntana abbiegt, um weiter nach Deia und Soller zu fahren. Wenn von Andratx die Rede ist, meint niemand den Ort Andratx selbst, sondern die wunderbare Gegend um Andratx. Vor allem meint er Mallorcas exklusivsten Küstenort, den Hafen Port d'Andratx, mit Camp de Mar, Sant Elm und s'Arracó. Das ist dort wo Deutschlands einstiges Supermodel, Claudia Schiffer, in einer Prachtvilla residierte, die sie in der Zwischenzeit an einen reichen Russen verkauft hat. Das ist dort, wo sogenannte Fernsehpromis und deutscher Jetset wie Sabine Christiansen, Friede Springer oder der TV-Regisseur Dieter Wedel ihren Mallorcasitz genommen haben. Das ist dort, wo in den Bars und Restaurants zu jeder Jahreszeit eine hübsche Ansammlung von Schwarzgeldexperten zusammenhockt und sich gegenseitig mit ihren Vermögenswerten anprahlt. Dort ist das heutige, das mallorquinische Mahagonny. Und genau dort könnte das Brecht/Weil-Stück spielen:

„Aufstieg und Fall der Stadt Mahagonni"

Die Goldgräberstadt Mahagonny und Andratx haben vieles gemeinsam. Vor allem die Korruption, die Kriminalität und die Skrupellosigkeit mit der Geschäfte in beiden Städten betrieben wurden. Der Unterschied: Im Theaterstück fliehen drei Ganoven vor der Polizei, bauen eine Stadt auf und treiben ihr kriminelles Unwesen. Im *Caso Andratx* existiert die Stadt bereits. Drei Ganoven treiben in ihr ihr kriminelles Unwesen und müssen dann die Polizei fürchten. Drei Ganoven ist natürlich weit untertrieben. Im Caso Andratx sind es mindestens dreißig Klein- und Unterganoven. Aber die Zahl der Häuptlinge ist drei.

Die drei Señores heißen: Eugenio Hidalgo, vor seiner Verhaftung fünf Jahre Bürgermeister von Andratx. Jaume Massot, vor seiner Verhaftung der Chef des Bauamtes von Andratx und später Generaldirektor für Raumordnung der Balearen-Regierung unter Jaume Matas. Der dritte im Bunde war der zuständige Bauinspektor der Gemeinde Andratx, Señor Jaime Gibert.

Drei Gauner-Häuptlinge

Ein bemerkenswertes Trio, ausgestattet mit größter krimineller Fantasie und noch mehr Energie. Señor Eugenio Hidalgo war vor seiner politischen Laufbahn Offizier bei der Guardia Civil, einer in ganz Spanien agierenden paramilitärischen Polizeitruppe, mit der nicht zu spaßen ist. Unter dem Diktator General Franco war die Guardia Civil das allgegenwärtige Repressionswerkzeug gegen die Bevölkerung und war von dieser sehr gefürchtet. In Künstler- und Oppositionellenkreisen wurde sie auch „la mala sombra", der böse Schatten, genannt.

Der Polizistenjob brachte nicht genug ein. Deshalb sattelte Eugenio Hidalgo um und wurde Autohändler. Nach und nach gründete er mehrere Firmen, wurde Bauunternehmer, Bauträger und Mitglied im Stadtrat von Andratx. Als er endlich zum Bürgermeister von Andratx gewählt wurde und die Lokalpresse ihn als Sonnenkönig von Andratx titulierte, war er nicht mehr zu stoppen, sagt Gerald Hau vom spanischen Umweltverband GOB. Hidalgo gab in seinen Armani-Anzügen mit Rolex Uhr und Porsche gerne den Mann von Welt. Sein Amtssitz, das Rathaus von Andratx, ist im Palast Son Mas untergebracht. Ein Palast der schon zu Zeiten der Araber existierte. Für jedermann gut sichtbar thront er auf einem Hügel mitten in der Stadt. Für Hidalgo, Massot und ihre Helfershelfer das richtige Ambiente.

Jaume Massot, der zweite Ganove, war einst aparejador, zu Deutsch Bauführer. Auch er wollte höher hinaus. Mit der Hände Arbeit sein Geld zu verdienen, das war nicht sein Ding. Da kam ihm der Job als Chef des Bauamtes im Rathaus von Andratx gerade gelegen. Das Duo Hidalgo – Massot war wie geschaffen füreinander. Vorbei an jedem Baugesetz gab es, natürlich nur gegen reichlich Bares, Baugenehmigungen jeder Art. Selbst dort, wo unter keinen Umständen gebaut werden durfte, im Naturschutzgebiet.

Kaum war die PP-Partei auf den Balearen wieder an der Macht und Jaume Matas Präsident der Balearen-Regierung, hat der Señor Massot zu seinem Generaldirektor für Raumordnung in der neuen Regierung berufen. Die Nachfolgerin von Jaume Massot, als Chefin des Bauamtes von Andratx wurde Señora Segui. Auffallend ist, dass während der Regierungszeit von Jaume Matas die Baufrequenz auf den Balearen noch einmal kräftig erhöht wurde.

Der dritte im Bunde der Rathausstrolche von Andratx war Jaime Gibert, der Bauinspektor und Spezialist für gefälschte Zertifikate aller Art.

Der Kolumnist der mallorquinischen Tageszeitung *Diario de Mallorca*, Don Sebastià Verd, schreibt am 12. August 2008 in seiner Kolumne: „*...die Regierung Matas wird als die korrupteste Regierung aller Zeiten in die Geschichte eingehen.*"
Weiter schreibt er: „*Und all das, ohne, dass die Ver-antwortlichen der Regierung Verantwortung übernehmen, angefangen vom Ex-Präsidenten bis zu seiner Vizepräsidentin oder den Ministern, ganz speziell der Finanzminister, haben sie doch keine einzige Unregelmäßigkeit entdeckt. Sie machen weiter, so als wäre hier nichts geschehen*".
Soweit der Kolumnist Sebastià Verd.

Nach den verlorenen Wahlen von 2007 hat es der ehemalige Regierungspräsident der Balearen, Jaume Matas, derweil vorgezogen, sein Domizil von Mallorca nach den USA zu verlegen. Ein Schelm, der Böses dabei denkt.

Marbella lässt grüssen

Andratx, da werden sofort Erinnerungen an Marbella wach. Marbella, zu deutsch, Schönes Meer, der exklusive Badeort im Süden Andalusiens, wo sich Reiche und Superreiche, allen voran die arabischen Scheichs samt Gefolge, in den 1990er

Jahren eingekauft hatten. Auch dort trieb ein Bürgermeister zusammen mit der Stadtverwaltung, mit Anwälten, Architekten, Bauspekulanten und Strohleuten seine korrupten Geschäfte. Sein Name Jesus Gil y Gil. Der Fall wurde vor einigen Jahren unter dem Decknamen „Operación Malaya" ermittelt. Die gesamte Stadtverwaltung wurde eingesperrt. Jesus Gil y Gil hat das Ende seiner Haftstrafe nicht mehr erlebt. Er starb 2004. Mehr dazu im Kapitel: *Operación Malaya.*

Wie damals im Süden Andalusiens, geht es auch im Fall Andratx um Geld, sehr viel Geld. Es geht um die Vergabe von illegalen Baugenehmigungen gegen Bares, es geht um die Umklassifizierung von einfachem Ackerland in wertvollstes Bauland. Es geht um die Umfrisierung von Landschafts- und Naturschutzgebieten in ebenfalls teuerstes Bauland. Es geht um Bestechung, um Urkundenfälschung im großen Stil, um Korruption und Betrug.

Allein in einem einzigen Fall haben sich der Bürgermeister von Andratx, Eugenio Hidalgo, und sein Bauinspektor Jaime Gibert beim Verkauf der Firma PROLLAMP de PONENT S.L. 738.000 Euro in die Tasche gesteckt. Das Kapital dieser Gesellschaft bestand aus unbebaubaren Grundstücken, ausgestattet mit gefälschten Baulizenzen und falschen Bodenzertifikaten.

Nur einer durfte ohne Schmiergeldzahlung bauen. Hildagos Bruder Carlos. Er erhielt 2001 die Lizenz für ein Nobelrestaurant mitten im Naturschutzgebiet. Die notwendigen Dokumente dafür wurden kurzerhand von dem Trio manipuliert. Die beiden Hidalgo-Brüder veränderten zunächst die Dokumente des Grundstückes dergestalt, dass der Eindruck entstand, hier hätte einstmals in grauer Vorzeit ein großes, uraltes Gebäude gestanden. Dieses zerfallene Anwesen müsste jetzt renoviert werden. Wie immer gab der Bauamtsleiter von Andratx, Jaume Massot, grünes Licht. Und so entstand das Nobelrestaurant *El Grillo.*

Hidalgo hätte als ehemaliger Offizier der Guardia Civil wissen müssen, dass seine mallorquinischen Landsleute schnell mit einer *Denuncia,* einer Strafanzeige, zur Hand sind. Wahrscheinlich glaubte er, für ihn, den großen Hidalgo, den *Sonnenkönig von Andratx,* könne das nicht zutreffen. Da hatte er sich verrechnet und überschätzt. Denn eines Tages zeigte ein Nachbar seinen Bruder wegen des illegal errichteten Restaurants an. Das war, zusammen mit anderen Anzeigen, die Initialzündung für den *Caso Andratx*. Von den Herren mit den weißen Westen unbemerkt, begannen die Behörden unter dem Decknamen „*Operación Voramar*" mit den Ermittlungen. Konten wurden überprüft, Telefon-, E-Mail- und Postverkehr kontrolliert.

Señor Hidalgos Schafstall

Die Bürgermeister der 53 Gemeinden auf den Balearen verdienen nicht das große Geld. Die meisten sind auf das Geld als Amtsträger nicht angewiesen, weil aus Familienbesitz Vermögen vorhanden ist. Außerdem, so wird kolportiert, lässt sich der eine oder andere Rathaus-Chef sein Insiderwissen gut bezahlen. Der Bürgermeister von Andratx kann und darf kein armer Hund sein. Zumal auf seinem Gemeindegebiet die Schönen und Superreichen ihr Mallorca-Domizil aufgeschlagen haben, in deren Gefolge sich Heerscharen von B-Promis tummeln. Eugenio Hidalgo war nicht arm. Gerne prahlte er mit seinem Reichtum, den er, nach eigenen Aussagen, als Autohändler und Bauunternehmer zusammengerafft hatte. Jetzt als Bürgermeister und Herr über das Baugeschehen in und um Andratx lief der hemdsärmelige und burschikose Stadtfürst zur Großform auf. Porsche, Rolex-Uhr und Armani-Anzüge sollten ihn auf eine Ebene mit den Reichen und Schönen stellen und gesellschaftliche Anerkennung bringen. Das kleinkrämerische Auslegen von Gesetzen und Bauvorschriften war nicht seine Sache. Hier wurde nicht gekleckert, hier wurde geklotzt. So ist es kein Wunder, dass Hidalgo für sich selbst ein Stück Agrarland im Landschaftsschutzgebiet von rund 3.030 Quadratmetern mit einem halbzerfallenen Schafstall von zwanzig Quadratmetern für 30.000 Euro kaufte. Im Prinzip ein Stück wertloses Land und selbst für einen Quadratmeterpreis von rund zehn Euro als Acker weit überbezahlt.

Doch Hidalgo hatte Großes vor. Mit Hilfe seines Kompagnon, Jaume Massot, dem damaligen Chef des Bauamtes von Andratx, wurde der Acker mit einem Federstrich in Bauland verwandelt. Papier ist bekanntlich geduldig, vor allem in Spanien. Auf so einem geduldigen Stück Papier hatte Señor Hidalgo zunächst vorgetäuscht, auf dem Grundstück befände sich eine landwirtschaftliche Lagerhalle, die heruntergekommen sei. Jetzt müsse er sie renovieren, modernisieren und etwas vergrößern. Genehmigt, sagte sein Freund Massot und drückte seinen Amtsstempel auf den Antrag. Damit durfte Hidalgo eine nicht vorhandene Lagerhalle renovieren und vergrößern. Nachdem Hidalgo nun eine Baulizenz für eine große Lagerhalle hatte, stellte er jetzt den Antrag, die (nicht vorhandene) Lagerhalle in ein Wohnhaus umbauen zu dürfen. Ein weitverbreiteter Trick auf der ganzen Insel. Genehmigt, sagte Jaume Massot und schon war die Baulizenz für ein Wohnhaus erteilt, frisch gestempelt vom Bauamtschef.

Die Genehmigungsbehörde für Baulizenzen im Rathaus von Andratx, das Büro Massot, war nur eine Tür vom Büro des Bürgermeisters entfernt. Praktisch, so konnte Hidalgo, sozusagen im Vorbeigehen, die erteilte Baugenehmigung direkt abholen. Und schon ging's los.

Als erstes hat Hidalgo die Reste des einstigen Schafstalls von zwanzig Quadratmetern weg baggern lassen. Auf einem Acker im geschützten Gebiet entstand in kurzer Zeit ein luxuriöses Landhaus mit einer Grundfläche von rund 150 Quadratmetern. Zur Einrichtung wurden dann noch wertvolle Gemälde, Möbel und Einrichtungsgegenstände herbeigeschafft. Der Garten wurde angelegt und ein Zaun ums Grundstück gezogen. Kaum war die Farbe trocken, konnte die Immobilie schon auf dem Markt angeboten werden. Jetzt, als Baugrundstück mit einem modernen, im mediterranen Stil errichteten Landhaus in Andratx, ging die Rechnung auf. Hätte Hidalgo die 3.000 Quadratmeter auch noch in drei Einzelgrundstücke mit je 1.000 Quadratmeter parzelliert, dann hätte sich der Preis für den ergaunerten Baugrund mit einem Federstrich über Nacht verhundertfacht. Anstatt 30.000 Euro wäre der Acker dann drei Millionen Euro wert gewesen. Für 30.000 Euro bekäme man in Andratx gerademal ein Grundstück von der Größe eines schmalen Badezimmers. Doch auch so hat sich die Sache gerechnet. Aus einer Investition von 30.000 Euro für den Acker und rund 150.000 Euro für den Bau hat Hidalgo ein Vermögen von rund 1,5 Millionen Euro gemacht. Soviel muss in Andratx für ein Landhaus, umgeben von wunderbarer Natur, bezahlt werden. Zum Vergleich, 1,5 Millionen Euro entspricht etwa dem Lebenseinkommen der Staatsanwälte und Richter, vor denen sich Hidalgo jetzt zu verantworten hat. Oder anders gerechnet. Ein mallorquinischer Arbeiter der durchschnittlich verdient, müsste sechzig Jahre für die Summe schuften, ohne dass ihm Geld zum Essen bliebe.

Jetzt, nachdem die Behörden durch die *Operación Voramar* die Machenschaften von Hidalgo und Co. aufgedeckt haben, ist die Immobilie natürlich keinen Cent mehr wert. Nach dem Abriss, auf Kosten des Herrn Bürgermeisters muss das Grundstück auch noch renaturiert werden, so hat das Gericht in Palma entschieden. Ein schlimmes Minusgeschäft für Hidalgo.

Wie konnte es überhaupt so weit kommen?

Eines Tages und für Hidalgo, dem unangefochtenen Sonnenkönig von Andratx, vollkommen unerwartet, wurde ihm von einem seiner Amigos durchgesteckt, dass sich Bauinspektoren der Inselregierung für seine landwirtschaftliche Lagerhalle interessieren würden und selbige in Augenschein nehmen wollten.

Das war für Señor Hidalgo der größte anzunehmende Unfall. Sein Freund und wichtigster Partner bei allen Straftaten im Zusammenhang mit illegalen Baulizenzen, Jaume Massot, war in der Zwischenzeit in die Regierung gewechselt und konnte, oder wollte sich nicht einmischen. Erfindungsreichtum war also gefragt. Die Bauinspektoren mussten getäuscht werden, koste es was es wolle. Jetzt zeigte sich die ganze kriminelle Kreativität des Señor Eugenio Hidalgo: Alle Möbel, Einrichtungsgegenstände und Bilder mussten aus dem luxuriösen Haus entfernt werden. Trotz der Aktion konnte jeder sehen, dass es sich um ein Wohnhaus und nicht um eine landwirtschaftliche Lagerhalle handelt. Da war noch einiges zu kaschieren. Zunächst musste ein befreundeter Bauer mehrere Fuhrwerke, vollgeladen mit Stroh und Heu, herbeischaffen. Die wurden auf zwei Etagen verteilt und sollten bei den Kontrolleuren den Eindruck von einem landwirtschaftlichen Stall erzeugen. Tiere dürfen auf einer Bauern-Finca natürlich auch nicht fehlen. Also besorgte der Bauer eine große Anzahl von Hühnern. Die wurden in Käfige gesperrt und so vor die Telefon- und Fernsehanschlüsse plaziert, dass diese verdeckt wurden. Und damit alles ganz echt aussah, hatte sich der Bürgermeister von einem Freund Sägespäne und einen Kanister mit Altöl besorgt. Damit beschmierte er Boden und Wände, so als hätten Tiere ihre Hinterlassenschaften im Haus verteilt. Fertig war die landwirtschaftliche Lagerhalle. Dann fiel seiner Tochter Eugenia ein, dass auf jeden Fall noch ein Pferd einquartiert werden musste, damit alles noch viel echter wirkte. Gute Idee, meinte Hidalgo; aber weil er mit Pferden nicht so richtig zurechtkommt, musste der Zosse zahm sein.

Was der Bürgermeister und Mann von Welt Eugenio Hidalgo nicht wusste, war die Tatsache, dass die Staatsanwaltschaft bereits seit Monaten seine Telefongespräche mitgehört hatte. In der Abhörzentrale sorgten die Hidalgo-Telefonate immer wieder für große Heiterkeit.

Am 27. Juli 2006 um 21:09 Uhr telefonierte Hidalgo mit Toni, einem Angestellten vom Rathaus Andratx.

Hidalgo: „... Toni, wir müssen ein zahmes Pony suchen ... damit das Haus wie eine landwirtschaftliche Lagerhalle aussieht ... verstehst du mich? Ein Pony, auch wenn es alt ist, das macht nichts, das ist gut."

Im gleichen Telefonat fragt Hidalgo etwas später den Toni: „Weißt du, wohin die Schüsse zielen ...? Du wirst es mir nicht sagen. Ja ja ja, jetzt lasst ihr mich alle im Stich."

Am 04. August 2006 um 14:55 Uhr telefoniert Hidalgo mit seiner Tochter Eugenia. Wieder geht es um das Pferd. Da hat sich zwischen Vater und Tochter offenbar ein Missverständnis eingeschlichen.

Hidalgo: „Nein, nein Eugenia, das Pferd brauche ich nicht für Cati, das Pferd brauche ich für's Haus. Wenn die kommen, *müssen die glauben, das ist der Stall für das Pferd."*

Am 06. August 2006 um 14:52 Uhr telefoniert Jaume Porsell, der spätere Interimsbürgermeister von Andratx mit Hidalgo.

Porsell: *„Hör zu, heute morgen haben wir eine Schmiererei am Strand entdeckt."*
Hidalgo: *„ Was?"*
Porsell: *„Da steht drauf ... – welcome to Marbella –"*
Hidalgo: *„Verdammt ... hast du es schon gesehen?"*
Porsell: *„Ja, es ist in grüner Farbe."*
Später ruft Hidalgo Jaume Porsell zurück:
Hidalgo: *„Ich hab aus dem Haus den Eisschrank aus Edelstahl entfernt, ich hab alle Bilder abgehängt. Ich hab ein paar Behälter mit Fertigfutter hingestellt, das sieht gut aus."*

Am 20. Oktober 2006 um 18:30 telefoniert Hidalgo mit einem Señor Juan.

Hidalgo: *„ ... ach ist egal, du lässt mir das Altöl hier im Haus."*
Juan: *„ ... ich lass dir einen Sack Sägespäne und das Öl da."*
Hidalgo: *„Ja genau, ich nehm ein bisschen davon und schmier es im Haus herum."*

Aufgrund der abgehörten Telefonate wussten die Bauinspektoren schon lange, bevor sie die sogenannte landwirtschaftliche Lagerhalle inspizierten, was sie erwarten würde.

So stelle ich mir einen modernen Stall vor, ließ Hildalgo die Herren vom Bauamt wissen. Gleichzeitig versuchte er selbige schnell aus dem „Stall" hinauszubugsieren. Das ging natürlich schief. Eugenio Hidalgo war entlarvt. Später verfügte das oberste Gericht in Palma den Abriss des Hidalgo-„Stalles".

Hidalgo, der über Jahre den unantastbaren Statthalter von Andratx gab, und der sich traumwandlerisch im Korruptionssumpf zu bewegen wusste, vermutete einen politischen Rachefeldzug der UM-Partei (Unión Mallorquina). In einem Telefongespräch mit seinem Bruder Carlos am 28. Juli 2006 antwortete er auf die Frage seines Bruders:

„...Was haben sie zu dir gesagt?"

Hidalgo: *„...nichts.* Matas (PP-Präsident der Balearen-Regierung) *hat mit Carlos Delgado* (PP-Bürgermeister von Calvia und Bruder des Notars Delgado) *gegessen und ich hab am selben Tisch gesessen. Und er ist von hinten gekommen und hat mich umarmt und hat gesagt: ‚wir, die Partei, sind mit dir. Bleib ganz ruhig.' Dann hat er zu mir gesagt: das ist ein Krieg, der jetzt beginnt."*

Nach kurzer Pause fährt Hidalgo fort: *„Diese Unión Mallorquina ... wie sie schon gesagt haben, der Delgado und die anderen ... er hat gesagt, die Unión Mallorquina würde mich und ihn töten. Wenn sie könnten, würden sie uns umbringen."*

Zwei Tage zuvor, am 26. Juli 2006, telefonierte Hidalgo um 21:15 mit einem Señor Jordi. Es geht in dem Telefonat um die PP-Partei, die nächste Wahl und darum, die Mehrheit zu bekommen. Später in dem Gespräch sagte Jordi:

„...hör mir zu, wenn du die Mehrheit kriegst, fahren wir nach Paris, du zu einer Nutte und ich zu einem Typen. Und zahlen wird das Rathaus."

Hidalgo: *„...ach was, wir zahlen selbst...das Rathaus... damit es nachher kommt wie in dem Fall ... wie heißt der noch ... Rasputin."*

Jordi: *„Jaime Massot hat in Paris eine Wohnung, da können wir uns die Räume teilen."*

Hidalgo: *„... hör zu, wie im Fall Rasputin. Du und ich wir haben genug Geld, um eine Nutte zu ficken, Mensch."*

Am Montag, dem 27. November 2006, setzten die spanischen Ermittlungsbehörden dem Spuk von Andratx ein jähes Ende.

Ein beeindruckendes Polizeiaufgebot von rund dreißig Beamten in Uniform, Staatsanwälten der Antikorruptionsabteilung und Steuerfahndern, dazu sechs Gerichtssekretäre setzten sich in Marsch. Die erste große Operation gegen die Baukorruption in Mallorca war in Gang gesetzt. Unter dem Decknamen „ *Voramar* " hatten die Beamten mehrere Monate intensiv ermittelt. Kurz nach 09:00 Uhr morgens stürmten sie nun das Rathaus von Andratx. *„Finger weg von den Computern, Hände auf den Tisch "*, hallte der Befehl der Polizeibeamten durch die Amtsstuben. Angesichts solcher Staatsmacht wagte es keiner der Anwesenden auch nur mit der Wimper zu zucken. Die Szene hätte aus jedem amerikanischen Terroristenthriller stammen können. Der Bürgermeister Eugenio Hidalgo (PP) wurde gleich, mit Handschellen verziert, in einen Nebenraum gebracht und um 10:30 Uhr durch die Hintertür des Rathauses abgeführt. Auch sein Inspektor für das Bauwesen, Jaime Gibert, wurde festgenommen und nach Palma verfrachtet. Der *„ Caso Andratx "* war geboren.

In ihrer Reportage zum Jahrestag des *Caso Andratx* schreibt die Journalistin *Virginia Eza* in der mallorqinische Tageszeitung *Diario de Mallorca* über die Ereignisse vom 27. November 2006: *„...ein Tag, dessen Bilder für immer auf der Netzhaut aller Inselbewohner eingraviert bleiben. "*

Während die beiden Festgenommenen nach Palma chauffiert wurden, ließen die beiden Staatsanwälte Juan Carrau und Pere Horrach das Rathaus buchstäblich auf den Kopf stellen. Zur gleichen Zeit durchsuchte ein weiterer Trupp von Polizei und Staatsanwaltschaft die privaten Häuser von Eugenio Hidalgo und Jaime Gibert und sperrte Konten. Hidalgos Porsche wurde ebenso konfisziert wie seine sonstigen Immobilien und Besitztümer. Insgesamt beschlagnahmte das Untersuchungsgericht bei dem kriminellen Trio Immobilien und sonstige Werte, wie Gemälde von Miro und Tapies, sowie Bankguthaben und Autos in einer Größenordnung von sieben Millionen Euro.

Eugenio Hidalgo hat jedes gültige Baugesetz verletzt, stellten die Ermittler in ihren Protokollen fest.

Die Baugenehmigungen des Señor Massot

Etwa gegen 10:00 Uhr am gleichen Montagmorgen wurde der Generaldirektor für Raumordnung der Balearen-Regierung, Jaume Massot (PP), in seinem Büro in Palma de Mallorca festgenommen. Kriminalpolizei, Guardia Civil und eine Gerichtskommission durchsuchten erst sein Büro und danach sein Privatheim. Wie in Andratx wurden auch hier zentnerschwere Aktenberge, Computer, Laptops und Handys beschlagnahmt und abgefahren. Besonders brisantes Material förderte die Durchsuchung von Massots Privatheim zu Tage. Die Ermittler staunten nicht schlecht, als sie bei dem Regierungsbeamten Unterlagen über international tätige Firmen mit Sitz in Steuerparadiesen auffanden. Dazu passend die entsprechenden Bankverbindungen. Inhaber der Firmen und Bankkonten war, man staune, nicht wie zu vermuten, Herr Massot selbst, sondern dessen Ehefrau, Dominique Joulin. Auch die Mutter des Generaldirektors Jaume Massot, immerhin eine Dame im gesegneten Alter, war an den Firmen beteiligt und unterhielt laut aufgefundener Dokumente und Bankauszüge Firmen und Konten in Panama und auf den Cayman Islands. Kaimaninseln, Panama? Panama kenne sie nur durch den Panamakanal. Ein Konto in Panama habe sie nie besessen. Natürlich nicht, Señora. Sie waren gewissermaßen nur die Strohmama ihres offenbar missratenen Sohnes.

Herr Massot brauchte Tarnfirmen, um die Einnahmen aus seinen nicht genehmigten und kriminellen Nebenbeschäftigungen zu verstecken. Eine davon war die Firma „*Territorio Asesores S.A.*", kurz „Terra" genannt. Zur Tarnung hatte er den Firmensitz im Wohnhaus seiner Mutter angesiedelt. Die Ehefrau des umtriebigen Generaldirektors war die Geschäftsführerin der Firma Terra. Bei seiner Vernehmung am 17. Mai 2007 sagte Massot gegenüber dem Richter Álvaro Latorre Lopéz und dem Staatsanwalt Juan Carrau: „*Meine Frau und meine Mutter sind Teilhaber in der Firma Terra. Meine Frau erledigt alle wirtschaftlichen und familiären Angelegenheiten*". Natürlich verschwieg er seinen Vernehmern gegenüber, dass die Firma *Terra* in Wahrheit ihre wichtigsten Konten auf den Cayman Islands hat. Aber das wussten die Ermittler bereits. Und sie wussten auch, dass einige Konten der Terra S.A. auf den Namen seiner Mutter eingetragen waren. Jahrelang hatte Jaume Massot auf den Firmenkonten der *Territorio Asesores S.A.* auf den Cayman Islands die einkassierten Schmiergelder angehäuft.

Mit der Aussage des Familienoberhauptes haben auch die Ehefrau und die Mutter von Señor Massot ein Strafverfahren am Hals. Die Damen dürfen mit ein paar Jahren Gefängnis rechnen. Es gibt jedoch noch einigen Klärungsbedarf. Sicher ist jedenfalls, dass die drei wegen Geldwäsche angeklagt werden. Außerdem müssen sie sich wegen Steuerhinterziehung verantworten.

Über die Firma *Terra* kassierte der smarte Generaldirektor der Balearen-Regierung Honorare für seine Baugutachten. So für die Urbanisationen *Montport und S'Almudaina dos* in Andratx, von denen einige größere Flächen 1991 zu Naturschutzgebieten erklärt worden waren. Dem Investor aus Katalonien hätte eine Entschädigung zugestanden. Der wollte aber keine Entschädigung, sondern mit einer Bebauung den ganz großen Reibach machen. Damit das funktionierte, hat ihm Señor Massot, damals Bauamtsleiter von Andratx, mit gefälschten Lizenzen die Bebauung ermöglicht. Als später der Inselrat einen Baustopp über die fertiggestellten Urbanisationen verhängte, erstellte Massot, in der Zwischenzeit Mitglied der Balearen-Regierung und Generaldirektor für Raumordnung, wiederum ein Gutachten für den Investor aus Katalonien. Laut Gutachten müssen die Steuerzahler der Balearen an den Katalanen 34 Millionen Euro für die illegale Bebauung von *Montport* und *S'Almudaina dos* Schadensersatz zahlen.

Das muss man sich zweimal durchlesen und langsam auf der Zunge zergehen lassen. In seiner früheren Funktion als Chef des Bauamtes von Andratx genehmigt er den Bau der Urbanisationen *Montport* und *S'Almudaina dos* in einem geschützten und nicht bebaubaren Gebiet. Als der Betrug aufgefallen ist und der oberste Gerichtshof den Abriss der Urbanisation verfügt hat, erstellt derselbe Mann, jetzt Generaldirektor für Raumordnung in der

Balearen-Regierung, ein Gutachten, wonach der Bauspekulant für seine illegale Bebauung, die er, Massot, genehmigt hatte, auch noch 34 Millionen Euro Schadenersatz vom Staat erhält. Das Honorar für dieses Gutachten berechnete Massot mit 42.000 Euro. Das Geld wurde wie üblich auf ein Konto der Firma *Terra* auf den Cayman Islands transferiert.

Jaume Massot, der gefeuerte Generaldirektor für Raumordnung war in seinen Entscheidungen äußerst flexibel, wenn es darum ging Geld in die eigene Tasche zu scheffeln, wie das Beispiel des katalanischen Investors zeigt.

Ob der Staat die 34 Millionen Schadenersatz tatsächlich bezahlen muss, wird der Oberste Gerichtshof der Balearen entscheiden.

Den zahlreichen Nobelvillen, die von dem katalanischen Bauspekulanten gegenüber dem Hafen von Andratx, mitten hinein ins Naturschutzgebiet gebaut wurden, droht jedenfalls der Abriss.

Dabei hätte der Mann, der als jurister Berater für den Katalanen tätig war und der für die illegale Bebauung in Andratx verantwortlich ist, wissen müssen, dass in der landschaftlich reizvollen Zone von *Montport* und *S'Almudaina de Andratx,* oberhalb von *Montport*, seit dem Erlass des Gesetzes über die Naturschutzzonen „Ley de Espacios Naturales" von 1991 jegliche Bebauung strikt verboten ist.

Der Mann, von dem die Rede ist, ist der altehrwürdige *Don Miquel Coll Carreras*. Ein Grandseigneur der mallorquinischen Justiz. 92 Jahre alt, zuerst Anwalt und dann Staatsanwalt. Seit 1993 war er der Präsident des Ministeriums für juristische Beratung der Balearen-Regierung und blieb es bis Juli 2007. Krankheitshalber musste er dann sein Amt abgeben. Der hochgeachtete Señor Coll Carreras war von 1942 bis 1985 Staatsanwalt. Er gehörte dem sogenannten Schmuggler-Tribunal an, das von den Finanzbehörden installiert wurde, um den Schmuggel, der in den 1950er Jahren auf den Balearen kaum mehr kontrolliert werden konnte, zu bekämpfen.

Jetzt, mit seinen 92 Lebensjahren, ist er selbst zum Beschuldigten geworden. Er, der angesehene Staatsanwalt a.D. und

Präsident des *Consell Consultiu* gerät im Zusammenhang mit der Firma *Urbanización S'Almudaina Dos S.L.* ins Visier der Ermittler im Caso Andratx. Don Miquel Coll Carreras musste sich als juristischer Berater dieser Firma im Zusammenhang mit dem „*Caso Andratx*" einige unangenehme Fragen des Untersuchungsrichters gefallen lassen. Die Straftat, der er beschuldigt wird, heißt im Spanischen „*Trafico de Influencias*". Eine direkte und absolut korrekte Übersetzung ins Deutsche gibt es nicht, weil für das Delikt „*Trafico de Influencias*" im deutschen Strafrecht mehrere Tatbestände beschrieben werden. Es geht um die Ausnutzung seiner hervorgehobenen Stellung, um Einflussnahme, Bestechung und Amtsmissbrauch. Die Untersuchungsbehörde warf Señor Coll Carreras vor, den Generaldirektor für Raumordnung der Balearen-Regierung, Jaume Mossot, kontaktiert zu haben, in der Absicht, die Firma „*Urbanización S'Almudaina Dos S.L.*", bei der Vergabe von Baulizenzen bevorzugt zu behandeln.

Den Staatsanwälten und Finanzfahndern war aufgefallen, dass die Luxusvillen über sämtliche notwendigen Lizenzen und Dokumente verfügten. Und dies, obwohl sie im Naturschutzgebiet nie hätten gebaut werden dürfen, also illegal errichtet wurden.

Die Lizenzen und Dokumente für die Urbanisation wurden von dem kriminellen Trio Eugenio Hidalgo, Jaume Massot und Maria Isabel Seguí Capó (Nachfogerin des Jaume Massot im Bauamt von Andratx), gegen Zahlung einer beträchtlichen Summe versteht sich, ausgestellt, unterschrieben und gestempelt. Bei der Durchsuchung der Büroräume von Jaume Massot fand die Guardia Civil einen Brief des ehrenwerten Herrn Coll. Dieser bat darin den Generaldirektor für Raumordnung, mit der Bebauung der Urbanisation *S'Almudaina* fortfahren zu können, und dies, obwohl er und insbesondere der Generaldirektor für Raumordnung wussten, dass jegliche Bebauung im Gebiet von *Monport und S'Almudaina* illegal und verboten ist. Da würde sich schon ein Trick für die Legalisierung finden lassen, solange unsere Amigos von der PP an der Regierung sind, werden sich die Herren in ihrer grenzenlosen Arroganz gedacht haben.

Die Arroganz, die Jaume Massot, der sich stets nobel und elegant gab, an den Tag legte, wird ihn noch teuer zu stehen kommen. In einem abgehörten Telefonat der Gemeindearchitektin von Andratx, Señora Cinta Moya, bezeichnete diese Massot als Kopf der Bande: „*Massot ist der Schlauste von allen und am Ende wird er sich aus der Affäre ziehen. Mir ist klar, dass er der Kopf war.*"

Maria Isabel Seguí Capó, die Nachfolgerin von Jaume Massot als Bauamtschefin von Andratx, wurde ebenfalls verhaftet. Bei ihrer ersten Vernehmung, sagte sie gegenüber den Beamten der Guardia Civil: „*Massot ist das Gehirn der Baukorruption. Er hat von seinem Büro in Palma aus weiter das Bauwesen in Andratx dirigiert.*"

Man höre und staune. Massot, der seit Juli 2003 nicht mehr im Rathaus von Andratx tätig war und damit auch formell nichts mehr mit Baulizenzen auf dem Gemeindegebiet von Andratx zu tun hatte, bestimmte noch immer, wer, wo, wie groß und für wie viel (Schmier) - Geld in Andratx bauen durfte.

Don Miquel Coll Carreras hat im *Caso Andratx* nichts mehr zu befürchten. Er verstarb mit 93 Jahren am 9. Juni 2008.

Zurück lässt er, wie schon beschrieben, die Luxusvillen in der Urbanisation *S'Almudaina*, für deren Erbauung er sich so stark gemacht hatte. Ihre Zukunft steht in den Sternen. Oder vielleicht doch nicht. Wahrscheinlich wird ihre Zukunft im obersten Gericht von Palma de Mallorca entschieden. Jedenfalls hat das Gericht die fast fertiggestellten und zum größten Teil verkauften Villen in *Monport*, unterhalb der Urbanisation *S'Almudaina*, mit einem sofortigen Baustopp belegt. Der nächste Schritt ist die Abrissverfügung, die vom Inselrat schon bei Gericht beantragt wurde. Damit würden elf Gebäude mit 68 Luxuswohnungen samt Superpool der Abrissbirne zum Opfer fallen. Fünfzig der 68 Luxuswohnungen wurden bereits verkauft. Das Consell de Mallorca (der Inselrat) beantragte eine weitere richterliche Anordnung, welche die Gemeindeverwaltung von Andratx verpflichtet, die Käufer der Luxuswohnungen öffentlich zu unterrichten, dass ihre Mallorca-Residenzen illegal errichtet worden sind und abgerissen werden müssen. Aus der Traum vom Süden und vom unbezahlbaren Blick auf die Bucht von Andratx. *Unbezahlbar* kann durchaus wörtlich verstanden werden. Von ihrem Geld werden die geprellten Käufer der Nobelvillen wahrscheinlich keinen Cent mehr sehen. Im Gegenteil, sie werden, zu allem Übel, auch noch für die Abrisskosten zahlen müssen.

Señor Massot hat nicht nur in und um Andratx sein Unwesen getrieben. Die Staatsanwaltschaft will herausgefunden haben, dass Señor Massot auch in die Korruptionsaffäre um den sogenannten *„Plan Territorial de Mallorca"* verwickelt ist. Im Jahr 2004 wurde in zahlreichen Gemeinden der Balearen eine Neuordnung des Gemeindegebietes vorgenommen. Die Planung war geheim. Welcher Grund und Boden nach dem neuen Bebauungsplan zu Baugrund werden würde, wussten nur Insider. Die haben sich ihr Wissen vergolden lassen. Die Rede ist von Schmiergeldzahlungen in Millionenhöhe. Zuvor wertloses Land wurde von Investoren, Geschäftsleuten und auch Privatpersonen, die über entsprechende Barmittel verfügten, aufgekauft. Nach Inkrafttreten des neuen *„Plan Territorial de Mallorca"* schöpften diese Herrschaften Gewinne von rund 300 Millionen Euro ab.

Bei ihren Ermittlungen sind die Untersuchungsbehörden auf einen Fall gestoßen, der in der Gemeinde Marratxi, unweit der Hauptstadt Palma de Mallorca, spielt. Dort hatte der Regierungsbeamte Jaume Massot im Rahmen des *„Plan Territorial"* ein großes landwirtschaftliches Areal von 636.000 Quadratmetern umdeklariert und zu Bauland erklärt. Die auf dem Areal geplante Urbanisation umfasst 670 Häuser. Auch bei dieser Gelegenheit war Insiderwissen Gold wert. Der Fall *Plan Territorial* zeigt sehr deutlich, wie die Mallorca Connection funktioniert. Deshalb hat der zuständige Untersuchungsrichter die Ermittlungen in diesem Fall für geheim erklärt.

Massot wäre nicht Massot, wenn er es nur bei *einer* Tarnfirma für seine Nebeneinnahmen belassen hätte. Die Ermittler sprechen von einem Netzwerk von mindestens neun Gesellschaften.

Alles Gesellschaften, die eng mit dem Rathaus in Andratx zusammenhängen. Von dort kamen Schmiergelder in großen Summen, die Massot für seine Gefälligkeiten kassierte. In fast allen Fällen ging es um die Umdeklarierung von geschützten Gebieten in Baugebiete. Jetzt prüfen Staatsanwaltschaft und Steuerfahnder jeden einzelnen Vorgang dieser Firmen. Praktischerweise hat Massot auch eine eigene Immobilienfirma, die *Balear Helvética de Inversiones S.A.* gegründet und in seinem eigenen Haus domiziliert. Zweck des Netzwerkes, so die Staatsanwaltschaft, war die Geldwäsche. Der Untersuchungsrichter, Álvaro Latorre Lopéz, hatte durch die Finanzbehörden ein Gutachten zur Einkommenssituation von Jaume Massot erstellen lassen. Und siehe da, nicht nur Massot war auffällig, sondern es fanden sich weitere rund einhundert Personen und Personengesellschaften, die in direkter Verbindung zur Baukorruption der Gemeinde Andratx stehen. Die festgestellten Geldtransfers der überprüften Personen und Gesellschaften sind für das Untersuchungsgericht ein weiterer Beweis für die organisierte Geldwäsche, die Massot und seine kriminellen Kumpane betrieben haben.

Seinem Freund Hidalgo wird vorgeworfen, Schmiergelder bei der Lizenzvergabe zum Bau des Luxushotels Mini Folies in der Cala Llamp eingesteckt zu haben. Das wird von Hidalgo naturgemäß heftig bestritten.

Telefonieren, ob mit dem Handy oder mittels Festnetzanschluss kann, für Leute, die im Visier der Ermittler sind, auf Mallorca gefährlich werden. Das musste auch Hidalgo erfahren, als ihm die Guardia Civil ein abgehörtes Telefonat vorspielte, das der Bürgermeister mit dem Promoter des Nobelhotels Mini Folies in der Cala Llamp, Jaime Ríos Julian, geführt hatte. Zwar wurde nicht eindeutig über eine bestimmte Summe von Schmiergeld gesprochen, aber das, was gesprochen wurde, die Zweideutigkeit einiger Sätze, hatte die Staatsanwaltschaft aufhorchen lassen. Zwischen den Zeilen könne man durchaus heraushören, dass es um Schmiergeldzahlungen an Hidalgo ging, so der Staatsanwalt. Deshalb habe er zu diesem Fall eine Untersuchung eingeleitet. In dem abgehörten Gespräch drohte Hidalgo dem Promoter Rios, dessen Firma Espacio S.L. die Errichtung des Hotels durchführte, den „Hahn zuzudrehen", wenn Señor Rios die Modifizierung der falsch ausgestellten Baulizenz nicht beschleunigen würde.

Der normale Mensch würde vermuten, Hidalgo verhängt einen Baustopp, wenn Señor Rios die Sache nicht in Ordnung bringt. Aber so war die Aussage von Hidalgo nicht gemeint. Man muss schon zweimal hinhören, um zu verstehen, was Hidalgo mit der Beschleunigung der Modifizierung der getürkten Lizenz wirklich meinte. Die für das Bauvorhaben Hotel Mini Folies erteilte Lizenz stimmte mit dem real errichteten Hotelgebäude nicht überein. Einfacher gesagt, Señor Rios hatte viel zu groß gebaut. Also musste die Lizenz angepasst werden. Das kostete natürlich Geld. Hidalgo war an Geld interessiert und nicht an einem Baustopp. Das meinte die Staatsanwaltschaft mit der Zweideutigkeit des Gespräches. Jedenfalls wurde kein Stein abgerissen. Das Nobelhotel Mini Folies in der Cala Llamp wurde pünktlich eröffnet und erfreut sich regen Zuspruchs.

Die Verquickung mit der Mallorca Connection

Einmal mehr ist von der Cala Llamp die Rede. Das riecht irgendwie nach Mallorca Connection. Es fehlt nur noch der FELIU-CLAN. Der taucht auf, als bei der Durchsuchung des Rathauses von Andratx ein Schreiben des Promotors Jaime Rios Julián an die Gemeindeverwaltung von Andratx gefunden wird. Das war ein halbes Jahr vor der Operación Relámpago. In diesem Schreiben, welches im Schreibtisch von Massot gebunkert war, erklärt Señor Rios, wie es zu dem Kauf einiger Grundstücke in der Cala Llamp gekommen ist. Damit bekommen die Ermittler den Beweis dafür, dass die Kanzlei Feliu, anders als sie es später darstellen wird, doch wesentlichen Einfluss auf die Geschäfte der Firma *Detursa S.A.* hatte. Es tauchen die Namen des international gesuchten, vietnamesischen Herrn Yann Theau auf, der Name des Franzosen Patrick Duchemin, der Name José Feliu Vidal und der Name Álvaro Delgado, Notar seines Zeichens. Aus dem

Schreiben geht weiter hervor, dass Señor Rios persönlich mit José Feliu über den Kauf verschiedener Grundstücke in der Cala Llamp verhandelt hat. Feliu habe ihm, Señor Rios, gesagt, dass die Detursa S.A. an Herrn Theau verkauft sei. Gleichzeitig habe ihm Señor Feliu empfohlen, sich mit dem Notar Álvaro Delgado in Verbindung zu setzen, da der die gesamte Dokumentation der zu verkaufenden Grundstücke vorliegen habe.

Im Büro der Notare Herrán & Delgado staunte Señor Rios nicht schlecht, als plötzlich die Herren Theau und Duchemin als Verkäufer der Grundstücke in der Cala Llamp auftauchten. Der Kaufvertrag selbst war so verfasst, wie er, Señor Rios, ihn mit José Feliu Vidal besprochen hatte. Die Grundstücke hatten, wie von Feliu zugesagt, jeweils gültige Baulizenzen. Eine Lizenz für einen Hotelkomplex, die anderen für diverse Wohnhäuser.

Der aufgefundene Brief mit dem zuvor beschriebenen Inhalt ist für die Staatsanwaltschaft deshalb von großer Bedeutung, weil damit bewiesen werden kann, wie die Connection zwischen dem Rathaus von Andratx und dem Feliu-Klüngel funktioniert hat. Wie schon erwähnt, die Behörden mussten noch sechs Monate weiter ermitteln, bevor sie in der Operation Blitz am 26. April 2007 zuschlagen konnten. Mehr darüber im Kapitel über die Doppelverkäufe von teuersten Grundstücken in der Cala Llamp.

Die PP - Partei

Am 27. November 2006 erlebte man auch in der Parteizentrale der PP (partido popular) und im Regierungssitz einen schwarzen Montag. Noch am selben Vormittag verkündete der PP Vorsitzende und Regierungspräsident Jaume Matas (PP) die fristlose Entlassung seines Generaldirektors für Raumordnung, Jaume Massot, sowie die sofortige Absetzung des Bürgermeisters von Andratx, Eugenio Hidalgo (PP). Die Parteioberen glaubten, mit ihrer Sofortentscheidung würde sich das Interesse der Öffentlichkeit von der gebeutelten PP abwenden. Genau das Gegenteil trat ein. Bereits vier Tage später mussten der Regierungschef und Parteivorsitzende der PP, Jaume Matas, und der Generalsekretär der PP-Partei, zugleich Innenminister der Balearen-Regierung, José Maria Rodriguez, eingestehen, dass sie am Samstag, dem 25. November 2006, also zwei Tage vor der Verhaftung des Bürgermeisters ein Treffen mit ihrem Partei Amigo Hidalgo hatten. Das Geständnis von Matas und Rodriguez, ein Treffen mit Hidalgo gehabt zu haben kam nur deshalb zustande, weil der Ex-Bürgermeister in seiner Vernehmung am 30. November in Gegenwart seines Anwaltes, Rafael Pereras, dem Gericht von jenem Treffen erzählt hatte. Unmittelbar nach der richterlichen Vernehmung trafen sich Rafael Perera und der Regierungschef, Jaume Matas. Worüber die beiden gesprochen haben, ist nicht autentisch überliefert. Überliefert ist nur das Geständnis von Matas und Rodriguez. Demnach hat sich am 25. November 2006, zunächst am Vormittag, Innenminister José Maria Rodriguez mit Hidalgo getroffen. Am Nachmittag gab es ein zweites Treffen. Diesmal traf sich Hidalgo mit Señor Matas und Señor Rodriguez. Die Ermittler konnten nachweisen, dass Hidalgo, kurz nach dem geheimnisvollen Treffen mit seinen Parteibossen, belastende Dokumente vernichtet hat.

Für die PP Partei kam es aber noch schlimmer. Dem Generalsekretär und Innenminister, José Maria Rodriguez, wird vorgeworfen, er habe Hidalgo am Morgen des 27. November 2006 vor dem Zugriff der Ermittlungsbehörden per Mobiltelefon gewarnt. *Nein, nein, er hätte Hidalgo nur angerufen, um zu fragen, ob der bei der nächsten Wahl wieder kandidieren werde,* sagte der Ex-Innenminister bei seiner Anhörung. Offenbar wusste der Herr Innenminister nicht, dass der ermittelnde Staatsanwalt, Juan Carrau, das Abhören von Rodriguez' handy beantragt hatte. So konnte man ihm leicht den wahren Grund seines Anrufes beweisen:

Hidalgo: „ *...ja, guten Tag.* "

Rodriguez: *„Eugenio, guten Tag, ich bin es, José Maria Rodriguez. Mach dir keine Sorgen, ich habe schon was artikuliert. Das, was jetzt geschieht, ist das, was wir erwarten mussten. Mal sehn, was sie uns vorhalten, nicht? Warum auch nicht ... Ich habe die Information, dass es heute passiert. Aber ich weiß nicht, man* *muss die Ereignisse abwarten. "*

Hidalgo: *„Deshalb müssen wir mal sehn. Wir werden zusammenstehen, falls sie uns nicht ... "*

Rodriguez: *„Falls sie uns nicht Angst einjagen, genau ... "*

Hidalgo: *„Ich habe gedacht, José Maria, du weißt, ich habe dich heute mogen um sieben Uhr schon angerufen ... "*

Rodriguez: *„Ich hatte das movil* (Handy) *ausgeschaltet ... "*

Hidalgo: *„Warum ... klar, wir denken auch ... wir haben doch gesagt, bevor wir das letzte Gespräch hatten, dass wir uns heute um elf Uhr im Kabinett der Präsidentschaft treffen. Der Präsident (*Matas*), du, Perera (*Anwalt von Hidalgo*) und ich, wenn ich mich recht erinnere. "*

Rodriguez: *„... nein aber, aber wir müssen es machen. Ich muss jetzt Perera anrufen... "*

Hidalgo: *„Ja, ruf ihn an. "*

Rodriguez: *„...um ihm zu sagen, dass es unerledigt ist. Mal sehn, was passiert. Klar, wir wissen es nicht, ich auch nicht. Mal sehen, ob du mich verstehst. Wir wissen nicht, wie die Sache läuft. Also gut, ich glaube, das einzige, was wir machen können, ist warten, was sich tut. Es muss sich was bewegen. Wenn sich nichts bewegt, passiert nichts. "*

Hidalgo: *„Klar, deshalb glaube ich, wenn ich eine Neuigkeit höre, hörst du sie schon vorher oder gleichzeitig. "*

Rodriguez: *„Ich lasse mein movil immer offen, dass du und wir zu jeder Zeit anrufen können. Hörst du mich, ... für alle Fälle. "*

Hidalgo: *„Du ... für alle Fälle, bereite mir ein Gesuch vor. "*

Rodriguez: *„Mach dir keine Sorgen, es ist alles vorbereitet. "*

Hidalgo: *„Und das Gesuch zum Parteiaustritt? "*

Rodriguez: *„Mach dir keine Sorgen. Mit dem, was ich sage, ist es genug. Es gibt aber eine Sache, die vorbereitet werden muss. Ich werde mit Rafael Perera* (Rechtsanwalt) *sprechen, hörst du mich? Damit die Angelegenheit... damit man die richterliche Verfügung in die Hand bekommt, weil man sehen muss, was da drinnen steht, hörst du mich? Stell dir vor, das ganze Material geht gegen den anderen (*gemeint ist Jaume Massot*).Man muss auch diese Situation betrachten. "*

Hidalgo: *„Klar, ich weiß, wir beide sind im selben Paket. "*

Rodriguez: *„Gut, warten wir also ab."*

Hidalgo: *„Entschuldige, dass ich mich nicht richtig ausgedrückt habe, ich meine natürlich im selben Boot, du und ich von der Partei ..."*

Rodriguez: *„Ja ... aber ich möchte damit sagen ... es ist der Generaldirektor* (gemeint ist Massot) *und nicht du, ...wenn es zu dessen Lasten läuft, wird es uns nur flüchtig treffen, ...aber es ist nicht egal ... eh ..."*

Hidalgo: *„Was meinst du, werden wir es aushalten? Zu sehen , wie die Sache ausgeht?"*

Rodriguez: *„Mal sehn, wie die Sache ausgeht ... ok?"*

Hidalgo: *„Ich warte auf Nachrichten von dir..."*

Rodriguez: *„Eine Umarmung... adios Amigo, adios."*

Hidalgo: *„Adios."*

So verlief das abgehörte Gespräch zwischen dem Innenminister und Generalsekretär der PP Partei, José Maria Rodriguez, und dem Bürgermeister von Andratx, Eugenio Hidalgo, circa eine Stunde vor der Verhaftung von Hidalgo.

Rodriguez behauptet später, in dem Gespräch sei es einzig darum gegangen, den Parteifreund Hidalgo zu fragen, ob er bei der nächsten Wahl wieder kandidieren werde. Es braucht schon einige Fantasie, wenn man aus dem vorliegenden Transkript des aufgezeichneten Telefonats einen solchen Gesprächsinhalt herausfiltern will. Die Version der Staatsanwaltschaft scheint da weitaus wahrscheinlicher: Die behauptet nämlich, Rodriguez habe Hidalgo den Polizeizugriff verraten.

Aktualisierung 2012

zu Ex-Balearenpräsident Jaume Matas

Jaume Matas, von 2003 bis 2007 Regierungschef der Balearenregierung und stets gut informierter Chef der PP-Partei, hat die Verhaftung seines Generaldirektors für Raumordnung, Jaume Massot selbst miterlebt. Er, den man heute ungestraft einen Kriminellen nennen darf, dachte damals, dank seiner dümmlichen Arroganz, nicht im Traum daran, dass ihn eines nicht zu fernen Tages das gleiche Schicksal ereilen könnte. Zwölf Delikte legt ihm die Anklage heute zur Last. Darunter Straftaten wie Amtsmissbrauch, Bestechlichkeit, Unterschlagung, Geldwäsche, Steuerhinterziehung, Verstoß gegen das Wahlgesetz u.v.a.m.

Sein Fall *„Palma Arena"* ist in 26 Teilstücken unterteilt. Im ersten Prozess, dem - Teilstück Nummer zwei – werden ihm Amtsmissbrauch, Veruntreuung öffentlicher Gelder, Betrug und Dokumentenfälschung vorgeworfen. Dieses Teilstück stellt allerdings nur eine Randerscheinung im Fall *„Palma Arena"* dar. Und trotzdem hat ihn das Gericht schon mal zu sechs Jahre Haft verurteilt. Matas, das ist so seine Art, hat natürlich das Urteil juristisch angefochten. Die juristische Spiegelfechterei bringt ihm allenfalls einen kleinen Zeitgewinn. Vor einem längeren Gefängnisaufenthalt wird ihn dieser Schachzug nicht bewahren. Jaume Matas musste für die von der Staatsanwaltschaft geforderte Millionenkaution seine Immobilien mit Hypotheken belasten. Weil er die monatlichen Zinsen von 8000 Euro nicht bezahlen konnte, hat die Bank die Versteigerung seines Stadtpalastes und drei weiterer Immobilien, die der Familie Matas zugeschrieben werden, in die Wege geleitet. Den Pass hat man Matas ohnehin längst abgenommen. Spanien darf er nicht verlassen. Damit ist auch sein Job bei PricewaterhouseCoopers in den USA passé.

Rechnet man die Strafen zusammen, die das Gesetz für alle Straftaten des Exregierungschef vorsieht, dann kommt man, natürlich nur theoretisch, auf eine Gesamtstrafe von 64 Jahren. Man kann es drehen und wenden wie man will, fest steht: Dank staatlicher Fürsorge hat der Mann, so oder so, ausgesorgt.

Wie unglaublich dumm und dreist Señor Matas in seiner Zeit als Balearenpräsident gehandelt hat, zeigt folgende Geschichte. Das Ehepaar Matas hat sich, mit welchem Geld auch immer, eine feudale, 450 Quadratmeter große Stadtwohnung in einem der noblen Stadtpaläste in Palmas Altstadt gekauft. Laut Steuerbehörde hat der kleine Palast, *palacete*, wie die Immobilie im Volksmund genannt wird, einen Wert von 2,5 Millionen Euro. In den Verkaufsunterlagen wechselte die Luxuswohnung für nur 900 000 Euro den Besitzer. Unterverbriefung zum Zweck der Steuerhinterziehung nennt das der Staatsanwalt. Bei 7 Prozent Grunderwerbssteuer sind das immerhin 112 000 Euro, die der Stadt Palma entgangen sind. Dazu kommen noch die Steuern, die der Verkäufer auf seinen Gewinn, aus 2,5 Millionen tatsächlichen Wert, zu bezahlen hat.

Gerade er, der oberste Regierungschef der Balearen, musste wissen, dass die Steuerbehörde, schon bei dem leisesten Verdacht auf Unterverbriefung, ganz genau hinschaut und eine Tiefenprüfung veranlasst.

Im Fall Jaume Matas haben die Staatsanwälte fleißig undercover ermittelt. Ausgestattet mit Fotos der Matas Ehefrau, Maite Areal, waren die Ermittler wochenlang in Palmas nobelsten Geschäften unterwegs. Die immer gleiche Frage lautete: *„Kennen Sie die Señora, hat die bei Ihnen eingekauft und wenn ja, was hat sie eingekauft?"*

Am Ende konnten die Steuerdetektive der Señora Einkäufe von Markenuhren und Schmuck für 90 000 Euro gerichtsfest nachweisen. Eine erstaunliche Summe, die weit über das hinaus geht, was die Dame als PR-Beraterin eines Hotels verdiente. Und noch eine wichtige Erkenntnis konnten die Ermittler verbuchen. Señora Maite Areal hat immer mit Fünfhunderter Euroscheinen bezahlt. Woher stammen diese Scheine? Vom Matas-Konto jedenfalls nicht. Nach den Bankunterlagen hat Matas in der Zeit von 2006 bis 2008 lediglich 450 Euro von seinem Konto abgehoben. Auch der Hausherr Jaume Matas hat Handwerker und Lieferanten stets mit Fünfhunderter Scheinen bezahlt. Da gibt es einigen Klärungsbedarf.

Schlaflose Nächte haben vor allem die Geschäftsfreunde, die an den kriminellen „Matas-Machenschaften" kräftig mitverdient haben. Noch sind nicht alle ermittelt. Das Augenmerk der Ermittler richtet sich im Moment vor allem auf das Teilstück Nummer 25. In diesem Teilstück geht es um die üppigen Zahlungen der Balearenregierung an das Firmengeflecht von *Seiner Exzellenz, Herzog von Palma*, Iñaki Urdangarin. Der Name wird Ihnen, verehrte LeserInnen, möglicherweise nicht so geläufig sein. Es handelt sich um den Schwiegersohn seiner königlichen Hoheit, Juan Carlos, König von Spanien. Iñaki Urdangarin ist der Ehemann der Infantin Christina. Mit seinen vier Kindern lebt das Ehepaar in Washington. König Juan Carlos hat seinem missratenen Schwiegersohn jeglichen öffentlichen Auftritt als Vertreter des Königshauses strikt untersagt. Erleichtert ist seine Königliche Hoheit, Juan Carlos darüber, dass seine Tochter Christina nicht mitangeklagt wird, obwohl sie Miteigentümerin einer jener Firmen war, die der königliche Schwiegersohn für seine kriminellen Geschäfte genutzt hat. Na ja, es menschelt halt überall, auch bei Königs. 2012 verbringt die Königstochter, diesmal ohne Ehemann, ihren Sommerurlaub im Marivent-Palast auf Mallorca. Der Gatte verweilt derweil in Washington. Dort hat er einen Job bei der spanischen Telefongesellschaft *Telefonica,* eine der größten Telefongesellschaften weltweit. Sein Vertrag mit einem Jahresgehalt von einer Million Euro wurde gerade für vier weitere Jahre verlängert, allerdings mit der Option der fristlosen Entlassung, im Fall der königliche Schwiegersohn verurteilt wird. Dann erhält er auch noch die Kleinigkeit von 3,5 Millionen Euro als Abfindung.

Laut Staatsanwaltschaft soll *Seine Exzellenz, Herzog von Palma* rund vier Millionen Euro unterschlagen haben. Am 06. Februar 2012 war der königliche Schwiegersohn als Angeklagter vor den Ermittlungsrichter in Palma de Mallorca geladen. Ein in Spanien einmaliger Vorgang. Noch nie in der Geschichte der spanischen Monarchie wurde ein Mitglied des Königshauses angeklagt.

Soweit die Aktualisierung.

Erinnerungslücken

Wie dümmlich sich mallorquinische Politiker zuweilen verteidigen, zeigt die Vernehmung des Generaldirektors für Raumordnung, Jaume Massot. Bei der Verhandlung musste er sich vorhalten lassen, dass er, Massot, in Andratx von seinem damaligen Arbeitszimmer aus die Bauarbeiten des Herrn Hidalgo beobachten konnte und ihm doch aufgefallen sein musste, dass dort kein landwirtschaftliches Gebäude, sondern ein prächtiges Wohnhaus entsteht. Seine Antwort war auch für mallorquinische Verhältnisse reichlich einfältig. Er habe nicht aus dem Fenster gesehen. Außerdem sei er von Señor Jaume Matas in dessen Regierung geholt worden, weswegen er seinen Resturlaub angetreten habe, also gar nicht in Andratx war. Und nach dem Urlaub habe er die Sache mit dem Bau vollkommen vergessen. Die vorgetäuschte Erinnerungslücke des Herrn Massot erinnert an den einen oder anderen Untersuchungsausschuss in Deutschland. Auch dort hatten Politiker, wenn es eng wurde, häufig Erinnerungslücken.

In einem anderen Fall hatten sich die Herren Hidalgo und Massot eine besondere, bühnenreife Masche einfallen lassen. Die, wenn die Sache nicht so ernst wäre, direkt zum Lachen anregen würde. Wieder ging es um ein Haus, welches auf einem nicht bebaubaren Grundstück illegal errichtet wurde. Es handle sich um einen bedauerlichen Irrtum, so Hidalgo und Massot. Der Gutachter, Architekt J.C. habe den beiden gegenüber verschwiegen, dass er farbenblind sei und deshalb rot und grün nicht immer unterscheiden könne. So habe der Architekt die Grundstücke, die rot, bzw. grün markiert waren verwechselt.

Die Opfer

Rund 250 Personen sind im Fall Andratx für das Gericht von großer Bedeutung. Im Augenblick gelten 67 Personen davon als Hauptbeschuldigte, ein weiterer Teil als Mittäter; der Rest sind Zeugen. Die Hauptbeschuldigten müssen mit einer mehrjährigen Gefängnisstrafe rechnen.

Es kann nicht ausgeschlossen werden, dass der eine oder andere deutsche, englische, schweizerische, skandinavische oder spanische Haus- oder Wohnungsbesitzer auf Mallorca ebenfalls großen Ärger mit der spanischen Justiz bekommt. Das zeigt der Fall der englischen Hausbesitzerin Janet S.. Eines Tages war auf einem Grundstück, in dem romantischen Dörfchen S'Arracó, welches zur Gemeinde Andratx gehört, ein Schild mit der Aufschrift „SE VENDE" (ZU VERKAUFEN), aufgestellt worden. Mrs. S. aus Good Old England hatte schon länger den Wunsch, in S'Arraco ein Grundstück zu kaufen. Da stach ihr natürlich das Verkaufsangebot sofort ins Auge. Auf dem Schild war, wie üblich, eine Telefonnummer angegeben. Die gehörte, wie praktisch, der Besitzerin des Grundstückes, einer Señora Maria Porcel, ihres Zeichens Stadträtin in Andratx und Generalsekretärin der UM-Partei (Unió Mallorquina). Das Grundstück war nicht nur wunderbar gelegen, es gab auch schon eine Genehmigung für die Bebauung mit einem ansehnlichen Haus. Genau das Richtige für Janet S. Sie war aufgeregt und überglücklich. Es wurde nicht lange gefeilscht, die Damen waren sich rasch handelseinig. Die wohlhabende Mrs. S. brachte die geforderte Summe in bar gleich mit zum Notartermin. Eine Stunde später war Mrs. Janet S. die neue Eigentümerin des Grundstückes. Ein Architekt plante und ein Bauunternehmen baute nach den Vorstellungen der Engländerin.

Übers Jahr stand ein prächtiges Anwesen auf dem Grundstück, der Garten war angelegt und Mrs. Janet S. hätte praktisch einziehen können. Besser gesagt, sie hätte theoretisch einziehen können. Es fehlte nur noch eine Kleinigkeit, die vorgeschriebene, sogenannte Bewohnbarkeitsurkunde. Die wird generell für alle Wohnimmobilien gebraucht, damit der spanische Stromversorger, GESA, das Haus an die öffentliche Stromleitung samt Zähler anschließen kann. Also ging Mrs. S. 2005, nichts Böses ahnend, zusammen mit ihrem Architekten ins Rathaus von Andratx, um die Urkunde zu beantragen. Die Urkunde könne man ihr leider nicht ausstellen, wurde der englischen Lady kurzerhand erklärt, weil das Haus ohne legale Baugenehmigung erbaut worden war. Mrs. Janet S. wurde angesichts dieser Auskunft kreidebleich. Einer Ohnmacht nahe, musste sie sich setzen. Es kann sich nur um einen Irrtum handeln, meinte die Lady, als sie sich wieder gefangen hatte. Ohne gültige Baugenehmigung gebaut? Das ist entweder ein schlechter Scherz oder ein Missverständnis. Gerade sie, die korrekte Dame, die sie schon seit Jahren in S'Arraco Urlaub macht und genauso lange von einem eigenen Haus träumt, soll etwas Ungesetzliches getan haben? Sagen sie doch auch etwas, Herr Architekt, bat Mrs. S. Der Architekt sagte das, was Mallorquiner stets zu sagen pflegen, wenn Probleme auftauchen. *No, no Señora, no problema, no,no, tranquila Señora.* Nein, nein, kein Problem Señora, kein Problem, bleiben sie ruhig.

Wie soll ein Mensch ruhig bleiben, angesichts einer solchen Auskunft? Sie hatte doch eine Baugenehmigung, die die Stadträtin der UM-Partei persönlich auf der Gemeinde beantragt und erhalten hatte. Auch der Architekt hatte die Baugenehmigung anstandslos akzeptiert und gemäß dieser Baugenehmigung ihr Anwesen geplant. Nicht anders hatte sich der mallorquinische Bauunternehmer verhalten. Ein so komfortables Haus voll klimatisiert und dann kein Strom. Eine Horrorvorstellung für jeden Hausbesitzer, nicht nur für Mrs. S.

Zwei wesentliche Dinge waren es, die zu dieser Auskunft führten. Die eine Sache wusste Mrs. Shananhan nicht, nämlich dass sich die Parteien PP und UM seit Jahren spinnefeind sind und bekriegen. Abwechselnd benutzten beide Parteien jede sich bietende Gelegenheit, dem jeweils anderen zu schaden. Das war im korrupten Rathaus von Andratx gang und gäbe. Und eine UM-Gemeinderätin in der Bredouille, das war für Hidalgo ein gefundenes Fressen. Die andere Sache hatte man ihr beim Kauf arglistig verschwiegen. Nämlich die Tatsache, dass es sich bei ihrem Grund und Boden um ein Grundstück im Landschaftsschutzgebiet handelte.

Die Dame aus England wusste nicht, dass in Mallorca für die Beantragung einer Baulizenz seit Jahren ein übler Trick angewandt wird. Dieser Trick wird nicht nur in Andratx und auf der Insel, sondern in ganz Spanien praktiziert, um Baugenehmigungen für Grundstücke zu erlangen, die eigentlich nicht bebaut werden dürfen. Auch die verehrte Frau Stadträtin der UM-Partei hatte diesen Trick benutzt und sich eine Baugenehmigung erschlichen.

Was in den folgenden Monaten auf Janet S. zukam, hätte sich die Dame in ihren kühnsten Träumen nicht vorstellen können. Eines Tages wurde Mrs. Janet S. von der Guardia Civil abgeholt und der mallorquinischen Justiz zur Vernehmung vorgeführt. Sie sei der Korruption beschuldigt, erklärte ihr der Untersuchungsrichter. Erst ein horrender finanzieller Schaden und jetzt auch noch eine Kriminelle. Janet S. verstand die Welt nicht mehr, zumindest die mallorquinische Welt.

Ihr Anwalt konnte schlussendlich dem Richter erklären, dass Mrs. S. mit *Buena Fe*, also im guten Glauben gehandelt hatte. Sie hatte ein Grundstück mit Baugenehmigung gekauft und darauf ein genehmigtes Anwesen errichtet. Mit irgendwelchen Machenschaften, oder gar mit Korruption hatte sie nichts zu tun. Das Verfahren gegen Mrs. Janet S. wurde eingestellt. Ihr Anwesen ist bis heute noch nicht an das öffentliche Stromnetz angeschlossen. Und es ist bis heute noch nicht entschieden, ob es legalisierbar ist. Die Stadträtin Maria Porcel, die Mrs. S. so übel getäuscht hatte, muss sich noch vor Gericht verantworten.

Der üble Trick, besser gesagt der miese Betrug, den sie angewandt hatte und der tausendfach auf der Insel praktiziert wurde und wird, ist besondes schändlich, weil er vor allem von ausländischen Immobilienkäufern nicht oder nur sehr schwer durchschaut werden kann, und zwar deshalb, weil er auf der mallorquinischen Gesetzgebung basiert, die von kriminellen Bauherren und ihren Lizenzgebern durch Täuschung umgangen wird.

Im Naturschutzgebiet (ANEI) kann ein vorhandenes Haus renoviert werden. Die vorgegebenen Maße dürfen dabei nicht verändert werden. Die Ruinen eines ehemaligen Hauses, sozusagen Mauerreste können nicht wieder aufgebaut werden.

Im Landschaftsschutzgebiet (ARIP) kann ein vorhandenes Haus renoviert und bis auf vier Prozent der Grundstücksfläche erweitert werden. Auch hier muss mehr als nur ein Mauerrest vorhanden sein.

Auch das Wegschieben von Mauerresten und Fundamenten, um dann neu zu bauen, ist verboten. Jeder Neubau ist strikt verboten.

Im Rustico, das ist der normale landwirtschaftliche Grund und Boden, ist für die Bebauung, z.b. in Andratx, eine Grundstücksgröße von mindestens 30.000 Quadratmetern vorgeschrieben.

Señora Maria Porcel hatte bereits 1992 im Eigentumsregister eine Ruine auf dem Grundstück eintragen lassen, das sie an Mrs. S. verkaufte, obwohl es dort nie eine gegeben hatte. Wie es zu dem Eintrag kam, wer möglicherweise von der Behörde geschmiert war, lässt sich heute nicht mehr nachweisen. Jedenfalls konnte Señora Porcel mit der eingetragenen Ruine 2002 eine Baugenehmigung beantragen und hat diese auch bekommen.

Das Untersuchungsgericht hat nun die komplette Dokumentation des Grundstückes überprüft und festgestellt, dass zu keiner Zeit ein Haus auf dem Grundstück gestanden hatte. Infolgedessen konnte sich auch keine Hausruine auf dem Grundstück befinden. Señora Porcel hatte einen Betrug begangen, indem sie sich 1992 unter Vorspiegelung falscher Tatsachen eine Ruine hatte eintragen lassen. Dieser Eintrag wurde auf richterliche Anordnung jetzt gelöscht. Jedenfalls ist die ausgestellte Baugenehmigung rechtswidrig, und das auf dem Grundstück errichtete Anwesen ist illegal. Würde sich das Grundstück im Rustico befinden, könnte Mrs. S. mit einigem Geldaufwand ihr Anwesen legalisieren lassen. Doch weil es sich bei ihrem Grundstück um Land im Landschaftsschutzgebiet (ARIP) handelt, gibt es für Mrs. Janet S. keine Möglichkeit, ihr Anwesen legalisieren zu lassen, weil es sich um einen Neubau handelt und nicht um einen renovierten Altbau. Oder einfacher gesagt, dem Haus droht gnadenlos der Abriss. Die Gemeinderätin Maria Porcel (UM-Partei) hat Mrs. S. ganz einfach arglistig getäuscht und betrogen.

Einer anderen Variante des hier beschriebenen miesen Tricks, die ebenfalls häufig zur Anwendung kommt, sind in Andratx zwei Bauherren aufgesessen, über deren Villen bereits eine gerichtliche Abrissverfügung verhängt wurde. Anders als bei der Variante der

Gemeinderätin Maria Porcel, gab es auf dem Grundstück eine Ruine von siebzig Quadratmetern. Diese siebzig Quadratmeter hätten wieder aufgebaut und im Rahmen der vier Prozent-Regelung erweitert werden dürfen. Um einen größeren Gewinn erzielen zu können, hatte die Baufirma, die das Grundstück zum Zwecke der Errichtung zweier Häuser erworben hatte, zunächst ruckzuck die Reste der Ruine weggebaggert. Errichtet wurden nun zwei Neubauten mit jeweils rund 140 Quadratmeter Grundfläche, und das war illegal.

Die späteren Käufer der beiden Häuser waren arglos, bis zu dem Moment, als ihnen eine Anzeige ins Haus geflattert kam. Alle juristischen Kniffe waren erfolglos. Das oberste Gericht von Palma verfügte den Abriss beider Häuser. Die Abrisskosten gehen zu Lasten der Eigentümer.

Mrs. Janet S. aus dem Königreich England ist nicht die Einzige, die vor Gericht Rede und Anwort stehen musste. In den beschlagnahmten Akten finden die Staatsanwälte schon bei einer ersten Sichtung weitere fünfzig, ähnlich gelagerte Fälle. Das Glück ist auf der Seite der Ermittler: Die Beraterin des Bauamtes von Andratx, Señora *Maria Isabel Segui*, selbst beschuldigt, zieht die Notbremse. Vor dem Untersuchungsrichter nennt sie Namen von Architekten, Bauherren, Promotoren und Hausbesitzern, die in die Korruptionsaffäre verwickelt sind. Sie nennt auch die Namen derer, die gegen Schmiergeld gefäschte Baulizenzen gekauft haben.

Auch die Gemeindesekretärin von Andratx, Señora *Cinta Moya,* ebenfalls beschuldigt, bekommt es mit der Angst zu tun. Alles, was sie weiß, gehört oder irgendwie mitbekommen hatte, gibt sie in der Hoffnung auf ein mildes Urteil zu Protokoll. So zum Beispiel den Fall des Herrn *Stefan B.* Dieser bekommt am 29. Juli 2005 eine Baulizenz, weil angeblich auf seinem Grundstück ein altes Haus gestanden haben soll. Durch ein Foto, aufgenommen vor dem 1. März 1987, wird ihm bewiesen, dass kein altes Haus existierte. Damit ist seine Mallorca-Residenz illegal.

Auch der Vorsitzende eines bekannten deutschen Handballvereins und Inhaber einer Vermögens - Verwaltungs

GmbH, ein wohlhabender Mann, hat ein Verfahren am Hals, weil er sich, mittels getürkter Baulizenz, ein nobles Refugium errichten ließ.

Er hat gegen das bestehende Baurecht verstoßen und zu groß gebaut, weil in der Landschaftsschutzzone ARIP (Área Rural de Interés Paisajistico) nur vier Prozent der Grundstückfläche bebaut werden dürfen. Neubauten dürfen dort generell nicht errichtet werden. Das betrifft auch weitere 14 Kandidaten, die Mehrfamilienhäuser, Apartmenthäuser und Reihenhäuser, zum Teil mit Pool und Tennisplatz gebaut haben. Kein einziger Bau davon ist legal. Der Abriss ist die logische Folge.

Obwohl das Bauen im Naturschutzgebiet ANEI (Área Natural de Especial Interés) grundsätzlich verboten ist, haben mindestens sieben Bauherrn fürstliche Häuser errichten lassen. Darunter, wie bereits erwähnt, der Bruder des Bürgermeisters Carlos Hidalgo, der das Restaurant „Il Grillo", (die Grille) baute.

Die Fälle gleichen sich wie ein Ei dem anderen. Die Liste lässt sich beliebig fortsetzen. So ist zum Beispiel für das Bauen im ländlichen Raum (Rustico) in der Gemeinde Andratx eine Grundstücksgröße von mindestens 30.000 Quadratmetern vorgeschrieben. Das haben viele privaten Bauherren nicht beachtet. Jetzt haben sie die größten Schwierigkeiten. Unter anderem die Deutschen *Petra K. Albert S.* und *Ursula K.* Sie müssen sich vor Gericht verantworten, weil sie gegen gültiges Baurecht verstoßen haben.

Die Ursachen für den Betrug

Ob es sich um Privathäuser oder ganze Urbanisationen handelt, stets wurden die Baugesetze missachtet. Geschützter Grund und Boden, selbst Grundstücke im Naturschutzgebiet wurden zu Bauland umdeklariert und entsprechend bebaut. Über eigens gegründete Firmen wurde den Bauern rund um Andratx ihr Ackerland für billiges Geld abgekauft. Dann erfolgte die Umdeklarierung in Bauland. Eine Wertsteigerung um das fünfzig bis hundertfache des eingesetzten Kapitals und eine sichere

Geldanlage.

Die Kaufinteressenten, allen voran Deutsche und Engländer, standen Schlange. Eine Teilschuld für diese Entwicklung trifft nicht zuletzt auch die geldgierigen nordischen Bleichgesichter, deren Raffgier und Gewinnerwartung jedes klare Denken vernebelte. Auch die Medien, die von den geistigen Ausdünstungen der Mallorca-VIPs und B-Promis nicht genug kriegen konnten, haben zu der kritiklosen Verklärung Mallorcas beigetragen. *„Mallorca, das ist für mich das Florida Europas. Der immer gut gelaunte und freundliche Mallorquiner, das wunderbare mediterrane Flair, wie im Paradies."* So oder so ähnlich wurde geschwafelt. Eine Schleimspur oberflächlicher und kritikloser Beiträge zog sich alljährlich durch die Yellow Press Blätter und TV-Beiträge. Der hirnlose Auswurf der pressegeilen Möchtegern Mallorquiner hat die Wahrheit zugekleistert. Dazu kommen die skrupellosen Makler. In ihren gestylten Hochglanzprospekten haben sie das Klischee einer heilen Mallorcawelt für *Auserwählte* bestens bedient. Da hatte die Mallorca Connection leichtes Spiel. Über Jahre konnte sie ihr Betrugssystem auf- und ausbauen.

Mit im Boot der Mallorca Connection waren auch willige, gut geschmierte Architekten, Gutachter und Anwälte. Wie Miguel Miralles, der seine Anwaltstätigkeit ruhen ließ und dafür Geschäftsführer der Firmen Inversiones Brujas und Spanish Investment wurde. Zwei Firmen, über die die Schmiergelder von Jaime Gibert liefen. *Inversiones Brujas*, zu Deutsch Hexen-Investition, war eine Firma, die auf den Namen seiner Ehefrau, Antonia Gari, eingetragen war.

Die Balearen-Regierung unter Jaume Matas von der PP-Partei hat die Kanzlei des Juristen Santiago Muñoz Machado beauftragt. Der Anwalt sollte den Augiasstall in Andratx ausmisten und endlich Ordnung in das korrupte Rathaus bringen. Die Regierung hat dabei aber vergessen, dass ausgerechnet der saubere Señor Santiago Muñoz Machado beschuldigt wurde, fünf Steuerdelikte im Zusammenhang mit Aktienkäufen und -verkäufen begangen zu haben. Sein Kollege, der Jurist und Universitätsprofessor, Señor

Tomás Ramón Fernández, hat im Auftrag des Bürgermeisters Eugenio Hidalgo ein Positivgutachten über die illegale Bebauung von Montport erstellt. Auffallend ist, dass der Herr Professor offenbar auch im Aktiengeschäft zu Hause war. Ihm wurde vorgehalten mit Insiderwissen seine Aktien der BANESTO-BANK rechtzeitig verkauft zu haben, bevor diese vom Notenbank-Gouverneur, Luis Angel Rojo, vom Aktienhandel ausgesetzt wurden. Beide Herren zählen heute zu den Beschuldigten.

Viva Mallorca.

Der Hang zu Betrug und Korruption muss in der Familie Porcel genetisch bedingt sein. Oder, wie der Volksmund sagt, der Apfel fällt nicht weit vom Stamm. Jedenfalls hatte auch der Sohn der beschriebenen Stadträtin und Generalsekretärin der UM, Antonio Rosselló Porcel, illegal ein Wohnhaus auf einem landwirtschaftlichen Grund gebaut. Natürlich ohne ordentliche Lizenz. Ein Haus, gut unterkellert, mit einem Turm und im Garten ein Swimmingpool. Sein Vorbild war vielleicht der Vorsitzende der Unió Mallorquina von Andratx, der, wie Señor Eugenio Hidalgo, illegal ein Wohnhaus errichten ließ, obwohl er nur eine Lizenz für einen Stall besaß. Zur Tarnung hat sich auch der UM-Politiker ein Pferd besorgt und vorübergehend in seinem Wohnhaus einquartiert. Vielleicht wäre ein Pferdeverleih eine gute Geschäftsidee für Andratx und Umgebung... Bemerkenswert ist die Tatsache, dass ausgerechnet die UM-Partei die Machenschaften des Bürgermeisters angezeigt und so die Ermittlungen der *Operacíon Voramar* ausgelöst hatte. Eine Operation, die jetzt auf die UM selbst zurückschlägt. So sind die Damen Porcel (UM) und Alemany (UM) im Caso Andratx bereits beschuldigt.

Eine Krähe hackt der anderen doch ein Auge aus

Was die kriminelle Energie einiger Mitglieder der erzkonservativen Partei Unió Mallorquina angeht, so stehen sie den kriminellen Aktivitäten einiger PP Parteibonzen in nichts nach. Die UM-Amigos haben es auf die unberührte Zone der Cala Blanca auf dem Gemeindegebiet von Andratx abgesehen. Cala Blanca ist der letzte unberührte Küstenabschnitt von Andratx. Dort soll nach dem Willen der UM-Oberen eine große Urbanisation entstehen. Der Promoter der Urbanisation ist der Onkel des Generalsekretärs für Raumordnung des Inselrates, Señor Miguel Ferrá (UM). Zufällig ist Señor Ferrá der Ehemann von Isabel Alemany, der Vorsitzenden der UM-Partei von Andratx.

Kurz erklärt: *Die Inselräte der Balearen sind neben der Regierung dafür zuständig, dass die besonderen Interessen der jeweiligen Inseln, Mallorca, Menorca, Ibiza und Formentera, gewahrt werden. Sie haben Verwaltungszuständigkeiten in Bezug auf das lokale Gemeinwesen. Auffallend ist, dass der Inselrat von Mallorca während der letzten Jahre elf Gemeinden wegen grober Verstöße gegen die Bauordnung angezeigt hat.*

Ausgerechnet der Generalsekretär für Raumordnung des Inselrates, Señor Miguel Ferrà, wehrte sich mit Händen und Füßen gegen einen Schutz der Cala Blanca, um so seinem Onkel ein millionenschweres Geschäft zuzuschanzen. Und dies, obwohl die Gemeinde Andratx einen Antrag zum Schutz der Cala Blanca gestellt hatte. Mit dem Beginn der Bauarbeiten in der Cala Blanca warteten die Promotoren auf einen günstigen Moment. Der schien gekommen, als Bürgermeister Eugenio Hidalgo und sein Bauinspektor Jaume Gibert von der Guardia Civil abgeführt und eingesperrt wurden und das Bauamt in Andratx verwaist war. Sofort rollten die Bagger heran und begannen mit dem Straßenbau in der Cala Blanca. Natürlich ohne die Spur einer ordentlichen Lizenz.

Gerade bei Señora Isabel Alemany, der Parteivorsitzenden der UM von Andratx, wird es eng. Die Gemeinde Andratx fordert von der Familie Alemany eine Million Euro Schadenersatz für einen eklatanten Verstoß gegen die Bauordnung. Mitten im Ortskern von Sant Elm, auf dem Gemeindegebiet von Andratx, hatten die Alemanys ein Gelände urbanisiert. Dabei wurde vergessen, die gesetzlich vorgeschrieben zehn Prozent der Fläche an die Gemeinde Andratx abzutreten. Diese Fläche muss bei Urbanisationen für öffentliche Straßen und Plätze reserviert werden. Das wusste auch die Familie Alemany. Trotzdem hat sie diese Fläche als zusätzliches Bauland verkauft. Die Gemeinde Andratx hat diese Fläche bewerten lassen. Zusammen mit den Verzugszinsen errechnete die Gemeinde einen Betrag von einer Million Euro, der von der Familie Alemany zu bezahlen ist. Der Bürgermeister von Andratx, Eugenio Hidalgo, hat für alle Fälle die Sache mit der Forderung zunächst in seinem Schreibtisch gebunkert. Erst nachdem er und sein Bruder Carlos von Señora Alemany und der UM-Partei angezeigt wurden, hat er ein Verfahren gegen die Familie Alemany eingeleitet.

Aktualisierung 2012

zu Antonia Munar, Ex-Inselrats-Präsidentin

Gleich vorneweg: Die als korrupt entlarvte Partei Unió Mallorquina (UM) gibt es in ihrer ursprünglichen Form nicht mehr. Zu tief war der Korruptionssumpf, als dass man ihn noch hätte trocken legen können.

Schmal ist sie geworden, um Jahre gealtert. Tiefe Falten haben sich in ihr Gesicht gegraben. Vom einst prallen Leben, das ihr ins Gesicht geschrieben stand, ist nur noch ein Schatten geblieben. Die Rede ist von Maria Antónia Munar, der einstigen Inselratspräsidentin in der Zeit als Jaume Matas Regierungschef war. Außerdem war sie die Vorsitzende der, so eben erwähnten Regionalpartei Unió Mallorquina (UM).

Rotzfrech, respektlos und arrogant ist die heute 57jährige Inselkönigin, wie sie sich gerne in der Presse titulieren lies, stets in der Öffentlichkeit aufgetreten. Als Politikerin genoss die aus Barcelona stammende Señora Immunität. Vielleicht dachte sie die Immunität garantiert ihr Rückendeckung für ihre Schweinereien und niemand, außer dem Lieben Gott könne ihr am Zeug flicken. Sie wurde eines besseren belehrt. Mit der Immunität ist es vorbei, seit ihr Ziehsohn und Parteivize, Miguel Nadal den Ermittlungsrichtern klaren Wein eingeschenkt hat, was zur Verhaftung der Frau Präsidentin geführt hat.

Heute tritt sie eher kleinlaut auf. Das ist kein Wunder, wenn man die Ausführungen der Ankläger zu ihrem kriminellen Treiben hört. Drei Jahre Haft fordert die Anklage im ersten Fall „Can Domenge". Es geht um den illegalen Verkauf eines

Baugrundstückes in Millionenhöhe in Palma. Sechs Jahre Haft fordert die Anklage in einem zweiten Fall, dem Fall „Maquillaje", zu deutsch Schminke. Laut Staatsanwalt soll Maria Antónia Munar öffentliche Gelder in Millionenhöhe unterschlagen haben. Mit auf der Anklagebank sitzen weitere neun Personen, darunter Miguel Nadal, der Vizechef der Regionalpartei UM und peinlicher Verwandter des weltberühmten Tennisspielers Raphael Nadal. Er belastet seine einstige Chefin schwer. Die Mitangeklagten tun es ihm gleich. Dazu kommen noch fünf Zeugen der Anklage. Es wird eng, ganz eng, auch wenn Señora Munar behauptet nicht sie, sondern die anderen seien die Täter. Mit solchen Einlassungen ist das Gericht nicht zu beeindrucken. Nach Darstellung ihres Vize soll Señora Munar ihm in ihrem Dienstwagen einen Koffer mit 300 000 Euro übergeben haben. Dazu die Anweisung: Mit diesem Geld sollen über Strohleute Anteile an der Produktionsgesellschaft *VIDEO U* gekauft werden, um sich so einen der Partei gewogenen TV-Sender zu sichern. Diesen Traum vom Parteisender hatte schon Konrad Adenauer mit der Gründung der Deutschen Fernseh GmbH.

Zum kriminellen Repertoire der Präsidentin gehörten, nach Erkenntnissen der Staatsanwaltschaft, Schmiergeldzahlungen mit Schwarzgeld, Bestechung, Wahlbetrug, Irreführung der Justiz, Betrug, Dokumentfälschung im großen Stil, Veruntreuung, Amtsmissbrauch und Steuerhinterziehung, um nur einige Delikte zu nennen.

Das Gerichte verfügte mittlerweile die Pfändung von elf Immobilien, die als Eigentum der Señora Munar ermittelt wurden. Sechs in der beschaulichen Gemeinde Costitx. Die anderen fünf in Llubi, Sineu und in Palma. Auch diverse Konten von Munar sind gerichtlich gesperrt. Die Pfändungsbeschlüsse betreffen auch das Eigentum der früheren Parteioberen, Miguel Nadal, Miquel Àngel Flaquer und Bartomeu Vicens.

Vom Präsidentenstuhl auf die Anklagebank, eine erstaunliche Negativkarriere für eine Frau die Jura studiert hat.

Soweit die Aktualisierung.

Die Insel im Sumpf der Korruption

Zwar konzentriert sich im Augenblick die ganze Aufmerksamkeit der Berichterstattung auf die Gegend um Andratx, doch das Problem mit den erschlichenen und gefälschten Baulizenzen betrifft die ganze Insel. Und damit alle Immobilienbesitzer, die, wo auch immer, auf Mallorca ein Domizil gekauft, gebaut oder renoviert haben.

So musste unser ehemaliger Tennisstar Boris Becker auf seiner Finca *Can Coll* bei Arta, rund einhundert Kilometer von Andratx entfernt, die Hälfte der errichteten Gebäude wieder abreißen. Unwissenheit und falsche Beratung schützen vor Strafe nicht, sagt der Volksmund. Das werden noch viele deutsche und englische Immobilienbesitzer auf Mallorca zu spüren bekommen. Wie Boris Becker: Der musste 214.193 Euro Strafe für seine illegale Bebauung bezahlen. Dazu kamen noch die Abrisskosten für rund fünfhundert Quadratmeter Hausfläche. Und die zuvor investierten Baukosten in Millionenhöhe sind auch verloren. Jetzt will er seine Mallorca-Residenz möglichst schnell wieder loswerden. Auch die Gemeinde Arta hat Herrn Becker bereits die Freundschaft aufgekündigt. Eine Person, die die Bauordnung nicht einhält, sei kein Werbeträger für die Insel, so tönte es aus dem Rathaus von Arta.

Der bekannte Fernsehregisseur Dieter Wedel musste aufgrund einer Anzeige einen Anbau seines Hauses in Andratx wieder abreißen. Unabhängig vom Ärger, eine kostspielige Angelegenheit. 36.000 Euro habe er bezahlt, ließ der Fernsehmann über die Bild-Zeitung verbreiten.

Die Staatsanwaltschaft der Balearen fordert von den Gerichten den Abriss aller illegal erbauten Häuser auf den Inseln und eine harte Bestrafung aller Beteiligten. Der mallorquinische Staatsanwalt für Umwelt, Señor Julio Cano, sagt auf einer Umweltkonferenz:

„Der Caso (Fall) Andratx hat wie in Marbella eine Zerstörung der demokratischen Institutionen bewirkt. Die einzige Möglichkeit, die gestörte Rechtsordnung wieder herzustellen,

ist der Abriss aller illegalen Konstruktionen. Die Täter müssen hart bestraft werden." Über diese Aussage muss man lange und intensiv nachdenken.

Mallorca, eine Bananenrepublik, ohne Rechtsstaatlichkeit, ohne Rechtssicherheit? Wie weit die autonome Region der Balearen davon entfernt ist, wird sich zeigen, wenn die Mallorca Connection vor Gericht steht. Würden sich die kriminellen Machenschaften, die Korruption, der Betrug auf die Mallorquiner, vielleicht auch auf die Spanier beschränken, könnte der ausländische Immobilienbesitzer beruhigt die Hände in den Schoß legen und gelassen abwarten. Aber dem ist nicht so. Gerade die ausländischen Immobilien-Besitzer sind betroffen. Sie waren es, die die illegalen Immobilien gebaut, gekauft und renoviert haben. Selbstverständlich hat jeder eine Escritura, eine Besitzurkunde, über sein Anwesen. Die aber sagt nichts darüber aus, ob die Immobilie legal errichtet wurde, in welchem Gebiet sie gebaut wurde, ob sie eventuell legalisierbar ist, oder ob ihr der Abriss droht.

Anmerkung: Im Moment ist die Rede von Andratx. Doch betroffen ist die ganze Insel. Noch ist nicht abzusehen, wie viele der neu erbauten Häuser und Apartments rund um Andratx sowie auf der gesamten Insel illegal erbaut worden sind. Wie viele davon abgerissen werden müssen, weil sie in einer Naturschutz- oder Küstenschutzzone stehen oder mit gefälschten Baulizenzen errichtet wurden. Und wieviele Immobilien legalisierbar sind. Wenn Sie, verehrte LeserInnen, nicht eines Tages eine böse und sehr teure Überraschung erleben wollen, dann sollten Sie sich möglichst bald Informationen zu Ihrem Haus/Apartment besorgen.

Die Ohren des Wolfes

„Ha visto las orejas del lobo", er hat die Ohren des Wolfes gesehen, schrieb der Kolumnist der Tageszeitung Diario de Mallorca, Llorenc Riera, und meinte damit Antoni Gayá Molinas.

Der Mann ist Gemeindeangestellter im Rathaus von Santa Margalida. Er kann nachts nicht mehr richtig schlafen, denn er kennt sich nicht mehr aus. Was er da aus Andratx zu hören und zu lesen bekommt, macht ihm große Angst. Angst, weil in Santa Margalida wie in Andratx in puncto Baulizenzen ebenfalls Chaos und Rechtsunsicherheit herrschen. *„Er hat die Ohren des Wolfes gesehen"*, soll heißen, er hat in den Abgrund geblickt und hat große Angst. Ihm schlottern die Knie, wenn er daran denkt, was sich in der Gemeinde von Santa Margalida, speziell im Baureferat abspielt. Am 28. Mai 2008 schrieb Antoni Gayá Molinas deshalb einen Brief an den Bürgermeister Martí Àngel Torres. Darin fordert er seinen Vorgesetzten auf, klar zu definieren, was seine Aufgaben als Bauinspektor sind. Auf seine mündlichen Anfragen hatte der Bürgermeister stets ausweichend geantwortet. Auch der erwähnte Brief blieb ohne Antwort. Sicherheitshalber, vielleicht auch aus gemachten Erfahrungen, hat Señor Gayá Molinas dafür gesorgt, dass sein Brief zwei Monate später, am 29. Juli 2008 in der Zeitung *Diario de Mallorca* abgedruckt wurde.

Die Kanzlei Feliu und der Fall Andratx

Apropos Recht und Sicherheit. Das sind zwei Begriffe die vor allem für Juristen oberste Priorität haben. Nicht so bei den Anwälten und Steuerberatern der ehemals altehrwürdigen Kanzlei Feliu. Es würde ja an ein Wunder grenzen, wenn die Kanzlei Feliu nicht in den Caso Andratx involviert wäre. Keine Sorge, die Kanzlei ist mehr als verstrickt. Nicht nur durch die Sache mit den kriminellen Mehrfachverkäufen in der Cala Llamp auf dem Gemeindegebiet von Andratx ist sie ins Visier der Staatsanwaltschaft geraten, sondern auch in Andratx direkt.

Das Anwaltsbüro hatte beste Beziehungen zum Rathaus von Andratx unterhalten. Was lag da näher, als sich auch privat des korrupten Bürgermeisters Eugenio Hidalgo zu bedienen? Da gab es im Hafen von Puerto Andratx, nahe am Leuchtturm ein passendes Gelände, welches als Parkplatz ausgewiesen war und vor sich hin gammelte. Ein Grundstück, bestens geeignet, darauf ein Mehrfamilienhaus mit exklusiven Apartments zu errichten. Eben ein klassisches Renditeobjekt, so dachten die Felius. Die beiden PP Amigos, Hidalgo als Bürgermeister und Massot als Bauamtsleiter, gaben ruckzuck die erforderlichen Lizenzen und schon konnte gebaut werden. Allerdings nicht lange. Plötzlich tauchte ein Gutachten auf, in dem festgestellt wurde, dass auf dem Feliu-Grundstück nicht gebaut werden darf. Die Arbeiten wurden eingestellt. Auftraggeber des Gutachtens, man staune, war der Bauamtsleiter von Andratx, Jaume Massot. Just der Mann, der kurz zuvor eine Baulizenz erteilt hatte. Es wird gemunkelt, dass möglicherweise die von den Felius bezahlten Lizenzgebühren für die Baugenehmigung nicht hoch genug waren. Jedenfalls wurde hinter verschlossenen Türen heftig verhandelt. Dann gab die Kanzlei Feliu einem interessanten Mann den Auftrag, ein neues Gutachten zu erstellen. Der Gutachter war Señor Jeroni Saiz, der Ex-Minister für öffentliche Bauvorhaben in der PP geführten Regierung von Gabriel Cañellas. Jeroni Saiz ist deshalb eine interessante Figur, war er doch zehn Jahre zuvor schon einmal als Beschuldigter aufgefallen. Damals ging es um den Korruptionsfall beim Bau des berühmten Soller Tunnels.

Jaume Massot (PP) war mit dem Gutachten zufrieden und hat zum zweiten Mal eine Baulizenz erteilt. Es konnte also weitergebaut werden. Das Haus war noch nicht ganz fertig gestellt, als eine Nachbarin vor dem Verwaltungsgericht in Palma gegen die Lizenz klagte. Sie verlor, das Verwaltungsgericht hat die Baulizenz als rechtmäßig anerkannt. Jetzt konnte das noble Mehrfamilienhaus endlich fertiggestellt und die Wohnungen verkauft werden. Gegen den Entscheid des Verwaltungsgerichtes hat die Nachbarin allerdings das Rechtsmittel der Berufung eingelegt. Und siehe da, der oberste Gerichtshof der Balearen hat den Bau für illegal erklärt und den sofortigen Abriss verfügt. Außerdem muss der vorherige Zustand des Grundstückes wieder hergestellt werden. Die Gemeindeverwaltung von Andratx musste sogar auf richterliche Anordnung ein großes Schild vor dem Gebäude aufstellen, auf dem in Großbuchstaben und vier Sprachen zu lesen ist:

„ATENCION – EDIFICIO PENDIENTE DE DEMOLICION."
„ACHTUNG – GEBÄUDE WIRD ABGEBROCHEN."

Das (Warn)-Schild musste vor allem deshalb aufgestellt werden, damit niemand aus dem Feliu Clan auf die Idee käme, einzelne Wohnung des Gebäudes trotz der Abrissverfügung zu verkaufen.

Kronzeuge Gibert

Für einen ersten, kleinen Teil seiner Untaten, um genau zu sein für zwei Fälle, wurde Hidalgo in der Zwischenzeit zu vier Jahren Haft verurteilt. Sein Parteispezi und Mittäter, Jaume Massot, wurde für denselben kleinen Teil verurteilt und muss dreieinhalb Jahre hinter Gitter. Für beide Señores kommt das dicke Ende aber erst dann, wenn der weit größere Teil ihrer Delikte verhandelt wird. 68 Fälle wegen Verstoßes gegen die Raumordnung, Vorteilsnahme im Amt, Fälschung von Dokumenten, Bestechung und Bestechlichkeit, Steuervergehen, Geldwäsche und Amtsmissbrauch stehen noch zur Verhandlung an. Der Bauinspektor, Jaime Gibert, der sich dem Gericht gleich als Kronzeuge zur Verfügung gestellt hatte, muss für die gleichen Delikte nur vier Monate sitzen. Der Anwalt der Gemeinde, Ignaci Mir, muss ein Jahr brummen, weil er die Justiz bei der Aufklärung dieses Falles behindert hatte.

Eine elegant gekleidete Dame, so um die fünfzig, fragt beim Prominieren am Hafen von Andratx ihre Freundin: *„Schau mal, der Mann, der dort im Cafe sitzt, ist das nicht der Schauspieler aus der Daily Soap, mir fällt der Name nicht ein."* Groß, schlank und ewig jung geblieben mit moderner Frisur und strahlend weißen Zähnen, genießt der Sonnyboy seinen *cortado*.
Der vermeintliche Schauspieler gehört nicht zum Ensemble einer Daily Soap. Da hat sich die Dame getäuscht. Es ist Señor Jaime Gibert, der Ex-Bauinspektor von Andratx. Er ist soeben knapp an einer Gefängnisstrafe vorbeigeschrammt. Vielleicht

wegen seiner Kunst zu schauspielern?

Sechs Jahre hatte die Staatsanwaltschaft für sein kriminelles Handeln gefordert. Sechs Jahre in einem spanischen Gefängnis, da bleibt nicht mehr viel von der unbekümmerten Jugendlichkeit. Dass er im Straßencafe anstatt im Gefängnis sitzen darf, hat er einem Deal mit der Staatsanwaltschaft zu verdanken. Ja, er habe gegen das Gesetz verstoßen. Aber nicht weil er kriminell sei, sondern weil er von Hidalgo und Massot massiv bedrängt wurde, gab Gibert zu Protokoll. Die Vernehmung durch den Antikorruptionsstaatsanwalt fand hinter verschlossenen Türen statt. Die Protokolle wurden als geheim eingestuft und in einem eigenen Tresor der Staatsanwaltschaft aufbewahrt. Die Vorsicht scheint angebracht, denn Gibert ist jetzt der Kronzeuge gegen Hidalgo und Massot. „Wenn du nicht spurst, werfe ich dich auf die *puta calle*" (Scheißstraße), soll Hidalgo seinem Bauinspektor gedroht haben. Es ging um den Vater von Hidalgos Schwiegersohn. Der brauchte von der Gemeinde für ein illegales Bauvorhaben ein Zertifikat, wonach auf dem Grundstück, das er bebauen wollte, ehemals ein uraltes zweistöckiges Haus gestanden haben soll. Gibert, der spuren musste, bestätigte, was er eigentlich nicht bestätigen durfte. Das Ausstellen von gefälschten Zertifikaten für Bauvorhaben rund um Andratx gehörte fortan zu seinen täglichen Aufgaben. Wie viele Zertifikate von Gibert gefälscht wurden, ist noch nicht abschließend ermittelt. Im Augenblick sind siebzig Verfahren anhängig. Zu sechs davon wurde Gibert bisher befragt.

Einer der sechs Fälle betrifft das noble Dorint-Golf-Hotel in Camp de Mar. Massot verlangte von Gibert, dass er das vorgeschriebene Zertifikat über den Abschluss der Bauarbeiten am Dorint-Golf-Hotel erstellen solle. Bei einer Besichtigung des Fünf-Sterne Hotels stellte Gibert fest, dass das fertiggestellte Golfhotel mit den Plänen nicht übereinstimmte. Unter anderem sollten laut Plan die einzelnen Hotelkomplexe unterirdisch mit jeweils fünf Meter breiten Tunnels verbunden werden. Anstatt der Tunnels war eine ganze Souterrain Etage eingezogen worden. Angesichts eines solch gravierenden Bauverstoßes muckte Gibert auf. Er sei gezwungen ein Verfahren einzuleiten, ansonsten mache er sich strafbar, ließ Gibert seinen Chef Hidalgo wissen. Der entgegnete, das soll Massot entscheiden. Und in der Tat, der Chef des Bauamtes von Andratx, Jaume Massot, entschied und sagte zu Gibert: *„Ich habe alles geregelt, du kannst das Zertifikat jetzt ausstellen."* Wie und was Herr Massot für welche Summe geregelt hat, wird noch zu prüfen sein. Jedenfalls kam der Besitzer des Hotels, angeblich ein georgischer Prinz mit amerikanischem Pass, mit dem Namen Zourab Tchokotúa, auffallend oft zu Massot ins Rathaus. Damit kein Neid entstand, durften nicht nur der Bürgermeister und Massot, sondern auch die höheren Rathausangestellten, wann immer sie wollten, im Dorint-Golf-Hotel dinieren. Ein Tisch war stets reserviert.

Auf den ersten Blick könnte der Eindruck entstehen, Señor Gibert war nur Opfer der bösen Buben Hidalgo und Massot. Das Gegenteil ist der Fall. Gibert war vor allem Täter. Auch ihm drohen einige Jahre Haft, wenn seine anderen Straftaten im *Caso Andratx* verhandelt werden. Die verhängten vier Monate Haft beziehen sich, wie bei den anderen Verurteilten nur auf die zwei bisher verhandelten Fälle.

Die Ermittler staunten über die Genialität des Bauinspektors, was dessen Finanzen angeht. Ein Jongleur, der mit lumpigen 20.000 Euro Jahreseinkommen zum Millionär geworden war. Einige Beispiele aus der Trickkiste des Finanzgenies: Der Job im Rathaus brachte Gibert im Jahr 1999 rund 19.383 Euro ein. Im selben Jahr kaufte er ein Auto im Wert von 25.777 Euro und zeichnete einen Fond für 24.040 Euro. Im Jahr 2000 betrug das Jahreseinkommen von Señor Gibert 20.231 Euro. Davon kaufte sich der Bauinspektor ein Schiff für 53.542 Euro und zeichnete einen Fond für 24.040 Euro. 2001 stieg sein Jahreseinkommen auf 22.000 Euro. In diesem Jahr war Sparsamkeit angesagt. So zeichnete er nur einen Investitionsfond von 15.025 Euro. Im Jahr 2002 hatte Gibert ein Jahreseinkommen von 21.500 Euro. Davon investierte er in einen Fond 10.517 Euro. Am 14. Oktober 2002 verkaufte er Fondanteile von 39.058 Euro und kaufte am gleichen Tag eine günstige Eigentumswohnung für 156.263 Euro. 2003 betrug sein Jahreseinkommen 23.540 Euro. Davon steckte er 20.000 Euro in einen Investitionsfond. Im gleichen Jahr, so stellten die Ermittler fest, war Jaime Gibert als Besitzer von sechs noblen Immobilien eingetragen. Im Jahr 2004 gab er in seiner Erklärung zur Einkommensteuer 22.000 Euro an Einnahmen an. Dagegen standen Ausgaben von insgesamt 125.239 Euro. Im Jahr 2005 stieg sein Einkommen auf 24.800 Euro. Davon kaufte Gibert ein Schiff für 123.925 Euro, zahlte 100.000 Euro in einen Fond ein und kaufte Aktien im Wert von 201.500 Euro. Außerdem kaufte er über eine seiner getarnten Firmen einige landwirtschaftliche Grundstücke für insgesamt 16.700 Euro. Kaum in seinem Besitz, war aus dem Ackerland feinstes Bauland geworden. Die Grundstücke wurden mit einer illegalen Baulizenz ausgestattet und sofort an ahnungslose Bauwillige verkauft. Der Reibach war ein Zigfaches des investierten Kapitals. In diesem Zusammenhang sprechen die Staatsanwälte vom sogenannten *Modus Operandi*, der auf die Handlungsweise der Beschuldigten im *Caso Andratx* zutrifft.

Die Strafprozesse

Abgesehen von Betrugsdelikten, Urkundenfälschung, Bestechlichkeit, Geldwäsche und Amtsmissbrauch müssen sich die Señores Hidalgo, Massot, Mir, Gibert und einige andere dafür verantworten, dass sie den spanischen Staat um seine Steuern betrogen haben. Das wird besonders teuer. Steuerhinterziehung wird in Spanien hart und gnadenlos bestraft. Anders als in Deutschland: Wenn dort der Steuersünder geständig ist und die hinterzogenen Steuern sofort an das Finanzamt überweist, kommt er mit etwas Glück und einem guten Anwalt mit einer Geldstrafe davon. Boris Becker ist ein bekanntes Beispiel. Der einstige Tennisstar ist knapp an einer Haftstrafe vorbeigeschrammt. Das Urteil lautete: zwei Jahre Haft auf Bewährung, plus 300.000 Euro Geldstrafe sowie 200.000 Euro Geldbuße an karitative Einrichtungen. Glück gehabt Herr Becker. Hätten sie in Spanien vor Gericht gestanden, hätten sie ihren Party- und sonstigen VIP Verpflichtungen adios sagen müssen.

In Spanien geht, ohne Ansehen der Person, jeder Steuerbetrüger ins Gefängnis, dem ein nicht versteuertes Kapital von mehr als 100.000 Euro nachgewiesen wird.

Der Generalstaatsanwalt von Spanien, Don Cándido Conde-Pumpido, hat die spanische Regierung in Madrid schriftlich aufgefordert, die Experten der Antikorruptions-Staatsanwaltschaft zu unterstützen, damit die Aufklärung effizienter, zügiger und schneller vorangebracht wird.

Der erste Strafprozess im Korruptionsskandal von Andratx wurde abgeschlossen. Die spanische Justiz, die bislang als träge, blind und taub galt, hat ein exemplarisches Urteil gesprochen. Es ist das erste Urteil das in einer Reihe von mehr als siebzig geplanten Verfahren im Skandal von Andratx gesprochen wurde.

Während der Verhandlungen haben insbesondere die Herren Massot und Hidalgo den Großkotz gegeben. Von Reue und Einsicht keine Spur. Auch die Anwälte der Verurteilten ließen im gesamten Prozessverlauf keinerlei Rechtsbewusstsein erkennen. Im Gegenteil. Sie argumentierten, dass es sich bei den Straftaten um eine verbreitete Praxis in Mallorca und ganz Spanien und um eine Bagatelle handle. Damit bestätigt der Anwalt Rafael Perera, von dem dieser Satz stammt, dass Korruption, Betrug und Urkundenfälschung in Mallorca zum täglichen Leben gehören. Entsprechend hat das Gericht den Verurteilten in der Urteilsbegründung die Leviten gelesen. So bemerkte der Vorsitzende Richter Juan Pedro Yllanes aus Sevilla, Hidalgo sei das Gemeinwohl gleichgültig gewesen. Was ihn angetrieben hat, war einzig seine persönliche Bereicherung, die aber ohne die tatkräftige Unterstützung des Regierungsbeamten Massot nicht möglich gewesen wäre.

Das Lachen und die Arroganz ist den Angeklagten und ihren Verteidigern schnell vergangen, als der Vorsitzende Richter das Urteil verlas. Vier Jahre Haft für Hidalgo, Dreieinhalb Jahre Haft für Massot, ein Jahr Haft für den Anwalt der Gemeinde, Señor Mir. Er darf zudem zehn Jahre nicht mehr für die öffentliche

Verwaltung arbeiten. Vier Monate Haft kassierte der Bauinspektor Jaime Gibert, der als Kronzeuge für die Staatsanwaltschaft einen Deal aushandeln konnte. Noch wird das Urteil nicht vollstreckt, weil die Verurteilten das Rechtsmittel der Revision eingelegt haben. Doch die Prozessbeobachter, die das Urteil als wegweisend im Kampf gegen Korruption und Vetternwirtschaft bezeichnen, rechnen fest damit, dass der oberste Gerichtshof der Balearen das Urteil bestätigen wird. Wie gesagt, bislang mussten sich die drei Haupttäter nur in zwei Fällen verantworten. Der weitaus größere Komplex kommt erst noch zu Verhandlung. Kompetente Prozessbeobachter gehen davon aus, dass keiner der drei bereits Verurteilten unter zehn Jahren Haft davonkommen wird.

Das Mallorca vor diesem Urteil wird nicht das Mallorca nach diesem Urteil sein, sagt einer der Prozessbeobachter.

Jaume Massot, das muss vollständigkeitshalber an dieser Stelle angemerkt werden, wurde zwischenzeitlich in einem zweiten Verfahren, von insgesamt 68 Anklagen, zu weiteren fünf Jahren Gefängnis verurteilt. Damit ist seine Gesamtstrafe auf achteinhalb Jahre angewachsen. Über sechzig Fälle müssen noch verhandelt werden.

Dass die Betrugsfälle von Mallorca, und insbesondere von Andratx, in Spanien weder Ausnahmen noch Einzelfälle sind, zeigen die Ereignisse an der Costa del Sol, über die ich jetzt berichten werde.

Operación Malaya

Die Strolche von Malaga und Marbella

Mallorca und die Costa del Sol sind die beiden herausragenden Zentren des exklusiven Residenztourismus in Spanien.

Nicht nur im positiven Sinne, auch mit allen negativen Folgen. Dazu gehören die explodierenden Boden- und Immobilienpreise, die ihrerseits sofort Spekulanten auf den Plan rufen. Die Folgen sind Betrug und Korruption. In diesem Umfeld finden sich schnell bestechliche Beamte und Politiker, kriminelle Anwälte und Notare und nicht zu vergessen, Banken mit besten Beziehungen zu den Steuerparadiesen dieser Welt. Ein ideales Biotop für die internationale Geldwäsche.

Die Ouvertüre

Wer den Namen *Jesús Gil y Gil* hört oder liest, denkt entweder an den spanischen Fußballclub Atletico de Madrid oder an Skrupellosigkeit, Korruption, Amtsmissbrauch, Betrug und Geldwäsche.

Jesús Gil y Gil und der spanische Fußball, das gehörte zusammen wie Henne und Ei. Wobei in diesem Fall Gil y Gil die Henne war. Wie eine Glucke hat er sechzehn Jahre lang als Präsident und Hauptaktionär über den Fußballclub Atletico de Madrid gewacht und seine Geschicke dirigiert.

Jesús Gil y Gil und Korruption, auch das gehört zusammen wie Henne und Ei. Auch in diesem Fall war Gil y Gil die Glucke. Und die ausgebrüteten Eier? Das sind seine Vasallen im Rathaus von Marbella, der Polizeichef, die Parteiführer, die Direktoren in öffentlichen Ämtern, Architekten, Bauleiter, Anwälte und gefügig gemachte Richter. Eine charakterschwache, geldgierige und bis in die Haarspitzen korrupte und kriminelle Bagage.

Jesús Gil y Gil war wohl der berühmteste, oder besser gesagt, der berüchtigste Bürgermeister von Marbella. Am 14. September 2004 ist er als verurteilter Politiker gestorben.

Wer geglaubt hat, dass mit Jesús Gil y Gil auch die Korruption in der andalusischen Hafenstadt zu Grabe getragen wurde, sollte sich gewaltig irren. Gil y Gil hatte ein großes und vor allem kriminelles Netzwerk über ganz Andalusien geknüpft. Seine Gefolgsleute saßen in allen wichtigen Ämtern, in der Politik, in der Bauwirtschaft und in der Justiz. Nach seinem Tod übernahm für kurze Zeit der engste Vertraute von Gil y Gil, Señor Julian Múnoz, die Regierungsgeschäfte. Auch er war ein Vasall von Gil y Gil. Korrupt bis auf die Knochen. Im Gefängnis wartet er als Untersuchungshäftling auf seinen Prozess. Nach ihm kam die bekennende Gil Anhängerin, Marisol Yagüe, ins Rathaus. Ihr kriminelles Treiben mobilisierte schlussendlich die Justiz. Unter dem Decknamen „*Operación Malaya*" begannen die Ermittlungen.

Operación Malaya – erster Akt

Am 29. März 2006 wurden in einer Überraschungsaktion der Polizei, der Staatsanwaltschaft und der Steuerfahndung die Bürgermeisterin Marisol Yagüe, die Stadträte José Jaén und Victoriano Rodriguez, der Gemeindeberater für Städtebau, Juan Antonio Roca, der Sekretär der Stadtverwaltung, Leopold Barrantes und weitere 16 Personen verhaftet. Señora Yagüe war an diesem Tag zu Hause geblieben. Sie musste sich noch von einer kleinen Schönheitsoperation erholen, die sie zwei Tage zuvor hatte machen lassen. Schon einen Tag später, am 30. April, klickten die Handschellen bei der Vizebürgermeisterin Isabel García Marcos. Sie war gerade aus den Flitterwochen zurückgekehrt und noch ganz taumelig vor Glück, als man ihr die Handschellen anlegte. 17 Hausdurchsuchungen wurden vorgenommen. Eintausend Bankkonten wurden gesperrt. Der Gesamtwert der beschlagnahmten Luxusgüter, wie Kunstwerke, Antiquitäten, Schmuck, Luxuskarossen, Jagdwaffen, Kampfstiere und Bargeld von vier Millionen Euro wird, zusammen mit einem Hubschrauber und einem Privatflugzeug, sowie dem Gestüt für Rennpferde, welches Señor Roca gehörte, mit einem Wert von 2,4 Milliarden Euro angegeben. 2.400 Millionen Euro, ein lohnender Zugriff.

Operación Malaya – zweiter Akt

Im Rahmen der Operación Malaya griff die Justiz am 27. Juni 2006 ein zweites Mal beherzt zu. Wieder wurden dutzende Häuser und Büros durchsucht. Wieder wurden zahlreiche Besitztümer und bedeutende Geldmengen beschlagnahmt. Wieder wurden Personen verhaftet. Darunter der ehemalige Polizeichef von Marbella, Señor Rafael del Pozo, 13 ehemalige Stadträte von Marbella und mehrere Führungskräfte der Bau- und Immobilienbranche. Insgesamt dreißig Personen. Die Namen der Beschuldigten fanden sich in den Notizbüchern des Baugiganten Juan Antonio Roca. Der Mann hatte, Glück für die Polizei, sehr sorgfältig Buch geführt. Juan Antonio Roca hatte einst unter Gil y Gil als kleiner Urbanismusberater im Rathaus von Marbella begonnen.

Señor Roca sitzt seit März 2006 in Untersuchungshaft. Besonderes Aufsehen erregte die Tatsache, dass nicht nur Persönlichkeiten des öffentlichen Lebens und Firmenbosse aus Marbella verhaftet wurden, sondern auch hochstehende Persönlichkeiten aus den andalusischen Städten Granada, Córdoba, Sevilla und Málaga. Die Ermittlungsbehörden fühlten sich bestätigt. Sie hegten schon lange den Verdacht, dass das Netz aus Korruption, Betrug, Urkundenfälschung, Amtsmissbrauch, Bestechung und Bestechlichkeit, welches der einstige Bürgermeister Jesús Gil y Gil gesponnen hatte, weit über die Stadtgrenzen von Marbella hinausreicht. Einer der Ermittler sagte: *„Das kriminelle Netzwerk von Gil y Gil hat sich nach seinem Tod regelrecht verselbständigt."*

Operación Malaya – dritter Akt

In der Zwischenzeit ist es Spätherbst geworden. Um genau zu sein, es ist der 14. November 2006. Die Reichen und Schönen haben Marbella verlassen und ihr Winterquartier längst woanders aufgeschlagen. Die meisten Hotels sind geschlossen. Der Strand ist verwaist. Da öffnete sich der Vorhang zum dritten Akt in dem Trauerspiel *Operación Malaya*. Diesmal werden elf Personen in Handschellen abgeführt. Darunter die stets grinsende Blondine Mayte Zaldívar. Sie ist die Ex-Ehefrau des Exbürgermeisters Julián Muñóz, der selbst schon seit Monaten in Untersuchungshaft sitzt. Das Dummchen hatte wochenlang in Yellow Press Blättern und zweitklassigen TV Show's gegen ihren Exmann und dessen neue Geliebte, die populäre Sängerin und Witwe eines bekannten Torreros, Señora Isabel Pantoja, gewettet. Señora Pantoja wurde trotz ihrer Prominenz am 02. Mai 2007 verhaftet. Am Tag darauf durfte sie gegen strenge Auflagen und einer Kaution von 90.000 Euro das Gefängnis verlassen. Seither wartet sie in ihrer Nobelresidenz auf ihren Prozess. Ganz nebenbei und unbekümmert erzählte das naive Blondchen Mayte Zaldívar in mehreren Talk-Shows die immer gleiche Story: Ihr Gatte, Señor Muñóz, habe über Jahre Abfalltüten vollgestopft mit Geldscheinen mit nach Hause gebracht. Über die Herkunft der Scheine könne sie leider keine Auskunft geben. Das klingt sogar glaubwürdig. Für die eingebildet Herumstackselnde waren *shopping* und *Party-time* nun einmal wichtiger, als sich Gedanken über das kriminelle Treiben ihres Ehemanns zu machen.

Die Mitteilungsfreudigkeit der Blondine ist auch den Ermittlern nicht verborgen geblieben. Ab in den Knast, Señora, hieß es am 14. November 2006.

Am selben Tag mussten auch ihr Bruder und der Direktor

der Sparkasse Cajamar ihre Nobelherbergen mit einer einfachen Gefängniszelle tauschen. Die Verhaftung des Groß-Unternehmers und einstigen Präsidenten des Fußballclubs Sevilla F.C., Señor José Maria González de Caldas, heute Stierkampf-Veranstalter, erregte ebenso Aufsehen, wie die Verhaftung von Señor Francisco Ramírez, selbst ein hochrangiger Mitarbeiter des Untersuchungsgerichts. Ihn hatten die Fahnder der Antikorruptionsabteilung schon lange im Verdacht, tief im Marbella Sumpf zu stecken.

Am 17. April 2007 wurden weitere 19 Personen verhaftet. Darunter zwei Notare. Auch Anwälte der bekanntesten Kanzlei von Marbella, der Bufete Cruz Conde, stehen im Verdacht, Geldwäsche im großen Stil betrieben zu haben. Die Verzweigungen des Geldwäsche-Rings reichen bis in die Türkei, nach Schweden und Argentinien. Die Gelder sollen allesamt ihren Ursprung im organisierten Verbrechen haben, wie Prostitution, Waffenhandel und Drogenbusiness. Mittels achthundert Scheingesellschaften sollen die wahren Besitzer von Tausenden von Luxusimmobilien an der Costa del Sol verschleiert worden sein.

Mehr zum Thema „Geldwäsche an der Costa del Sol" im Kapitel „*Operación Ballena Blanca*".

Marbella, Hochburg der Korruption

Marbella, gesprochen wird es Marbeja – schönes Meer –, das klingt so weich, so verlockend. Marbella das ist Glanz und Verschwendung, das ist unermesslicher Reichtum. Marbella das ist dort, wo Rolls-Royces die Straßen säumen und weiße Superyachten im Hafen vor sich hinträumen. Marbella, das ist dort, wo sich millionenteure Villen an die Hügel schmiegen. Marbella, das ist dort, wo die Adelige Gunilla von Bismarck mit Carl Gustaf und Silvia von Schweden diniert und König Fahd von Saudi Arabien regelmäßig mit seinem tausendfachen Gefolge in mehreren Jumbo-Jets einschwebt. Marbella, das ist dort, wo die Superreichen der 1990er Jahre ihre Zeit vergolfen, wo die käuflichen Schönen den angenehmsten Teil des Tages verschlafen um fit zu sein für die nächtlichen Partys. Marbella, das ist dort, wo Fernsehhäschen und Filmsternchen in Scharen herumhüpfen. Girls, die stets darauf achten, mit nicht zu viel Stoff das zu verhüllen, was alternde Film- und Fernsehproduzenten für das Versprechen, eine Filmrolle zu verschaffen, antatschen wollen. Marbella das ist dort, wo sich in den Schickeria-Discos deutsche Adelige und saudische Prinzen mit Hilfe üppiger Trinkgelder auch mal daneben benehmen dürfen. Marbella, das ist dort, wo sich geistig verarmte Hohlköpfe das Paradies auf Erden vorstellen.

Angesichts der bisherigen Ermittlungsergebnisse, die die Operación Malaya zu Tage gefördert hatte, reagierte Anfang 2007 die spanische Regierung in Madrid. Sie hat, einmalig in der Geschichte Spaniens, die gesamte Stadtverwaltung aufgelöst. Marbella wurde jegliche Städtebaukompetenz entzogen, das Rathaus wurde einer Übergangsverwaltung unterstellt und eine neue Spezialabteilung der Staatsanwaltschaft für Umwelt- und Immobiliendelikte wurde eingerichtet.

Wie konnte sich ein solcher Korruptionssumpf entwickeln, in dem Gesetze und Vorschriften vollkommen außer Kraft gesetzt waren? Um diese Frage zu beantworten, muss man zwanzig Jahre zurückgehen. Ende der 1980er Jahre war Marbella nur noch ein Schatten seiner selbst. Drogensüchtige, Kleinkriminelle, Taschendiebe, Einbrecher, Strandräuber, Prostituierte und ihre Zuhälter machten die Stadt unsicher. Dann kam das Jahr 1991 und mit ihm betrat der Baulöwe Jesús Gil y Gil die politische Bühne. Er wurde zum Bürgermeister von Marbella gewählt. *„Das Gesindel muss aus der Stadt verschwinden"*, war die wichtigste Wahlaussage von Gil y Gil. Er hielt sein Wort.

Kaum im Amt, gab er der Polizei den Auftrag, mit eisernem Besen das *Drecksvolk* solange von der Straße zu fegen, bis es alle Rückkehrversuche aufgab. Die Aktion dauerte nur kurz, und schon strahlte Marbella in neuem Glanz. Damit jeder sehen konnte, dass der Gil'sche „Hausputz" auch erfolgreich war, ließ der Bürgermeister die Leitplanken, Straßenmarkierungen und Brückenpfeiler himmelblau übermalen. Es dauerte nicht lange, dann kamen die Adeligen, die Reichen und Schönen, die Stars und die Ölscheichs nach Marbella. Mit ihnen kam das Geld.

Und mit dem Geld die Korruption. Nach Schätzungen sollen in Andalusien rund 30.000 Immobilien illegal errichtet worden sein. Die Eigentümer von rund 18.000 illegal erbauten Häusern warten mit zittrigen Knien auf den neuen Generalplan der Regierung. Mit ihm wird sich entscheiden, ob eine Legalisierung ihrer Immobilien aufgrund der vorhandenen Gesetzgebung möglich ist, oder ob das Gesetz zwingend den Abriss vorschreibt. Das würde einen Schaden bedeuten, der in die Milliarden geht. Wenn die Situation nicht so ernst und traurig wäre, könnte man den Karnevalsschlager anstimmen: *Wer soll das bezahlen, wer hat das bestellt, wer hat soviel Pinkepinke, wer hat soviel Geld?*

Zurück zum Ernst des Lebens und der Geschichte.

1999 kam für Marbella das böse Erwachen. Marabella, eine Stadt mit knapp 120.000 Einwohnern, vergleichbar mit der Größe der Hugenotten-Stadt Erlangen, war zahlungsunfähig. Bankrott mit umgerechnet rund 205 Millionen Euro Schulden. Der spanische Rechnungshof stellte bei einer eilig anberaumten Prüfung fest, dass mindestens 360 Millionen Euro spurlos aus der Stadtkasse verschwunden waren. Bei genauerem Hinsehen wurde klar, dass der amtierende Bürgermeister Jesús Gil y Gil Tausende von gefälschten Rechnungen über die Buchführung von städtischen Entsorgungsunternehmen und Immobiliengesellschaften einge-bracht hat. Rechnungen die alle brav bezahlt wurden. Millionen davon flossen auf die Privatkonten des Bürgermeisters. Weitere Millionen zweigte er für seinen Fußballclub Atletico de Madrid ab. Der Familienclan Gil y Gil, der den Club auf Kredit gekauft hatte, war gleichzeitig dessen Hauptaktionär.

Bereits 1997 informierte das Bundeskriminalamt in Wies-baden die spanischen Kollegen darüber, dass Gil y Gil mit der italienischen Mafia in enger Geschäftsverbindung stehe. Die Information führte zu einer Überwachung des Bürgermeisters. Drei vorbestrafte Italiener, die an der Costa del Sol als Mafiachefs galten, sollen einen deutschen und einen italienischen Geschäftsmann um Millionen betrogen haben. Die Mafiosi hatten den beiden Geschäftsleuten Immobilien verkauft, die ihnen gar nicht gehörten. Eine direkte Beteiligung von Gil y Gil an diesen Geschäften konnte nicht hundertprozentig nachgewiesen werden.

Durch eigene Erkenntnisse wussten die spanischen Ermittlungsbehörden bereits, dass Gil y Gil ein Netzwerk an bestochen Staatsdienern in allen Ämtern in ganz Andalusien aufgebaut hatte. Polizei, Steuerbeamte, selbst Richter standen auf seiner Lohnliste. Alle Klagen und Anzeigen gegen Gil y Gil verliefen jedoch im Sande. Die zuständige Richterin hat sie alle *archiviert*, so heißt der Vorgang, wenn in Spanien Anzeigen zu den Akten gelegt werden. Eines Tages ereignete sich ein mysteriöser Einbruch in das Gerichtsgebäude, bei dem 50.000 Blatt Gerichtsakten über Korruptionsfälle, in die Gil y Gil verwickelt war, verschwanden. Mallorca lässt grüßen. Auch dort wurde, wie schon beschrieben, von gedungenen Einbrechern im Gerichtsgebäude von Palma de Mallorca nach den Akten der Operación Relampago gesucht. Sie wurden nur deshalb nicht gefunden, weil die Staatsanwälte der Balearen vorsichtshalber ihre Ermittlungsakten an geheimgehaltenen Orten gebunkert hatten.

Trotz verschwundener Ermittlungsakten wurde Gil y Gil 2003 seines Amtes enthoben, vor Gericht gestellt und verurteilt.

Von der späteren Bürgermeisterin, Señora Marisol Yagüe, hat man sich Großes versprochen. Sie sollte mit der Vetternwirtschaft und der Korruption aufräumen. Es irrt der Mensch, so lang er lebt, sagt bekanntlich ein Sprichwort – auch der Andalusier. Und in der Tat, die Dame führte fort, was Gil y Gil aufgebaut hatte. Öffentliche Aufträge gab es bei ihr nur gegen Bares, manchmal auch gegen Geschenke wie Luxusautos. So haben die Ermittler herausgefunden, dass Señora Yagüe ihre Villa für eine Million Euro hatte renovieren lassen. Also nicht erbauen, sondern renovieren. Bezahlt hat sie dafür keinen Cent. Sie erklärte dem Bauunternehmer, der auf öffentliche Aufträge angewiesen war: *„Bringen Sie die Renovierungskosten in den Rechnungen unter, die Sie an die Stadtkasse stellen."* Ihre Stellvertreterin, Señora Isabel Garcia Marcos, war gleichfalls nicht zimperlich, wie ein Telefonat belegt, das von der Guardia Civil mitgeschnitten wurde. Señora Garcia: *„Wenn ich kein Geld kriege, mache ich gar nichts."*

Auch der verhaftete Polizeichef von Marbella, konnte nicht genug kriegen. Er gründete 2004 eine eigene Baufirma, um Gelder aus der Stadtkasse abzocken zu können.

Der Kopf der korrupten Bande dürfte nach Erkenntnissen der spanischen Untersuchungsbehörden der Baulöwe Juan Antonio Roca gewesen sein. 1986 kam er arm und arbeitslos aus Cartagena nach Marbella. Sein ganzer Besitz war ein Citroën 2CV, besser bekannt als Ente. Zunächst versuchte er sich, mehr schlecht als recht und ziemlich erfolglos, als Unternehmer. Dabei legte er mehrere zweifelhafte Konkurse hin. 1991 holte ihn Gil y Gil als Urbanisationsberater zu sich. Bezahlt wurde der Job vom Rathaus.

Zehn Jahre später, am Tag seiner Verhaftung, betrug sein Vermögen über eine Milliarde Euro. Vom arbeitslosen Stadtstreicher zum Kunstsammler und Rennstallbesitzer, das ist fast schon eine amerikanische Karriere. Mit 120 Briefkastenfirmen in der Urlaubsregion Murcia steuerte er diverse Projekte für Hotels, Golfplätze und Tausende von Wohnungen. Insider sagen, seine Macht war größer, als die des Bürgermeisters. Er, Señor Roca, der Parvenue, hatte das letzte Wort, wenn es um Bauvorhaben ging, obwohl er als Privatmann nicht bei der Stadtverwaltung angestellt war.

Durch die *Operación Malaya* wurden zwei Bürgermeister, 19 Stadträte, 25 Bauunternehmer, eine Reihe von Rechtsanwälten, Notaren und Strohmänner verhaftet. Insgesamt sind es 86 Angeklagte. Eintausend Bankkonten wurden gesperrt.

Langsam bringt die spanische Justiz Licht in das Dunkel von Korruption, Bestechung, Urkundenfälschung, Betrug und Geldwäsche rund um Marbella. Ein erstes Urteil, das vom Oberen Gerichtshof Andalusiens verkündet wurde, betrifft ausgerechnet einen der ihren. Der Ermittlungsrichter Francisco Javier de Urquía, 39 Jahre alt, verheiratet, eine Tochter, wurde wegen Bestechlichkeit und Behinderung der Justiz zu zwei Jahren Gefängnis, 73.800 Euro Geldstrafe und einem siebzehnjährigen Berufsverbot verurteilt.

„*Eine Hand wäscht die andere*", sagte Roca, als er vor Gericht zu diesem Fall befragt wurde. Das Lokalfernsehen hatte einen Bericht über den ungewöhnlichen Reichtum und die Macht des Baulöwen vorbereitet. Der Richter, Señor de Urquia musste im Auftrag von Roca die Ausstrahlung verhindern, was ihm auch gelang. Im Gegenzug erhielt er zwei Umschläge von seinem Auftraggeber mit insgesamt 73.800 Euro. Das Geld brauchte der finanziell klamme Justizmann, um eine Wohnung in einem attraktiven Neubauviertel von Marbella anzahlen zu können. Der Richter verteidigte sich, indem er sagte: *„Roca lügt. Das Geld habe ich von meinem Vater und meiner Frau bekommen."* Aber die Fakten sprachen gegen den Richter. Bei der Durchsuchung von Rocas Büro wurde der Kaufvertrag gefunden. Das allein hätte noch nicht bewiesen, dass der Richter käuflich war. Erst die Auswertung der abgehörten Telefonate von Roca erbrachte den Beweis. Der für die Ermittlungen zuständige Richter Señor Miguel Ángel Torres staunte nicht schlecht, als er die Stimme seines Kollegen und Büronachbarn Francisco Javier de Urquia auf dem Tonband hörte, auf dem das abgehörte Gespräch von Roca mit dem Richter aufgezeichnet war. Das Abfassen der Anklageschrift ist Torres nicht leicht gefallen. Die beiden Richter waren seit Jahren gut miteinander bekannt. Während ihrer Praktikumszeit hatten sie sich sogar eine gemeinsame Wohnung geteilt.

Der Baulöwe Roca wurde wegen Bestechung ebenfalls verurteilt. Gemessen an dem, was auf ihn und die anderen 86 Angeklagten noch zukommt sind das natürlich Peanuts. Was die Bestechung von Amtsdienern angeht, war Señor Roca ohnehin ein Meister seines Faches. Nach Aussagen verschiedener Zeugen kam Roca in die Gemeinderatssitzungen von Marbella und verteilte an die Stadträte Umschläge mit Bargeld. Fein abgestimmt, je nach Wichtigkeit der Person und der Art des verschafften Vorteils, gab es zwischen 5.000 Euro und einem Vielfachen dessen. Die Rede ist sogar von Provisionen für ganz besondere Projekte in der Größenordnung von 50.000 bis 600.000 Euro. Trotz allen Reichtums blieb der millionenschwere Rennstallbesitzer Roca ein Emporkömmling. Damit allfällige Besucher gleich sehen konnten, wie reich der Señor ist, hat der Großkotz sogar mit einem echten Miro auf dem stillen Örtchen geprotzt.

Wer glaubt, mit der Aufdeckung der kriminellen Machenschaften in Andratx auf Mallorca und Marbella in Andalusien sei der Spuk endlich vorbei und die Normalität wieder hergestellt, sieht sich enttäuscht. Während die ersten Gerichtsverfahren im Caso Andratx und im Fall Marbella in Gang kommen, wird andernorts in Spanien weiter ermittelt. Auf den Kanarischen Inseln, in Madrid und an den Festlandküsten stoßen die Ermittler auf weitere korrupte Sumpflandschaften. Sieben weitere Bürgermeister wurden ihres Amtes enthoben und eingesperrt.

Gleich um die Ecke von Marbella liegt der schöne Urlaubsort Estepona. Im Gegensatz zu Marbella wurde hier nur die halbe Stadtregierung inhaftiert. Die Gemeinderäte für Finanzen, Stadtplanung, Badestrände und Kultur eingeschlossen. Auch der Stadtarchitekt, der Inhaber einer großen Baufirma aus Córdoba sowie diverse Rechtsanwälte von Bilbao am Atlantik bis Madrid mussten hinter Gitter. Der Vorwurf, so die Ermittlungsrichterin, Isabel Conejo: Rechtsbeugung, Bestechlichkeit, Geldwäsche, Missbrauch öffentlicher Gelder und einige weitere Kleinigkeiten. Sieben Jahre zuvor, als der neue Bürgermeister von Estepona, Señor Antonio Barrientos, im Zivilberuf Augenarzt, sein Amt im Rathaus antrat, versprach er Estepona zu einem Modell für saubere und übersichtliche Geschäfte auf dem Sektor Bauwirtschaft und Städtebau zu machen. Irgendetwas ist gründlich schiefgegangen in Estepona. Jedenfalls wurde der Herr Doktor in Handschellen aus seiner Villa an der Costa del Sol geführt.

Wie in Andratx und Marbella ging es auch in Estepona um die sogenannte Neubewertung von Baugrund. Bei entsprechender Nachfrage und bester Bonität des Investors wird auch im versteppten Brachland mit Meerblick Omas ehemaliger Kartoffelacker über Nacht vom Rathaus zu wertvollem Bauland erklärt. Stufe zwei ist dann die Bebauung. Jetzt muss das Netzwerk funktionieren. Bauunternehmer, Architekten und Banken sind auf das Wohlwollen der Gemeindeoberen angewiesen. Rasche und unbürokratische Genehmigungen sind Gold wert. Entsprechend rollt der Rubel. Kommissionen nennt man die Gelder, die jetzt reichlich fließen. Die Ermittler nennen es Schmiergelder.

Der Kolumnist von der spanischen Tageszeitung ABC schreibt: *„An der Costa del Sol und überall an den spanischen Küsten geht die Sonne jeden Morgen über der Landschaft eines gigantischen Betruges auf."*
Bleibt zu hoffen, dass die Sonne nicht eines Tages ganz untergeht.

Aktualisierung 2012

zu Caso Malaya
James Bond 007, Zeuge oder Angeklagter

Ein Jahr nach Erscheinen der Erstausgabe meines Buches „Die Mallorca Connection" gerät der erste James Bond 007 Darsteller, Sir Sean Connery (80) ins Blickfeld der Justiz. Laut Untersuchungsgericht ist Sir Connery in einen Immobilienskandal in Marbella verwickelt. Nach dem alten Bond Filmtitel „Goldfinger", wurden die Ermittlungen, James Bond zu Ehren, unter dem Namen „Operacíon Goldfinger" geführt. Und wieder hatte der Exbürgermeister von Marbella, Señor Jesus Gil y Gil, seine schmutzigen Finger im Spiel. Aber der Reihe nach.

1975 haben Sean Connery und seine zweite Ehefrau, die Französin Micheline Roquebrune, die Villa „Casa Malibu" am Strand von San Pedro, westlich von Marbella gekauft. 1999 wurde mit Hilfe von Jesus Gil y Gil, Bürgermeister von Marbella, der als Bauunternehmer auftrat, die Villa für rund neun Millionen Dollar (7 Mill. Euro) verkauft. Das wäre zunächst nicht außergewöhnlich. Außergewöhnlich ist, dass die weiße Prachtvilla abgerissen und auf dem Grundstück, nicht wie in der Stadtplanung vorgeschrieben, einstöckige Häuser, sondern ein Betonklotz mit 70 Wohnungen gebaut wurde. Keine Sozialwohnungen, sondern Luxusapartments, die zwischen 1,2 und 2,4 Millionen Euro verkauft wurden, bzw. noch immer im Angebot der Makler sind. Von 60 Millionen Euro Gewinn ist die Rede.
Bei der Umschreibung des Villengrundstücks in Bauland gab es Unregelmäßigkeiten, behauptet die Staatsanwaltschaft. Wobei Sir Connery nicht persönlich in Erscheinung getreten ist. Die Spur

führt aber zu den Anwälten von Sir Connery und dessen Ehefrau, der ortsansässigen Kanzlei von Diaz-Bastian & Truan. Gegenstand der „Goldfinger – Ermittlungen" ist der Verdacht auf Geldwäsche. Die Behörden wollen u.a. klären, ob eigens gegründete Immobiliengesellschaften zum Teil Sir Connery und dessen Ehefrau gehörten. Interessant ist die Sache deshalb, weil in der Zwischenzeit ermittelt wurde, dass die Schlüsselfigur in der „Operación Malaya", Señor Juan Antonio Roca seine Finger auch in dem Immobilienprojekt „Malibu" hatte. Roca gab zu Protokoll, dass er damals zwar nicht direkt mit Sir Sean Connery verhandelt habe, aber im Auftrag des Bürgermeisters Gil y Gil mit dessen spanischen Anwälten.

James Bond Darsteller Sir Sean Connery, der heute auf den Bahamas lebt, zog es vor den ersten Termin vor Gericht platzen zu lassen. Sein Nichterscheinen hat er mit dem Alter, der Gesundheit und der fehlenden Zeit entschuldigt. Dabei waren er und seine Ehefrau nur als Zeugen geladen.

Soweit die Aktualisierung.

Wer auf Mallorca oder auf der Iberischen Halbinsel von einem *Bin Laden* spricht, meint nicht den Terroristen. Er meint den Fünfhundert-Euro-Schein. *Bin Laden* soll heißen, jeder hat schon von ihm gehört, aber die wenigsten kennen ihn persönlich.

Weil im kriminellen Bausektor stets mit großen Summen Bargeldes operiert wird, kursieren seit der Einführung der gemeinsamen Währung mehr als ein Viertel aller Fünfhunderter, die in der EU ausgegeben wurden, in Spanien. Bei der Einführung des Euro hat Spanien 13 Millionen Fünfhundert-Euro-Scheine erhalten. In den vergangenen fünf Jahren hat sich die Zahl der Fünfhunderter Scheine verneunfacht. Die *Banco de Espana,* die das Geschehen sehr genau beobachtet, bezifferte 2007 die Zahl der Fünfhunderter zuletzt auf 112 Millionen Stück. Das sind 67 Prozent, also mehr als zwei Drittel allen Geldes, das in Spanien im Umlauf ist.

Auffallend ist auch, dass außer im kriminellen Geschäft mit Immobilien, die Betonung liegt auf kriminell, die Fünfhunderter Scheine hauptsächlich in den Bereichen Korruption und Drogenhandel auftauchen. Auch hier nimmt Spanien einen unrühmlichen Spitzenplatz ein. Nirgendwo in Europa wurde 2005 mehr Kokain beschlagnahmt, als in Spanien. Insgesamt rund fünfzig Tonnen. Bei Haschisch und Marihuana lag Spanien sogar einsam an der Spitze. 650 Tonnen wog die beschlagnahmte Menge. Die Hälfte allen Kokains aus Kolumbien, das in der EU konsumiert wird, kommt nach Erkenntnissen der spanischen Ermittlungsbehörden von der iberischen Halbinsel. Bei einer Untersuchung hat man sechshundert Fünfhunderter Scheine aus der EU analysiert und festgestellt, dass die Scheine aus Spanien durchschnittlich mit 335 Mikrogramm Kokain kontaminiert waren. Im Vergleich dazu waren die Scheine aus Italien mit 71 Mikrogramm, die aus Deutschland mit 6,6 Mikrogramm und die aus Frankreich mit nur 0,102 Mikrogramm Kokain kontaminiert.

Offenbar wird auch der Hundert-Euro-Schein gerne zum Schnupfen von Kokain genutzt. Von einhundert willkürlich eingesammelten Hunderter Scheinen, in fünf spanischen Großstädten, waren 94 Scheine mit Kokain kontaminiert. Die zuständigen Ermittlungsbehörden müssen zugeben, der Kampf gegen den Drogenhandel, via Spanien, ist so gut wie verloren. Das scheinen auch die Drogen- und Mafiabosse zu wissen.

Operación Ballena Blanca

Der gefräßige Weiße Wal

Ballena blanca, so heißt der weiße Wal im Spanischen. Bereits zwei Jahre vor der Operación Relámpago in Mallorca und ein Jahr vor der Operación Malaya an der Costa del Sol, haben die spanischen Ermittlungsbehörden eine Großrazzia gegen das Organisierte Verbrechen durchgeführt. Deckname: *„Operación Ballena Blanca"*. Ziel war es, ein bedeutendes spanisches Netzwerk zur Geldwäsche aufzudecken.

Geldwäsche ist das Rückgrat des Organisierten Verbrechens. Diese, nicht gerade neue, Erkenntnis gewannen die Innenminister der G5-Länder Deutschland, Frankreich, Großbritanien, Italien und Spanien auf ihrem Gipfel in der südspanischen Stadt Granada.

Die *Operación Ballena Blanca* führte die Ermittler wieder nach Andalusien. Wieder war und ist die spanische Küstenstadt Marbella im Visier der Fahnder. Hier an der Costa del Sol, in dem mondänen Urlaubsort Marbella, hat sich das Organisierte Verbrechen in der Anwalts-Kanzlei der *Fernando del Valle Abogados* die Klinke in die Hand gegeben.

Die Herren *Capos* kamen aus den USA, aus England, Kanada Frankreich, Deutschland, Holland, der Türkei und aus Russland. Das Anwaltsbüro arbeitete für das internationale Organisierte Verbrechen sozusagen *a la carte*. Die zu waschenden Gelder stammten aus Drogen-, Waffen- und Menschenhandel, Geisel-nahmen, Mord, internationalem Börsenbetrug, Steuerbetrug in verschiedenen europäischen Ländern und der Prostitution. Eine Mixtur schwerster Verbrechen. Mindestens neun kriminelle Organisationen haben die Anwälte der Kanzlei *Fernando del Valle*

Abgogados bis zu ihrer Verhaftung und der Schließung des Büros exklusiv bedient. Für die Geldwäsche hatten die kriminellen Organisationen eigene Kontaktleute, die sie jeweils nach Marbella entsandten. Für die türkische Mafia war das Sophian Hambli, für die Algerier reiste Djamel Talhi nach Marbella. Die schwedische Organisation schickte jeweils das Ehepaar Aimo und Maria Voulatinen, Artous Ramian war der iranische Kontaktmann, die Mafiosi aus England hatten das Ehepaar Hervey und Karen Levin unter Vertrag und Paul Leon Clemente hat das Geld der französischen Truppe gewaschen. Clemente ist der Statthalter von Jean Gilbert Para, Capo der Mafia von Marseille.

Mit dem gewaschen Geld haben die Mafiosi dann noble Immobilien an der Costa del Sol gekauft.

Kopf der Anwaltsbande war der in Spanien zugelassene Anwalt, chilenischer Herkunft, Señor Fernando del Valle. Wie üblich hat auch der Anwalt del Valle ein Netz an ausländischen Firmen unterhalten, über die das Bargeld seiner kriminellen Mandanten gewaschen wurde. Er selbst war Mitinhaber von 194 Gesellschaften. 143 Gesellschaften hatten ihren Sitz in Delaware USA und 39 in anderen Steuerparadiesen. Insgesamt kontrollierte die Kanzlei 523 Firmen. Del Valles Geschäftsmotto lautete: *„Ich suche für meine Mandanten immer die beste Rentabilität"*. Ob sein Wunschdenken mit der Realität übereinstimmte, darf bezweifelt werden. Über eintausend Bankkonten hat die Staatsanwaltschaft in diesem Zusammenhang beschlagnahmt. Vierzig Beschuldigte sitzen in Untersuchungshaft. Das beschlagnahmte Vermögen, rund 250 Millionen Euro, ist futsch.

Einer der Klienten von del Valle soll der russische Oligarch Chodorkovski gewesen sein. Dazu an anderer Stelle mehr.

„Operación Troika"

Die russische Mafia im Inselparadies

Schon seit Jahren beobachten die Ermittlungsbehörden einen wachsenden Zuzug von Mafiabossen nach Spanien. Offenbar fühlen sich die Mafiaoberen nirgendwo in Europa sicherer und wohler, als in Spanien. Das trifft vor allem auf die Bosse der russischen Mafia zu. Nach Schätzungen der spanischen Sicherheitsbehörden sind auf der Iberischen Halbinsel und den Balearen rund fünfhundert mafiaähnlich organisierte Banden aktiv. Die Schadenssumme, die allein dem spanischen Fiskus durch die Geldwäsche der Banden entstanden ist, kann nur geschätzt werden. Die Rede ist jedenfalls von Beträgen, die in die Milliarden gehen. Warum ausgerechnet Spanien? Warum ausgerechnet Mallorca? Das angenehme Klima kann nicht allein der Grund sein. Möglicherweise ist Spanien unter den Capos der Organisierten Kriminalität deshalb so beliebt, weil die spanischen Behörden bislang bei Betrug, Korruption und Geldwäsche, wenn überhaupt, dann ziemlich lasch ermittelt haben. Das soll sich jetzt ändern. Mit eigens gegründeten Spezialabteilungen bei den Staatsanwaltschaften will die spanische Justiz die Geldwäsche und die mit ihr zusammenhängende Korruption bekämpfen. Die Operationen in Andalusien und Mallorca waren nur der Anfang.

Angesichts der schläfrigen spanischen Justiz und der weitverbreiteten Korruption unter Staatsdienern, bis hin zu oberen Polizeiführern und Richtern, ist es nicht weiter verwunderlich, dass der aus Aserbaidschan stammende Russe *Gennadios Petrov*, Boss der mächtigen russischen Mafiaorganisation „*Tambovskaja*" schon seit zehn Jahren sein Domizil auf Mallorca aufgeschlagen hatte.

Unbehelligt von Justiz und Polizei konnte er seinen kriminellen Geschäften nachgehen. Von diesem Umstand wussten nur wenige Eingeweihte. *„Ein stiller, unauffälliger Mann"*, so die Nachbarn. *„Keine Partys, kein Lärm, keine Zusammenkünfte, sehr diskret"*, das war die Einschätzung derer, die ihn in Calvia zu Gesicht bekamen. Zwar habe man gelegentlich große Luxusautos gesehen, die seien aber sofort hinter dem hohen Eisentor der Villa verschwunden. Erst sehr spät konnten die spanische Behörden, vor allem der Ermittlungsrichter Baltasar Garzón, zugreifen. Von der Existenz des Russen und seinen Gefolgsleuten auf Mallorca und der spanischen Festlandsküste wussten sie schon länger. Warum es erst jetzt zu einer Verhaftung kam, hat seine Gründe. Um die zu verstehen, muss man mehr über die Mafiastrukturen in Russland wissen. Man muss wissen, dass es sich bei den Mitgliedern der Organisationen nicht um Verbrecher im herkömmlichen Sinne handelt. Und man muss wissen, dass sich die russische Mafia, von der in Europa allgemein bekannten italienischen Mafia, stark unterscheidet.

Die Mafia in Russland

Verbrecher und Verbrecherorganisationen hat es in der alten Sowjetunion ebenso gegeben, wie es sie in Europa, den USA, in China oder Indien gibt. Man nannte diese Gruppierungen *Vory V Zakone*. Übersetzt heißt das soviel wie *Diebe im Gesetz* oder *Diebe, die dem Kodex folgen*. Das waren die sogenannten Berufskriminellen in der alten Sowjetunion.

Wie in allen kommunistischen Diktaturen, einschließlich der untergegangenen DDR, herrschten auch in der UdSSR Mangelwirtschaft und Korruption. Die Plünderung der ineffizienten Staatsbetriebe durch korrupte Genossen, die Beschaffung von Drogen, die Kontrolle über die Prostitution und das Glücksspiel waren fest in der Hand dieser *Vory V Zakone*, der Berufskriminellen. Die Geschäfte brachten diesen organisierten Banden schon zu Sowjetzeiten Millionen von Dollar ein.

Mit dem Ende der DDR kam auch der Zusammenbruch der kommunistischen Sowjetunion.

Nun begann, wie in der Ex-DDR die Privatisierung. Die erste Phase von 1992 bis 1994. Eine vergleichbare Treuhandanstalt, wie sie in der Ex-DDR zur Privatisierung des „Volksvermögens" installiert wurde, gab es in Russland nicht. Stattdessen hat der pleite gegangene Staat unter Boris Jelzin sogenannte Privatisierungs-Voucher, an die gesamte Bevölkerung ausgegeben. Das waren Anteilsscheine an den Staatsbetrieben, nach der Idee, Volksvermögen in Volkes Hand. Von der Ausgabe bis zur tatsächlichen Privatisierung dauerte es naturgemäß einige Zeit. Diese Zeit nutzten die kriminellen Organisationen, die über reichlich Bargeld verfügten. Sie kauften den sozial schwachen und armen Russen ihre Voucher ab. Denen war ohnehin Bargeld lieber, als ein russisches Staatspapier, mit dem der einfache Bürger nichts anzufangen wusste. Mit dem Erwerb der Voucher war das Schwarzgeld des Organisierten Verbrechens zum großen Teil gewaschen. Gleichzeitig waren die kriminellen Banden jetzt legale Anteilseigner einstiger Staatsbetriebe.

In der zweiten Privatisierungsphase wurden die Staatsbetriebe über Auktionen an den Meistbietenden versteigert. Wieder hat das Organisierte Verbrechen, also die russische Mafia, zugeschlagen. Durch Bestechung von korrupten Beamten, die die Auktionen bestimmten, wurden auf abgesprochenen Auktionen von der Mafia Staatsbetriebe zu Niedrigpreisen ersteigert. Wirtschaftsbetriebe gehörten jetzt dem Organisierten Verbrechen. Die Russische Akademie der Wissenschaft, Abteilung *Analytisches Zentrum*, hat festgestellt, dass während der Privatisierung des alten Sowjetvermögens über fünfzig Prozent des Kapitals und rund achtzig Prozent der stimmberechtigten Aktien in die Hände russischer und auch ausländischer Mafiastrukturen gelangt waren.

Schon vor Boris Jelzin, noch zur Zeit von Generalsekretär Michail Gorbatschow, wurde die Gründung von Privatfirmen als neue Unternehmensform erlaubt. Im ganzen Land entstanden die sogenannten Kooperativen. Sie existierten neben den restlichen und meist maroden Staatsbetrieben als lukrative Privatunternehmen. Schnell entdeckte das Organisierte

Verbrechen den Geschäftszweig „*Schutzgelderpressung*". Die von den Kooperativen an die Mafia zu zahlenden Schutzgelder wurden auf zehn bis dreißig Prozent vom Nettogewinn festgelegt. Es entstand der Begriff „*Kryscha*", was soviel heißt wie Dach. „*Bist du unter meinem Dach, schützen wir dich vor anderen Schutzgelderpressern und wir treiben deine Außenstände ein.*" So das Geschäftsmodell der russischen Mafia. Auch staatliche Stellen, wie Miliz oder Steuerpolizei haben sich dieses Geschäftsmodell, diese Kryscha, zu Eigen gemacht. Das russische Innenministerium spricht von dreißig Prozent der operativen Miliz-Mitarbeiter, also Polizeibeamte, Steuerfahnder u. a, die besonders erfolgreich im Bereich „*Kryscha*" arbeiten. Das heißt, Staatsbeamte dürfen ungestraft Schutzgelder erpressen. Noch schlimmer das Militär.

Das russische Militär gilt als eine der korruptesten staatlichen Strukturen in Russland. Das verwundert niemanden, wenn man weiß, dass russische Soldaten heute noch monatelang auf ihren Sold warten. Wer nicht verhungern will, ist gezwungen seinen Lebensunterhalt auf andere Weise zu verdienen. Drogentransporte und illegale Waffenschiebereien sind nicht nur an der Tagesordnung. Sie werden als Militäroperationen getarnt von der Armee durchgeführt.

Neben Waffen aller Art gelangen durch das Militär auch Raketen und Raketenkomplexe in die Hände der Mafia. Russische und ausländische Experten wollen sogar Spuren der Mafia beim Handel von Kern- und Biowaffen-Komponenten gefunden haben.

Die russische Mafia, wie sie heute operiert, rekrutierte sich aus jenen Personen, die vom Zusammenbruch der Sowjetunion und der Privatisierung der russischen Planwirtschaft am meisten profitiert hatten. Berufskriminelle, die im Neuen Russland zu legalen Geschäftsführern aufgestiegen waren. Sie alle entstammen dem alten sozialistischen Establishment. In der Privatisierungsphase wurden über jene abgekarteten und getürkten Versteigerungen Verbrecherorganisationen zu Wirtschaftsunternehmen. Heute kontrolliert die russische Mafia die gesamte Wirtschaft in den GUS-Staaten. Das dieserart ergaunerte Geld wird zu einem großen Teil in die Politik reinvestiert. Politische Schlüsselpositionen werden von der Mafia gekauft. Über korrupte Parteibonzen, die vor Regional- und Parlamentswahlen sichere Listenplätze an zahlungskräftige Interessenten verkaufen, kommt die Mafia an die Schaltstellen der Macht. Die Mafia-Kandidaten erlangen mit dem Einzug in die Parlamente Immunität und politischen Einfluss. Ein DUMA-Mandat, Sitz im höchsten gesetzgebenden Organ Russlands, kostete 1995 zwischen 50- und 60.000 Dollar, schreibt die Zeitung Iswestija.

Das Startkapital für die Privatisierung der Wirtschaft, also für die Ersteigerung der Staatsbetriebe, stammte, nach Expertenschätzungen, zu einem Drittel aus kriminellen Geschäften und zu zwei Dritteln aus der Parteikasse der KPdSU. Die kommunistische Partei besaß allein in Moskau über 5.000 Immobilien, 114 Parteiverlage, achtzig Druckereien. Um die Parteigelder zu retten, wurden von den Parteibonzen und Apparatschiks in der Zeit des Zusammenbruchs der Sowjetunion 1.453 sogenannte Joint-Ventures, Aktiengesellschaften, und Fonds mit ausländischer Beteiligung aus dem Boden gestampft. In diese Unternehmen wurden rund fünf Milliarden Dollar und 14 Milliarden Rubel aus Parteivermögen und Privatgeldern gepumpt. Mit Hilfe korrupter Behörden kontrollierten die Mafia-Banden im Jahr 2000 rund 50.000 Betriebe in Russland. Die Chefs, sprich Generaldirektoren und Vorsitzenden im Aufsichtsrat der Betriebe, sind zu einem Drittel Mafiabosse. Sie bestimmen die Geschäftstätigkeiten in den privatisierten Unternehmen. Verbrecher in Nadelstreifen.

Die Einnahmen der Mafia werden auf eine Milliarde Dollar pro Monat geschätzt. Mindestens dreihundert Milliarden Dollar haben die Capos der Mafia auf Konten im Ausland gebunkert, sagt Anatolij Kulikow, russischer Innenminister von 1995 bis 1998. Die Summen der 2008 gebunkerten Millarden dürften ein Vielfaches der dreihundert Milliarden sein.

Das russische Innenministerium, zuständig für die Bekämpfung des Organisierten Verbrechens, schätzt, dass in Russland vierzig Prozent der privaten und sechzig Prozent der staatlichen Unternehmen sowie fünfzig Prozent der Banken vom Organisierten Verbrechen kontrolliert werden. Das bedeutet, zwei Drittel der russischen Wirtschaft befinden sich direkt oder indirekt in der Gewalt der Mafia. Nach Erkenntnissen der amerikanischen CIA sind 25 der größten Banken Russlands mit dem Organisierten Verbrechen in Verbindung.

Sie dienen insbesondere der großangelegten internationalen Geldwäsche. Zentren für Geldwäsche wurden auf dem spanischen Festland, an der Costa del Sol, in Mallorca, in Zypern und in den off-shore Bankzonen in den Steuerparadiesen weltweit eingerichtet.

Erbarmungslos und mit größter Brutalität setzt die russische Mafia ihre Ziele durch. Das geht auch aus abgehörten Telefongesprächen hervor.

So gibt der Mafiosi *Vitali Izgilov,* der vor seiner Verhaftung am 13. Juni 2008 in Alicante residierte, am 12. und 13. März 2008 dem Auftragskiller *Vadim* in Moskau einen Auftrag. Zunächst berichtet der Killer an Izgilov: *„Er sagte mir, er hätte eine Überweisung gemacht, aber bis jetzt ist nichts auf dem Konto.*

Izgilov fragt zurück: *„Ich würde gerne wissen, was er zu einer richtigen Abreibung meint?" „Lohnt es sich ihn am Leben zu lassen oder nicht"?*

Am folgenden Tag telefoniert Izgilov erneut mit dem Killer Vadim. Sie unterhalten sich darüber, dass sich ein gewisser Herr S. bereits im Krankenhaus befindet. Man musste ihm den Arm brechen, weil er nicht bezahlt hatte. Darauf antwortet Izgilov:

„Dann geh ins Krankenhaus und brich ihm den anderen Arm. Wenn das zu nichts führt und der immer noch nicht bezahlt, dann brich ihm ein Bein und danach das andere Bein. Der hat seine Versprechen nicht eingehalten. Mach es sofort. Der liegt ohnehin schon im Krankenhaus, da wird er dann gut versorgt."

Doch damit nicht genug. Die Polizei fängt ein anderes Gespräch auf, in dem es offenbar um ein Tötungsdelikt geht. Am 04. März 2008 ruft *Vitali Izgilov* den Mafioso *Arkady* in Moskau an. Es geht offenbar wieder um einen Abtrünnigen, der umgebracht wurde. Arkady sagt zu Izgilov: *„Die Person hat man im Wald gefunden, eingewickelt wie ein Stück Fleisch".* Kurz darauf ruft der Auftragskiller *Vadim* bei Izgilov in Alicante an und sagt ihm, dass der Tote leider in eine Tischdecke von Izgilovs

Restaurant gewickelt war, ein Versehen. Vadim erklärt dem Mafiaboss Izgilov: „*Das könnte jetzt Probleme mit sich bringen, die bis zur Schließung deines Restaurants führen könnten. Das hängt alles vom Staatsanwalt ab.*"

Die abgehörten Telefongespräche waren für die Ermittlungen in der *Operación Troika* eine wahre Goldgrube.

Nach Erkenntnissen der amerikanischen Bundespolizei FBI stehen russische Mafia-Organisationen mit kriminellen Gruppierungen in rund fünfzig Ländern in enger Verbindung. Hauptsächlich hat sich die russische Mafia auf Mittel- und Westeuropa konzentriert. Hier findet, wie im Fall Mallorca und Malaga die aktive Geldwäsche statt. Gennadios Petrov, der mächtige Geldwäscher der Mafia-Organisation *Tambowskaja* mit Sitz auf Mallorca, hat das gewaschene Geld vor allem in Gas-, Elektrizitäts- und Ölkonzerne investiert. Das sind die renditestärksten Investitionen. Sie bringen der Mafia mehr Gewinne ein als alle kriminellen Geschäftszweige wie Prostitution, Drogen- und Menschenhandel, Waffenschmuggel und Erpressung zusammen. So hat die Mafia unter anderem auch Gelder im spanischen Energiesektor investiert. Um Geld zu waschen, hat Petrov zum Beispiel auch die gesamte Energieversorgung eines afrikanischen Landes gekauft. Dort hat niemand gefragt, woher das Geld kam.

Für die Reinvestition gewaschener Gelder eignet sich auch die Tourismusbranche an Spaniens Festlandküsten, auf den Kanarischen Inseln und vor allem auf Mallorca. Auch für die Geldwäsche selbst ist diese Branche nicht uninteressant. Investiert wird hauptsächlich in große Freizeitparks, Nobeldiscos und exklusive Nachtclubs.

Obwohl der Mafiaboss von Mallorca aus operierte, ist die wichtigste Schaltzentrale der Russen-Mafia, nach Erkenntnissen deutscher Ermittler, die Bundeshauptstadt Berlin.

Wladimir Putin, jetzt Premierminister von Russland, konnte während seiner Amtszeit als Präsident der Russischen Föderation eine Verhaftung des Petrov-Clans nicht riskieren. Er wusste, dass die Macht von Petrov im überkommenen gesellschaftlichen und politischen Geflecht der alten Sowjetunion so groß war, dass eine frühzeitige Verhaftung nicht möglich gewesen wäre. Noch bevor die russische Staatsanwaltschaft einen Haftbefehl und ein offizielles Rechtshilfeabkommen mit Spanien auf den Weg gebracht hätte, wäre Gennadios Petrov über seine gekauften Staatsdiener in der russischen Administration über die Angelegenheit informiert gewesen. Erst jetzt, im Jahr 2008 wurde auf oberster russischer Regierungsebene, ohne Einschaltung der sonst für die Strafverfolgung zuständigen Behörden, die Verhaftung der russischen Capos auf Mallorca und auf dem spanischen Festland angeordnet. Aus Angst vor undichten Stellen drängten die Russen die spanischen Behörden zum schnellen Handeln. Die *Operación Troika* wurde gestartet.

Freitag der 13. – Teil I

Es ist Freitag der 13. Das ist für den einen oder anderen abergläubischen Zeitgenossen ein Grund, an diesem Tag im Bett zu bleiben.

Vielleicht ist auch der Russe *Gennadios Petrov,* Boss der Russenmafia abergläubisch. Jedenfalls liegt er noch im Bett, seiner fünfstöckigen Behausung mit direktem Meerzugang, als am Freitag, dem 13. Juni 2008 ein schwerbewaffnetes Aufgebot von Polizei und Staatsanwaltschaft äußerst unsanft an die Tür seiner Supervilla in der Urbanisation *Sol de Mallorca* in Calvia pocht. Die bestgesicherte Villa, ein Prachtbau mit eintausend Quadratmetern Wohnfläche, Pool und allem nur erdenklichen Luxus, sogar mit einer eigenen Klimaanlage für den Hund, wird auf einen Wert zwischen zehn und zwölf Millionen Euro geschätzt. Hier residiert seit zehn Jahren, von Außenstehenden unerkannt, einer der mächtigsten Mafiabosse Russlands mit Ehefrau, Personal und Wachhund. Ausgerechnet in der Gemeinde Calvia. Das sei nur ein Zufall, lässt der Bürgermeister von Calvia, Carlos Delgado, eilig verbreiten. Sein Bruder und Notar Álvaro

Delgado war doch in jener Reisegruppe der Balearen-Regierung, die auf Einladung eines russischen Bankers in Moskau den Edelpuff „Rasputin" besuchte.

Zufällig ist der Anwalt Miguel Feliu Bordoy der juristische Berater der Gemeinde Calvia. Ausgerechnet Señor Feliu Bordoy, der vom Untersuchungsgericht als Kopf der Feliu-Bande eingestuft wird, hat engste Kontakte zum Bürgermeister Carlos Delgado und zu dessen Bruder Àlvaro Delgado, dem Notar, der die kriminellen Mehrfachverkäufe in Andratx beurkundet hat.

Wieder hat sich die Mallorca Connection getroffen.

Zeitgleich erscheinen die Ermittler bei Petrovs Vertrauten und langjährigen Sekretärin, Julia Smolenko, im Büro in der Calle Aragó in Palma de Mallorca. Dort ist die Zentrale der zahlreichen Petrov-Firmen. So die Immobilienagenturen, Inmobiliaria Balear 2001 und Inmobiliaria Calvià 2001.

Der Statthalter des Mafiabosses auf Mallorca, Mihajlovic Jurij Salikov, wird zur selben Zeit aus seiner Villa in Santa Ponça geholt. Außerdem wird auf Mallorca ein weiteres hochrangiges Mafiamitglied und ebenfalls Statthalter von Pertov, Leonid Khristoforov verhaftet. Er lebt in einer Luxusvilla in Santa Ponça zusammen mit der Ehefrau, seiner Mutter und zwei Kindern. Bei Khristoforov, der keine offiziellen Einkünfte nachweisen kann, werden diverse Sparbücher gefunden, auf denen wöchentlich 30 bis 40.000 Euro eingezahlt wurden.

Den spanischen Banken hätten diese Summen, im wahrsten Sinne des Wortes, spanisch vorkommen müssen. Zumal sie bei Einzahlungen von mehr als 6.000 Euro eine Mitteilung an das spanische Finanzamt machen müssen.

Bargeld, Schmuck und Kunst im Wert von rund zwölf Millionen Euro werden bei Petrov beschlagnahmt. Dazu eine Privatyacht, die im Hafen vom Club de Mar vor Anker liegt und ein Privatflugzeug, welches Petrov für seine Geschäftsreisen nutzte. Gennadios Petrov konnte sich auf Mallorca und der Iberischen Halbinsel uneingeschränkt bewegen. Anders bei seinen Reisen nach Moskau. Es mussten extreme Sicherheitsvorkehrungen getroffen werden, die die Sicherheitsvorkehrungen von hochrangigen Politikern weit übertrafen, denn Petrov steht auf der Abschussliste anderer Mafiaorganisationen. Seit dem Ende der Sowjetunion wurden bei Machtkämpfen zwischen den einzelnen Mafiagruppen in den vergangenen 15 Jahren rund 30.000 Menschen umgebracht.

Im Zusammenhang mit der Operación Troika wird unter anderem auch gegen einen russischen Parlamentsabgeordneten ermittelt, dem der Mafiaboss Petrov ein stattliches Anwesen in El Toro auf Mallorca *„günstig"* besorgt hatte.

Den Festgenommenen wird nicht nur Geldwäsche und Bestechung im großen Stil vorgeworfen. Sie sollen auch an Auftragsmorden, Waffenschmuggel, illegalem Kobalthandel, Drogen- Tabakschmuggel und Erpressung beteiligt gewesen sein. Auf der Gehaltsliste von Gennadios Petrov stehen hochkarätige russische Politiker und Moskauer Richter.

Der spanische Generalstaatsanwalt, Cándido Conde-Pumpido sprach im Zusammenhang mit der Operación Troika vom bedeutensten Schlag gegen die Mafia in Spanien und Europa.

Der Richter Baltasar Garzón

Der Mann, der den Befehl zum unsanften Anklopfen bei Gennadios Petrov gab, heißt Baltasar Garzón. Er ist Ermittlungsrichter aus Madrid. Sein Bekanntheitsgrad ist mindestens so groß wie der des spanischen Königs Juan Carlos. Seine Gefährdung ebenso. Während Juan Carlos auf der Mord-Liste der ETA an oberster Stelle steht, steht Garzón an erster Stelle auf der Mord-Liste des internationalen Verbrechens. Baltasar Garzón ist ein furchtloser Mann, der dem Organisierten Verbrechen den Kampf angesagt hat. Ob Mafia, ETA, Terrorist oder korrupter Staatsdiener, wer ins Visier dieses Mannes gerät, braucht einen guten, einen sehr guten Anwalt. Meist nützt auch der nichts. Wer von Baltasar Garzón angeklagt wird, muss mit einer langen Haftstrafe rechnen.

Internationale Berühmtheit erlangte der Ermittlungsrichter

als er den chilenischen Exdiktator Augusto Pinochet für seine Gräueltaten an spanischen Bürgern zur Verantwortung zog. Am 17. Oktober 1998 hatte er den ehemaligen chilenischen Diktator, der sich in einer Londoner Klinik von einem Eingriff erholte, verhaften lassen.

Pinochet, unter dessen Militärdiktatur von 1973 bis 1990 über 3.000 Oppositionelle ermordet worden waren, wurde vom Madrider Richter Baltasar Garzón und seinem Kollegen wegen Misshandlung spanischer Staatsbürger in Chile verfolgt. Die beiden Ermittlungsrichter erwirkten, als sie vom spanischen Geheimdienst erfuhren, dass sich Pinochet wegen einer Rückenoperation in London aufhielt, via Interpol einen Haftbefehl. Die Londoner Polizei war kooperativ und vollstreckte diesen kurzerhand. Die Folge der Verhaftung waren diplomatische Verwicklungen zwischen Chile, Spanien und Großbritannien. Das hat Garzón weder gestört, noch aus der Fassung gebracht. Im Gegenteil: Der spanische Innenminister stellte sich hinter den unerschrockenen Mann.

Baltasar Garzón und seine Kollegen sind auch nicht vor China in die Knie gegangen. Drei Tage vor der Eröffnung der Olympischen Spiele in Peking hat der Nationale Gerichtshof in Madrid Ermittlungen gegen sieben namentlich benannte Mitglieder der chinesischen Regierung und des Militärs eingeleitet. Der Vorwurf: Die systematische Unterdrückung der Bevölkerung von Tibet. Dabei seien 203 Menschen getötet und über 1.000 schwer verletzt worden. Nach spanischem Recht darf sich der spanische Nationale Gerichtshof bei Menschenrechts-Verletzungen in anderen Ländern einschalten. Vorangegangen war eine Klage verschiedener Initiativen aus Tibet, die beim Nationalen Gerichtshof in Madrid eingegangen war.

Auch die Aufarbeitung der während des Franco - Regimes begangenen Morde hat sich Garzón zum Ziel gesetzt. Am 2. September 2008 forderte Baltasar Garzón Ministerien, Stadtverwaltungen und Pfarreien in ganz Spanien auf, ihn aus den Archiven mit Informationen über Massengräber aus der Franco Diktatur zu versorgen. 33 Jahre nach Ende der Franco-Diktatur soll jetzt endlich geklärt werden, unter welchen Umständen Francos

Gegner zu Tode gekommen sind. Das Franco-Regime hatte rund 180.000 politische Gegner hingerichtet. Allein auf Mallorca gibt es vierhundert Vermisste. Wie schon gesagt, Baltasar Garzón ist ein unerschrockener Mann. Und unerschrocken geht er auch gegen die russische Mafia vor.

Der Operation, die er am 13. Juni 2008 leitet, gibt er den Decknamen *Troika*. Troika wird in Russland die Anspannung mit drei Pferden genannt. Eine Troika ist auch ein Triumvirat, wie einst das politische Dreier-Gespann, Gerhard Schröder, Rudolf Scharping und Oskar Lafontaine. Allerdings hat diese Troika nicht lange zusammen an einem Strang gezogen, wie es für eine echte Troika unabdingbar ist, soll der Karren nicht im Dreck versinken. Oskar Lafontaine, der sich Jahre später als Sympathisant altkommunistischen Denkens outete, ging als erster von der Deichsel. Rudolph Scharping folgte. Er stieg auf Mallorca erst medienwirksam mit seiner Freundin und angeheirateten Gräfin, in einen Swimmingpool und dann aufs Fahrrad um. Übrig blieb der heutige Ex-Bundeskanzler Gerhard Schröder, dessen geschmackloser Auftritt bei der „Elefantenrunde" nach der Bundestagswahl 2005 jedem Fernsehzuschauer in ewiger Erinnerung bleiben wird.

Medienberichten zufolge, unterhält Schröder beste Kontakte zu Wladimir Putin, den er öffentlich als „lupenreinen Demokraten" bezeichnet und ebenso zum russischen Energiekonzern Gazprom. Der Konzern ist bis 2012 der Hauptsponsor des Bundesligisten FC Schalke 04. Gerhard Schröder wurde nach seiner Amtszeit als Bundeskanzler, Aufsichtsratschef der Gazprom-Tochter Nord-Stream AG, dem sogenannten Ostseepipeline Konsortium. In einem Gastbeitrag vom 20. November 2007 für den *Stern* schreibt der international tätige Anwalt von Chordorkowski, Robert R. Amsterdam: *„Die Nähe der SPD zum Kreml verdeutlicht vor allem Ex-Kanzler Gerhard Schröder, der für jährlich 250.000 Euro beim Aufsichtsrat von Nord Stream vorsitzt, nachdem er als Kanzler das Projekt vorangetrieben hatte."*

Und im selben Artikel ist an anderer Stelle zu lesen: „… *Bezug nehmend auf meinen Mandanten, den politischen Gefangenen Michail Chordorkowski, äußerte er (Schröder) scherzhaft den*

Wunsch nach sibirischen Gefängnissen für Deutschland, in die Steuersünder abgeschoben werden könnten."

Soweit die Einschätzung des hoch angesehenen Anwaltes Robert R. Amsterdam was den Charakter des Ex-Bundeskanzlers Gerhard Schröder angeht.

Schröder hin, Putin her, jedenfalls passt der Deckname *Troika* zu der Operation, bei der an diesem Tag die russischen Mafiosi verhaftet wurden. Garzón hat eben nicht nur Cojones (Eier), wie die Spanier sagen, wenn einer ein ganzer Kerl ist, sondern er hat auch noch eine gesunde Portion Humor.

Freitag der 13. – Teil II

Nach monatelangen, eifrigen Untersuchungen erfolgte der Zugriff. Koordiniert wurden die Ermittlungen von den Spaniern. In Abstimmung mit den russischen Kollegen, den deutschen Ermittlern, dem amerikanischen FBI, den Schweizer Behörden und dem englischen Geheimdienst haben am Freitag, dem 13. Juni 2008, morgens um 7:00 Uhr, für Spanier mitten in der Nacht, zeitgleich vierhundert schwerbewaffnete Polizeibeamte in den Provinzen Mallorca, Madrid, Alicante, Granada und Málaga zugegriffen.

Die Razzia gegen die beiden russischen Mafia-Organisationen *Tambovskaja und Malischewskaja,* zwei der mächtigsten Verbrecherorganisationen der Welt, wurde zum vollen Erfolg. Garzón war sich wie immer seiner Sache sicher. Der Mann, der nichts dem Zufall überlässt, hatte schon vor dem Zugriff 25 Haftbefehle mit den Namen der russischen Mafiamitglieder ausgestellt.

Am Samstagmorgen kam der Ermittlungsrichter Baltasar Garzón mit einem Polizeiflugzeug nach Mallorca, um Petrov persönlich zu vernehmen. Petrov gab sich zur Überraschung von Richter Garzón sehr leutselig. Er plauderte offen über seine Geschäfte und darüber, dass er allerbeste Beziehungen zur russischen Regierung unterhalte. Ob er damit andeuten wollte, wie mächtig er sei und ob er mit den Hinweisen auf seine

Regierungskontakte den Ermittlungsrichter einschüchtern wollte, bleibt zunächst unklar.

Noch am Samstagabend wurden die Festgenommenen in einer geheimen Aktion mit verschiedenen Linienmaschinen, getrennt von einander nach Madrid geflogen und dort, ebenfalls separiert, in Untersuchungshaft genommen. Was aber wird aus den Investitionen, die mit dem gewaschenen Geldern der Russenmafia getätigt wurden?

Die Frage ist einfach zu beantworten. Wenn nachgewiesen werden kann, dass Investitionen mit Geld aus kriminellen Geschäften oder mit Schwarzgeld getätigt wurden, dann kassiert, wie im Fall der *Operación Troika,* der spanische Staat. Wie gesagt, *wenn* die kriminelle Herkunft des Geldes nachgewiesen werden kann. Wenn das Wörtchen „wenn" nicht wär...

Uefa – Cup Halbfinale

Dann könnte man auch einen anderen, ungeheuren Vorwurf mit unvorstellbarer Tragweite leicht aufklären. Fußballfans erinnern sich sicher noch an den 12. Mai 2008. An diesem Tag spielte der Erste FC-Bayern München im Uefa-Cup Halbfinalspiel gegen die Mannschaft Zenit St. Petersburg und verlor mit 0:4 Toren. Zur gleichen Zeit liefen in Spanien und auf Mallorca die verdeckten Ermittlungen gegen Mitglieder der russischen Mafiaorganisation Tambovskaja. Wie üblich wurde der gesamte Telefonverkehr der Bandenmitglieder abgehört und aufgezeichnet. In drei dieser Telefonate soll es um das Halbfinalspiel gegangen sein. Gennadios Petrov der Chefgeldwäscher der russischen Mafia Tambovskaja soll demnach in einem dieser Telefonate damit geprahlt haben den Sieg von Zenit St. Petersburg für fünfzig Millionen gekauft zu haben. Sein Statthalter und rechte Hand, Leonid Christoforow, soll sogar damit angegeben haben, den Spielausgang von 0:4 im Voraus gekannt zu haben. Der spanische Ermittlungsrichter Baltasar Garzón, der gegen die Russenmafia ermittelt, hat jedenfalls ein Strafverfahren eingeleitet. Der russische Fußballclub Zenit St. Petersburg, der vom Energiekonzern Gazprom gesponsert ist, hat den Uefa-Cup 2008 gewonnen.

Der Mafiosi Petrov kommt wie der ehemalige russische Staatschef Wladimir Putin und sein Nachfolger Medwedew aus St. Petersburg. Spekulationen über den Wahrheitsgehalt einer möglichen Spielmanipulation durch die russische Mafia verbieten sich von selbst. Zu groß wäre das Unheil, das mit Spekulationen und möglichen Falschinformationen angerichtet werden würde. Man muss die Ermittlungen abwarten.

Die Oligarchen

Wenn von Russland die Rede ist, dann ist oft auch die Rede von Oligarchen. Der Russe nennte jene „geschäftstüchtigen" Landsleute so, die nach dem Zusammenbruch der UdSSR, in aller Regel durch kriminelle Machenschaften zu unermesslichem Reichtum und zu großem politischen Einfluss gekommen sind. Einer der bekanntesten Oligarchen dürfte der sympathische, gutaussehende Mann sein, den die russische Justiz, für die Medien, demonstrativ in einem Gitterkäfig vorgeführt hat. Ein Käfig in dem sonst nur gefährliche Bären oder sibirische Tiger zur Schau gestellt werden. Er heißt Michail Chodorkowski und er ist deshalb der wohl bekannteste Oligarch, weil die Weltöffentlichkeit ihn monatelang in ihrer täglichen Fernsehberichterstattung präsentiert bekam. Vor seinem Prozess war Chodorkowski Inhaber des YUKOS-Konzerns. Angeblich soll er der reichste Mann Russlands sein. Das geschätzte Privatvermögen beläuft sich auf rund 15 Milliarden Euro.

Mitte der 1990er Jahre brauchte das marode Jelzin Regime dringend Bares. Chodorkowski gab dem Kremlchef zweihundert Millionen Schweizer Franken. Im Austausch dafür bekam der aufstrebende Geschäftsmann einen Anteil von 45 Prozent an dem Staatskonzern YUKOS. Das war der Grundstein für seinen immensen Reichtum. Seine politischen Ambitionen jedoch, die er durch die Unterstützung oppositioneller Parteien demonstrierte und seine offene Kritik an Präsident Wladimir Putin brachten ihn vor Gericht. Im Oktober 2003 wurde er, zusammen mit seinem

Stellvertreter Platon Lebedew verhaftet und 2004 vor Gericht gestellt. Offiziell lautete die Anklage auf Steuerhinterziehung von 28 Milliarden Euro.

Die Anklage ist zu hinterfragen. Fest steht jedenfalls, dass der YUKOS Konzern rund neun Milliarden Dollar an Steuern bezahlt hat. Damit hat Russland rund fünf Prozent seines Haushaltes finanziert.

Immer wieder wurde behauptet, sein Prozess sei vom Kreml gesteuert gewesen. 2005 wurde der Ölmagnat zu zehn Jahren Haft verurteilt. In einem Revisionsverfahren legten die Richter die endgültige Strafe auf acht Jahre fest. Abzubüßen im weit entfernten Osten von Sibirien, unweit der chinesischen Grenze. Dort, wo nach dem Zweiten Weltkrieg schon deutsche Soldaten gefangengehalten wurden. Vielleicht hatten die Russen den Fernsehmehrteiler „Soweit die Füße tragen" gesehen und Angst, Chodorkowski könnte fliehen. Ein Gnadengesuch auf vorzeitige Haftentlassung wurde 2008 abgelehnt. Ob er überhaupt wieder freikommt, steht in den Sternen. Vielleicht steht es auch in einem Drehbuch, dass Herr Wladimir Putin schreibt. Ein weiteres Verfahren gegen den einstigen Multi-Milliardär ist schon in Vorbereitung. Darin wird ihm Betrug und Geldwäsche vorgeworfen. Wenn er verurteilt wird, dürfte ihm nach der Verbüßung seiner Gesamtstrafe endgültig die Lust auf oppositionelle Politik vergangen sein.

Ob der Petrolkonzern YUKOS Teil des Organisierten Verbrechens in Russland ist, ist noch nicht abschließend ermittelt. Wenn allerdings Michail Chodorkowski wegen Geldwäsche angeklagt wird, dann meint die russische Justiz herausgefunden zu haben, dass sich Chodorkowski, als Hauptaktionär des Konzerns zusammen mit seinem Kollegen Platon Lebedew rund 23 Milliarden Dollar in die Tasche gesteckt hat, beim Verkauf von 350 Millionen Tonnen russischen Rohöls. Gewaschen, laut Anklage, über die Stiftung „Open Russia Foundation". Darüber zu urteilen, ob die Anklage zu Recht oder zu Unrecht erfolgt, verbietet sich für Außenstehende von selbst.

Bekannt ist, dass der Ölmagnat Chodorkowski seine privaten Gelder bei der Finanzgruppe Menatep geparkt hat, die in Gibraltar residiert. Berichten zufolge, soll der englische Lord Jacob Rothschild, Kopf des britischen Zweiges der bekannten Bankiersfamilie, diese Gelder treuhänderisch verwalten. Er ist zusammen mit dem früheren US Außenminister Henry Kissinger und Chodorkowski Mitbegründer der Stiftung „*Open Russia Foundation*".

Unabhängig von der sogenannten „YUKOS-Affäre", die in Russland und weltweit noch für einige Aufmerksamkeit sorgen wird, gibt es eine YUKOS-Tangente, die nach Spanien, nach Marbella führt.

Chodorkowski soll spanischen Ermittlern zufolge einer der Mandanten des Mafia-Anwaltes Del Valle in Marbella gewesen sein. Jedoch erst wenn alle Unterlagen der Operationen *Troika* und *Ballena Blanca* gesichtet und ausermittelt sind, wird man feststellen, ob und inwieweit der ehemalige YUKOS-Inhaber Chordorkowski mit der russischen Mafia verbunden ist.

Die neuen Käufer aus Osteuropa

Immer mehr Deutsche und Engländer lassen die Finger von den künstlich übeteuerten Residenzen auf Mallorca. Dafür kommen die Reichen aus Russland und der Ukraine. Aber Vorsicht. Die Herrschaften aus dem Osten lassen sich nicht so leicht betrügen wie die gutgläubigen Deutschen. Da wird nicht lange mit Polizei und Gericht gedroht, da wird gehandelt. „*Ein Knall, ein Prall dicht am Gesicht und aus ist's mit dem Lebenslicht*". Wilhelm Busch möge die Modifizierung seines Verses verzeihen.

Auch wenn es spaßig klingen mag, die Sache ist mehr als ernst. So hat die Guardia Civil, durch Zufall, auf dem Parkplatz Aquacity bei El Arenal am 23. August 2000 zwei russische Auftragskiller verhaftet. Die beiden, 39 und 31 Jahre alt, reisten als normale Urlauber in Mallorca ein, mieteten einen Leihwagen und nahmen Quartier im Luna-Park Hotel in El Arenal. Im Kofferraum des Leihwagens entdeckten die Polizisten eine geladene Pistole mit Schalldämpfer und eine scharfe Bombe mit Plastiksprengstoff. Wer das oder die Opfer werden sollten, blieb geheim. Ihr Auftrag hätte bis zum 03. September erledigt sein müssen. Für diesen Tag hatten die beiden Russen ein Rückflugticket nach Frankfurt am Main. Wie gesagt, der Zufall hat einen Auftragsmord verhindert. Dass es auch anders kommen kann, zeigt der Mord an dem Deutschen Manfred Meisel. Der Bierkönig, wie Meisel in Mallorca genannt wurde, seine Hausangestellte und sein achtjähriger Sohn wurden mit Nahschüssen getötet. Die Mörder sind bis heute nicht gefasst. Die Leichen der drei Opfer sind immer noch nicht freigegeben. Sie liegen tiefgefroren in der Gerichtsmedizin.

Das Geschäft mit den Russen hatte eigentlich sehr harmonisch begonnen. Im Spätherbst 2004 reiste eine Regierungsdelegation der Balearen nach Moskau. An der Spitze Jaume Matas (PP), der damalige Regierungschef persönlich. Man wolle in Moskau für das Ferienparadies Mallorca werben, so wurde der Grund der Reise dem Steuerzahler erklärt. Später wird diese Reise unter dem Stichwort „Rasputin" in die mallorquinische Geschichte eingehen.

Dass ausgerechnet der Notar Álvaro Delgado mit nach Moskau reiste, hat, wie man in Schwaben sagen würde, ein Gschmäckle. Eingeladen war die mallorquinische Herrenrunde von einem Mann, der international schon mehrmals für Schlagzeilen sorgte. Es ist der russische Banker, Präsident der russischen Golf-Föderation und *Zar* des russischen Nachtlebens. Sein Name: Konstantin Kozhevnikov. Wenn es die Zeit erlaubt, trifft er sich gerne mit Señor José Feliu Vidal zum Golf in Santa Ponça.

Was der russische Banker und Golfer Kozhevnikov mit dem mallorquinischen Tourismus, vielleicht sogar Massentourismus zu tun hat, bleibt das Geheimnis des Regierungschefs Jaume Matas.

In Moskau muss es sehr jovial zugegangen sein. Dolmetscher, Limousinen mit Chauffeur und nobelste Unterkunft waren selbstverständlich. Genauso selbstverständlich wie der gemeinsame Besuch des weltbekannten Rasputin-Clubs. Ein Bordell der edelsten Sorte. Wer Interesse hat, kann den Club virtuell besuchen: www.rasputinclub.ru

Kaum war das Regierungsensemble wieder zu Hause, wurde die Reise, wie es sich gehört, abgerechnet. Dummerweise hat der Tourismus-Minister Señor Joan Flaquer die teueren Eintrittskarten und die Belege über den Konsum der Delegation im Rasputin-Club mit abgerechnet. Sozusagen eine sündhaft teure Bordellnacht auf Kosten der mallorquinischen Steuerzahler. Jetzt machte der Hinweis des Eugenio Hidalgo auf den Rasputin-Club in dem abgehörten Telefongespräch mit einem gewissen Herrn Jordi, plötzlich Sinn.

Der russische Milliardär und Gastgeber der mallorquinischen Provinzpolitiker in Moskau Konstantin Kozhevnikov ist kein unbeschriebenes Blatt. Kein Wunder, dass auch er ins Visier der Ermittler geraten ist. Ihm wird vorgeworfen, beim Kauf von mehreren Immobilien in der Urbanisation *„Ses Penyes Rotges Golf"* auf Mallorca Geld gewaschen zu haben. Wie üblich, wenn die Kanzlei Feliu die Finger im Spiel hat, taucht ein Netzwerk von Firmen auf. Im Fall Kozhevnikov geht es zunächst um die Firma *„Pailow Enterprises Ltd."* Der Sitz der Gesellschaft befindet sich auf den Virgin Islands. Als Geschäftsführer figuriert der Russe Alexey Ivanov. Ein Mann, der schon einmal in den USA für vier Jahre probesitzen durfte.

Diese Firma Pailow kaufte im Februar 2005 zwölf Apartments von der mallorquinischen Firma *„Ses Penyes Rotges Golf S.L."* Eine Firma, die zum Nigorra-Clan gehört (siehe Kapitel „Der Nigorra-Clan"). Abgewickelt wurde das *Compraventa*-Geschäft über das Notariatsbüro Herrán & Delgado. Wieder hat sich die Mallorca Connection gefunden.

Für die Bezahlung der zwölf noblen Apartments benutzte Alexey Ivanov Geld von einem Konto der Banco Sabadell. Inhaber dieses Kontos ist erstaunlicherweise der Anwalt José Feliu Vidal. Auf den Konten der Verkäufer, der *Ses Penyes Rotges Golf S.L.* kam das Geld aber nie an. Geschäftsführer der *Ses Penyes Rotges Golf S.L.* ist Miguel Nigorra Oliver, der Milliardär und Hauptaktionär der Banco de Credito Balear. Nun fragen sich die Steuerfahnder: Woher stammt das Geld auf dem Konto von José Feliu Vidal, mit dem der Kauf offensichtlich bezahlt wurde?

139

Und wo hat *Ses Penyes Rotges Golf S.L.* das Geld versteckt? Nirgendwo gibt es eine ordentliche Verbuchung, weder auf einem Konto der Nigorra-Firma noch in deren Kassenbuch. Auch in der Steuererklärung der Firma taucht die Einnahme nicht auf. Natürlich hat der Käufer, die Firma *Pailow Enterprises Ltd.*, auch keine Grunderwerbsteuern bezahlt. Die *Pailow Enterprises Ltd.* verfügt auch über keine spanische Steuernummer. Kein Wunder, dass Steuerfahnder und die Antikorruptionsstaatsanwälte den Fall genauestens prüfen. Im gleichen Jahr, also 2005, taucht die Gattin des russischen Bankers, Elena Kozhevnikova, auf der Ferieninsel auf. Die berühmte Moskauer Designerin, wie sie sich gerne bezeichnet, ist gleichzeitig Bevollmächtigte der *Pailow Enterprises Ltd.* Ihr Weg führt sie ins Notariat von Herrán & Delgado. Dort gründet sie die Firma *Compañia Ketzal S.L.* mit Sitz in Mallorca. Nächster Schritt: Die Immobilien der *Pailow Enterprises Ltd.* werden auf die *Ketzal S.L.* übertragen. Eine Operation, die die Ermittler geradezu aufgeschreckt hat.

Vor allem der Name Alexey Ivanov hat die Staatsanwälte elektrisiert. Der Russe war erst vor wenigen Jahren wegen Kreditkarten- und, Internetbetrugs, krimineller Hackerei und Datendiebstahls in den USA zu vier Jahren Haft verurteilt worden. Und er stand im Zusammenhang mit dem größten Geldwäscheskandal, den die Amerikaner je erlebt hatten. Mittendrin die Bank of New York.

Ende der 1990er Jahre untersuchten die amerikanischen Finanzbehörden die Bank of New York. Dabei stellte sich heraus, dass die alten Eliten der untergegangenen UdSSR Milliarden an ehemaligem Volksvermögen in die USA transferiert hatten. Die zwischengeschalteten Firmen waren die Benex International L.L.C, und die Becs & Tornifex L.L.C. Von dort aus ging das Geld auf Konten von Gesellschaften, die in russischer Hand sind und auf Konten von Russen, die in Spanien resident sind. Die russischen Behörden beziffern die außer Landes geschaffte Summe auf rund 22,5 Milliarden Dollar.

Im Rahmen der Operación Relámpago haben die Ermittler Bankauszüge gefunden, die belegen, dass von einem Konto der Benex-International L.L.C. eine Million Dollar in vier Einzeltranchen auf ein Konto der Firma *Konsel S.A.* bei der Banco Sabadell überwiesen wurden. Kontobevollmächtigter war der Anwalt José Feliu Vidal. Die *Konsel S.A.* hat bezeichnenderweise ihren Geschäftssitz in Panama. Ob es sich bei der Million um Honorarzahlungen an den Anwalt José Feliu Vidal gehandelt hat, konnte bisher nicht geklärt werden.

Die SEPBLAC, die spanischen Spezialisten, wenn es um Geldwäsche geht, untersuchen weiter sehr intensiv die Verbindung zwischen der Bank of New York und der mallorquinischen Anwaltskanzlei FELIU.

Was am Ende für die Mallorca Connection herauskommt, wird sich bei den anstehenden Prozessen zeigen. Es wird sich auch zeigen, ob und inwieweit russische Mafiaorganisationen beim Waschen ihrer Gelder die Dienste der mallorquinischen Kanzlei Feliu in Anspruch genommen haben.

Geldwäsche ist auch das Stichwort, wenn es um die *Operación Relámpago* und den FELIU-Clan geht. Eine Nachforschung der internationalen Buchprüfer KPMG hat ergeben, dass die Geldwäsche des Organisierten Verbrechens jährlich weltweit eine Summe von fünfhundert bis eintausend Milliarden Dollar erreicht.

Um die Größe dieser Summe begreifen zu können, muss man sich vorstellen, dass der amerikanische Staat in Krisenjahr 2008 einmalig zur Rettung der Wall-Street siebenhundert Milliarden Dollar aufbringen musste, um eine sogenannte Kernschmelze der Finanzmärkte weltweit zu verhindern. Gegen die eintausend Milliarden Dollar der Organisierten Kriminalität, die jährlich weltweit gewaschen werden, sind die fünfzig Milliarden Euro, für die der deutsche Staat in einer dramatischen Nachtsitzung vom 05. auf den 06. Oktober 2008 zur Rettung der Hypo-Real-Estate eine Garantie übernommen hat, Peanuts.

Geldwäsche ist kein Kavaliersdelikt. Geldwäsche ist ein Verbrechen. Anwälte, Notare und Banken, die Geldwäsche im großen Stil letztlich erst ermöglichen, sind Verbrecher. Durch ihr verbrecherisches Handeln entsteht den Volkswirtschaften weltweit ein immenser Schaden. Und der entstehende Schaden trifft jeden einzelnen Steuerzahler. Vor diesem Hintergrund und den Ereignissen im heißen Finanz-Herbst 2008 muss die Handlungsweise der Mallorca Connection gesehen werden. Allen voran die Handlungsweise des FELIU-Clans.

Zunächst aber soll das System der Mehrfachverkäufe von wertvollsten Baugrundstücken rund um Andratx und in der Cala Llamp erklärt werden. Erst aufgrund von Strafanzeigen der geschädigten Eigentümer der mehrfach verkauften Immobilien kamen die Ermittlungsbehörden den Betrügereien der Kanzlei FELIU auf die Spur.

Die kriminelle Idee des Feliu-Clans

Wie man Immobilien mehrfach verkauft

Es ist schon eine große Portion krimineller Energie nötig, ein und dasselbe Grundstück gleich mehrfach an verschiedene Besitzer zu verkaufen. Natürlich ohne dass der wahre Eigentümer auch nur das Geringste davon mitbekommen hat. Nicht per Handschlag, wie es Pferdehändler zu tun pflegen, sondern mit notariell beglaubigten Kaufverträgen und der Eintragung ins Eigentumsregister.

Die Gesetzeslage

Im Gegensatz zu Deutschland gibt es in Spanien keine gesetzlich vorgeschriebene Auflassung bei Immobiliengeschäften. In § 925 des Bürgerlichen Gesetzbuches (BGB) ist diese geregelt. Vor einem Notar schließen Verkäufer und Käufer einen Kaufvertrag. Danach wird die Auflassung, also die Einigung über den Eigentümerwechsel durch den Notar dem Grundbuchamt gemeldet und dort in das Grundbuch der jeweiligen Immobilie eingetragen. Die Auflassung muss ins Grundbuch eingetragen werden. Der Käufer ist damit sicher, dass keine negativen Veränderungen in Bezug auf die Immobilie vorgenommen werden. So können zum Beispiel keine Hypotheken oder Grundschulden nach der Auflassung vom Verkäufer oder von Dritten eingetragen werden. Nach der Bezahlung der Kaufsumme durch den Käufer, die in aller Regel durch eine Banküberweisung erfolgt, meldet der Notar die endgültige Eintragung des neuen Eigentümers dem Grundbuchamt. Damit wird der neue Eigentümer an erster Stelle im Grundbuch eingetragen. Kauf und Verkauf der Immobilie sind damit abgeschlossen.

Anders in Spanien.

Der Frankfurter Anwalt und Spanienexperte Dr. Burkhard Löber schreibt dazu in seinem Buch *Grundeigentum in Spanien:* *„Nach spanischem Recht kann ein Grundstückskaufvertrag privatschriftlich, ja sogar in mündlicher Form wirksam zustande kommen. Empfehlenswert ist allerdings der Abschluss eines öffentlichen Kaufvertrages, um als Erwerber ins Grundbuch zu gelangen und damit den, mit der Eintragung verbundenen, Schutz zu genießen."*

An anderer Stelle schreibt Dr. Löber: *„Wer im Grundbuch als Eigentümer eingetragen ist, gilt Dritten gegenüber auch dann als Eigentümer, wenn außerhalb des Grundbuches eine andere Rechtssituation eingetreten ist, die ihren Niederschlag noch nicht im Grundbuch gefunden hat."*

Deshalb wird in aller Regel der Immobilienkauf und -verkauf in Spanien direkt beim Notar in einer Sitzung abgewickelt. Darum heißt diese Operation und der daraus resultierende Vertrag *„Compraventa" (kaufen/verkaufen).* Der Notar prüft zunächst die Identität von Käufer und Verkäufer, indem er sich deren Ausweise vorlegen lässt. Dann prüft er die Angaben auf der Besitzurkunde, die der Notar vom *Registro de Propiedad* (Eigentumsregister) erhalten hat. Anschließend wird der Kaufvertrag (compra/venta-Vertrag) ausgestellt und von Käufer und Verkäufer vor den Augen des Notars unterschrieben. Gleichzeitig wird vom Notar eine neue Besitzurkunde (escritura) auf den Namen des neuen Eigentümers erstellt und an den Käufer ausgehändigt.

Sofort nach Unterschriftsleistung und Beurkundung der Unterschrift durch den Notar gehört dem Verkäufer das Geld, dem Käufer die Immobilie. Man sagt in Spanien *Geld gegen Hausschlüssel.* Der Notar meldet die Eigentumsübertragung umgehend per Fax dem zuständigen Eigentumsregister. Damit ist der Kauf oder Verkauf einer Immobilie in Spanien abgeschlossen. Der Käufer muss noch an die Gemeinde, auf deren Gebiet sich die

Immobilie befindet, von der in der Eigentumsurkunde (escritura) eingetragenen Kaufsumme, sieben Prozent Grunderwerbssteuer zahlen. Und er muss natürlich den Notar bezahlen.

Jede legale Immobilie und auch jedes Grundstück, ob bebaut oder unbebaut muss in Spanien eine Katasternummer, die sogenannte *Referencia Catastral* haben. Die Katasternummer ist gleichzeitig die Steuernummer, die *Numero de Contribución*. Diese Nummer erscheint auf dem jährlichen Bescheid für die Grundsteuer, die IBI *(Impuesto sobre Bienes Inmuebles)*. Zahlreiche Immobilien haben allerdings keine eigene Katasternummer. Das ist meist dann der Fall, wenn in der Vergangenheit ein großes Grundstück aufgeteilt, also parzelliert wurde. Dann müsste, wenn es mit rechten Dingen zugegangen ist, beim Katasteramt eine sogenannte *Segregación* (Teilung) beantragt worden sein. Damit hätte jede Parzelle eine eigene Katasternummer erhalten. Da dies in vielen Fällen nicht geschehen ist, bekommen die heutigen Eigentümer von parzellierten Grundstücken große Probleme.

Wie gesagt, die Eintragung ins Kataster hat mit der Ausstellung einer Besitzurkunde nichts zu tun. Mit der Katasternummer ist das Grundstück, gleich ob bebaut oder unbebaut unverwechselbar beim Katasteramt registriert. Und nur wenn diese Nummer vorhanden ist, kann eine ordentliche Kauf/Verkaufs-Abwicklung durchgeführt werden.

Die Katasternummer ist vergleichbar mit der Fahrgestell-nummer eines Autos. Auch die ist unverwechselbar und ermöglicht die Identifizierung eines Fahrzeuges. Es sei denn, sie wurde verfälscht. Ähnliches ist hier auf Mallorca mit den Katasternummern geschehen. Das ist eine der Untersuchungen, die im Rahmen der Operación Relámpago jetzt durchgeführt werden. Die meisten Besitzer von Immobilien in Spanien, namentlich auf den Balearen und ganz speziell auf Mallorca, vor allem wenn es sich um ausländische Bürger handelt, wissen nicht, dass in Spanien, im Gegensatz zu Deutschland zwei verschiedene Behörden für die ordnungsgemäße Registrierung einer Immobilie zuständig sind. In Deutschland ist ausschließlich das Grundbuchamt beim Amtsgericht des jeweiligen Kreises oder Bezirkes zuständig. Nur dort wird für jedes Grundstück ein Grundbuch geführt. In Spanien sind gleich zwei Ämter für die Führung von Grundstücksdaten zuständig. Einmal das *Registro de Propiedad* (Eigentumsregister) und ebenso wichtig das *Catastro* (Katasteramt), wobei das Eigentumsregister dem Justizministerium und das Katasteramt dem Finanzministerium unterstellt ist. Es braucht nicht viel Phantasie sich vorzustellen, dass die Kommunikation zwischen den beiden Ämtern mit ihren unterschiedlichen Ministerien als Dienstherren, äußerst mangelhaft funktioniert. Bis vor wenigen Jahren gab es so gut wie gar keine Kommunikation. Das lag vor allem daran, dass in der Vergangenheit äußerst lax mit der Eintragung von Katasterdaten umgegangen wurde.

Strohmänner und -frauen

Trotz der bekannten Kommunikationsschwäche der beiden Ämter ist dennoch kaum zu erklären, wie es möglich ist, ein und dasselbe Grundstück an zwei und mehr verschiedene Käufer notariell zu verkaufen. Das geht nur, wenn mit gefälschten Ausweispapieren und Identitäten operiert wird. Und wenn der Notar gefälschte Informationen an das Eigentumsregister weitergibt. Bisher konnten vierzig Fälle von Doppel- oder Mehrfachverkäufen ermittelt werden, mit mehr als sechzig Geschädigten. Damit die wahren Täter im Hintergrund bleiben konnten, wurden in Mallorca die Doppel- oder gleich Mehrfachverkäufe von Immobilien über Strohmänner oder -frauen realisiert.

So ist der französische Geschäftsmann, Patrick Duchemin, der als Vertreter für die Firma Detursa S.A. mehrere Doppelverkäufe durchgeführt haben soll, im September 2004 extra nach Brüssel geflogen, um in der belgischen Hauptstadt einen Strohmann zu suchen. Den hat er, zufällig oder nicht, in Monsieur *André Joseph Jean Lamquet* gefunden. Herr Lamquet war arbeitslos und kam gerade vom Brüsseler Sozialamt, als er von Duchemin angesprochen wurde. Duchemin, der weltgewandte Geschäftsmann mit französischem Charme lud Monsieur *Lamquet* zum Essen ein und offerierte ihm eine Einnahme von 5.000 Euro in bar, dazu die Spesen für einen Aufenthalt auf Mallorca. Einzige Gegenleistung war, er, Lamquet, müsse als Käufer und Verkäufer einiger Grundstücke auftreten. Die Angelegenheit sei absolut seriös. Man habe eine Vollmacht des eigentlichen Besitzers der Grundstücke. Der könne aber aus privatrechtlichen Gründen leider nicht selbst auftreten.

Das überzeugte Monsieur Lamquet. Dazu noch 5.000 unversteuerte Euro in bar und ein kostenloser Urlaub auf Mallorca, mehr Argumente waren nicht notwendig. Am nächsten Tag flog man gemeinsam nach Mallorca. Hier war schon alles vorbereitet.

Im ersten Akt des Schmierentheaters wurde aus dem mittellosen Sozialhilfeempfänger aus Belgien ein reicher belgischer Investor, der eine Firma mit dem Namen French Mercantil S.L. mit Geschäftssitz in Barcelona kaufte. Verkäufer war ein Anwalt aus Valencia, der der spanischen Justiz und namentlich der Steuerbehörde kein Unbekannter war. Gegen ihn liefen mehrere Ermittlungsverfahren im Zusammenhang mit Steuerhinterziehung.

In der noblen Kanzlei der Notare Herrán & Delgado wartete bereits der Notar Àlvaro Delgado Truyols, um den Firmenkauf zu beurkunden. Eifrige Sekretärinnen schleppten stapelweise Papiere herbei und servierten, wie es sich gehört, dem Strohmann André Lamquet Kaffee mit feinem Teegebäck. Die spanischen Ermittler sind sich sicher, dass der Belgier nur der Strohmann war für die tatsächlichen Firmenkäufer, die Herren Duchemin und Feliu.

Im zweiten Akt tritt fortan der Mann aus Belgien als Inhaber der French Mercantil S.L. auf. Jetzt kauft die Firma French Mercantil S.L. zwei Grundstücke in der Cala Llamp für rund eine Million Euro.

Noch am selben Tag verkauft die genannte Firma die beiden Grundstücke wieder an einen Bauträger aus der Gemeinde Calvia für drei Millionen Euro. Jede dieser Transaktionen unterschreibt Monsieur Lamquet als Chef und Eigentümer der Firma French Mercantil S.L. Der Bauträger bezahlt mit einem bankbestätigten Scheck, der von Miguel Feliu sofort auf der Bank BANCO SABADELL, Zweigstelle Avenida Jaime III, eingelöst wird.

André Lamquet bekommt sein versprochenes Honorar von 5.000 Euro und reist zurück nach Brüssel. Nicht ohne darauf hinzuweisen, dass er gern behilflich sei, wenn in der Kanzlei Feliu oder in der Firma Detursa mal wieder „Not am Mann ist". Natürlich gegen Honorar.

Zwei Millionen Euro netto Gewinn an einem Tag, wie war das möglich? Nettogewinn deshalb, weil man vergessen hatte, die Mehrwertsteuer und die Grunderwerbssteuer zu bezahlen.

Der Bauträger aus Calvia wurde mit dem Preis von drei Millionen Euro für die exklusiven Grundstücke mit Meerblick nicht übers Ohr gehauen, oder vielleicht doch? Jedenfalls fand die Staatsanwaltschaft ein Schreiben des Bürgermeisters von Andratx, Eugenio Hidalgo, aus dem ersichtlich wird, dass die Baubehörde von Andratx, unter ihrem damaligen Chef, Jaume Massot, für Grundstücke in der Cala Llamp, die nicht bebaubar, also wertlos waren, Baulizenzen ausgegeben hat. Im Herbst 2004, als dieser Verkauf stattfand, ahnte niemand der Beteiligten, dass zwei Jahre später, am 27. November 2006 das gesamte Rathaus in Andratx als korrupter Betrügerverein, vor allem wegen der Vergabe illegaler Baulizenzen, auffliegen würde.

Zurück zum Strohmann Lamquet.

Monsieur Lamquet musste in seinem bescheidenen Zuhause in Brüssel nicht lange auf einen Anruf warten. Wenige Tage später war er wieder in Mallorca. Duchemin kam persönlich zum Flughafen. Ohne Umwege ging es direkt ins Büro der Detursa S.A. Nun wurde dem Belgier eröffnet, dass man weitere Immobilien-Transaktionen vorbereitet habe. Allerdings müsse er dieses Mal seine Identität wechseln. Aus dem arbeitslosen Sozialhilfeempfänger wurde ein Grundstücksbesitzer, der sein Land in der Cala Llamp verkaufen wollte. Der wahre Eigentümer des Grundstückes ahnte nichts von diesem Vorgang.

In einem Schönheitssalon in Arenal wurde mit Perücke, Bärtchen und Schminke das Äußere des Belgiers zurecht getrimmt. Dann brauchte es noch einen neuen Ausweis, mit dem Namen und den Daten des eigentlichen Grundstücksbesitzers. In einer mallorquinischen Fälscherwerkstatt, die später ausgehoben wurde, hatte man bereits einen Blankoausweis vorbereitet. Es musste lediglich ein Passfoto mit dem aktuellen Aussehen des Monsieurs aus Belgien eingefügt werden.

Frisch frisiert, neu gekleidet und mit einem gefälschten Ausweis ausgerüstet, fuhr man dann zum Notariat Herrán & Delgado im Zentrum von Palma de Mallorca. Selbstverständlich hat der Notar, wie es seine Pflicht ist, den (gefälschten) Ausweis des Belgiers mit dessen augenscheinlichem Aussehen verglichen. Es gab nichts zu beanstanden. Mit dieser Methode wurden nun in der Kanzlei der Notare Herrán & Delgado zahlreiche Grundstücke meist ausländischer Eigentümer an ahnungslose Dritte gegen Bares verkauft. Ein Schaden der in die Millionen geht. Lamquet kassierte jedesmal ein Honorar von 5.000 Euro. Das Geld dürfte schwer verdient gewesen sein. Nicht nur, dass man Lamquet, kaum zurück in der belgischen Hauptstadt, mit dem Tode bedroht hat, für den Fall, dass er gegenüber den Untersuchungsrichtern aussagt, er wurde sogar festgenommen und nach Mallorca ausgeliefert. Hier sitzt der Mittellose nun unter besonderen Sicherheitsvorkehrungen in Untersuchungshaft, als einer der Hauptbeschuldigten im Fall der Betrügereien mit Grundstücken in der Cala Llamp. Monsieur Lamquet ist nur einer der zahlreichen Strohmänner.

Ein anderer Fall betrifft eine mittellose Brasilianerin, der in Spanien die Ausweisung drohte. Auch sie war Strohfrau für das kriminelle Trio Feliu, Yann Theau und Duchemin. Unter ihrem Namen fanden die Ermittler Konten mit Millionenbeträgen, die offensichtlich aus kriminellen Doppelverkäufen von Grundstücken stammten. Sie habe nur eine Vollmacht gegeben, sagte die Brasilianerin bei ihrer Vernehmung, von Millionenbeträgen wisse sie nichts. Außerdem habe sie keine Vollmacht für irgendwelche Bankkonten.

Im Dezember 2006 schlüpft eine, bisher noch nicht identifizierte Dame in die Rolle der Jeannine Carmen V. Diese ist seit 1965 die rechtmäßige Besitzerin einer bebaubaren und teuren Parzelle in der Cala Llamp, eingetragen im amtlichen Eigentumsregister. Im bewährten Schönheitssalon in Arenal verwandelte sich die unbekannte Schöne in Jeannine Carmen V. Die Passfälscher hatten bereits einen belgischen Blancoausweis mit dem Namen Carmen V. vorbereitet. Den Vornamen Jeannine hatten sie aus Schlamperei vergessen. Das war ein unverzeihlicher Fehler. Dem Beamten im Eigentumsregister fiel auf, dass der Name in der neu erstellten Besitzurkunde nicht vollständig war und nicht mit den Registerdaten übereinstimmte. Jedenfalls hat der Beamte die Registrierung der neuen Besitzerin mit dem Namen Carmen V. nicht vorgenommen. Stattdessen wurde eine Ermittlung in Gang gesetzt. Als man die rechtmäßige Besitzerin Jeannine Carmen V. befragte, fiel die aus allen Wolken. Sie hatte nie die Absicht gehabt, ihr Grundstück zu verkaufen und sie habe zu keiner Zeit irgend jemandem einen Verkaufsauftrag erteilt, ließ die Dame die Ermittler wissen.

Der Verkauf kam dennoch zustande. Der Notar hat, nach seinen eigenen Aussagen die Identität der Dame überprüft und konnte nicht feststellen, dass der vorgelegte Ausweis gefälscht war. Der Käufer der Parzelle in der Cala Llamp war die Firma S'Aguilot S.L. im Besitz eines katalanischen Immobilienkaufmanns. Der verklagte vor einem Zivilgericht den Notar auf Schadensersatz von 750.000 Euro. Soviel hatte er für die Parzelle bezahlt. Vor Gericht konnte der Notar glaubhaft machen, dass er seine Amtspflicht nicht verletzt hatte und nicht feststellen konnte, dass der Ausweis gefälscht war. Der Fall ist in der Zwischenzeit nicht nur vor der zweiten Instanz, sondern auch ein Fall für die Staatsanwaltschaft im Zusammenhang mit der Operación Relámpago.

Ermittelt wird auch im Fall einer Deutschen, die 1987 in der Cala Llamp für gerademal 10.000 Mark ein Grundstück mit Meerblick erworben hatte. Die Dame träumte von einem Ferienhaus als Altersruhesitz. Zwanzig Jahre lang wurden die jährlichen Grundsteuern von ihrem Konto, welches sie extra zu diesem Zweck auf einer Bank in Palma eingerichtet hatte, abgebucht. Jetzt, 2008, hat sie überlegt, ob es vielleicht besser wäre, das Grundstück vor Inkrafttreten der neuen Erbschaftssteuer ihrer Tochter zu überschreiben. Immerhin hat das Grundstück heute einen Wert zwischen 700.000 und 800.000 Euro. Jedenfalls reiste die Dame nach Mallorca, um -wie sie sagte –*„die Papiere in Ordnung zu bringen"*. Was sie hier erlebte, ist kaum zu glauben, aber leider wahr. Auf dem Eigentumsregister sagt ihr einer der Angestellten, den sie um einen Grundbuchauszug gebeten hatte: *„Was wollen sie, das Grundstück haben Sie doch 2001 an einen Belgier verkauft! Hier steht's doch schwarz auf weiß."*

Die Dame aus Deutschland konnte das nicht glauben. Sie war der festen Überzeugung, es könne sich nur um ein Missverständnis handeln. Zu keiner Zeit hatte sie einem Verkauf ihres Grundstückes zugestimmt. Der Angestellte im Eigentumsregister, ein höflicher Mann, der noch dazu einigermaßen deutsch sprach, zeigte ihr den Auszug aus der Besitzurkunde und klärte sie weiter auf: *„Sehen Sie Señora, Sie wurden damals von einem Franzosen vertreten, der sich als ihr Rechtsbeistand ausgewiesen hat."*

Die Dame aus Deutschland verstand die Welt nicht mehr. Das war aber noch nicht das Ende der Geschichte. Der Señor vom Eigentumsregister berichtete ihr von zwei weiteren Aktionen. Dabei legte er ihr die erweiterten Auszüge aus dem Eigentumsregister vor und sagte: *„Der Belgier hat das Grundstück kurz darauf wieder weiterverkauft und der neue Besitzer hat sich für 765.000 Euro auch schon wieder von dem Grundstück getrennt."*

Es braucht nicht viel Fantasie sich vorzustellen, was in der Frau aus Alemania vorgegangen ist. Natürlich hat sie die Sache sofort einem Anwalt übergeben. Ob sie allerdings ihr Geld oder ihr wertvolles Grundstück jemals wieder zurückbekommt steht in den Sternen.

Die eingetragenen Verkäufer sind mittellose Strolche. Sie haben als Strohleute für Verbrecher, die im Hintergrund agierten, mehrmals die Identität des jeweiligen Eigentümers angenommen. Oder, die zweite Variante des Betruges, sie haben Vollmachten der wahren Grundstückseigentümer benutzt, verfälscht und die Unterschriften der wahren Besitzer gefälscht. So geschehen beim Verkauf im gerade beschriebenen Fall. Ein Franzose legt beim Notar eine, auf seinen Namen ausgestellte Vollmacht der Dame aus Deutschland vor, wobei die Unterschrift der Dame gefälscht, aber von einem Notar beurkundet ist. Jetzt schlüpft ein Strohmann in die Identität des neuen Eigentümers, der ja mit echtem Geld das Grundstück im guten Glauben gekauft hatte. Der Strohmann gibt vor der Eigentümer zu sein, der das Grundstück jetzt wieder verkaufen will. Der Käufer, ist ein solider Geschäftsmann, der auch noch rund 760.000 Euro bar auf den Tisch gelegt hat. Danach ist ein anderer Strohmann in die Identität des (so eben geprellten) neuen Besitzers, also des soliden Geschäftsmannes geschlüpft und hat das Grundstück erneut an einen anderen seriösen und zahlungskräftigen Kunden des Herrn Duchemin verkauft. Auch der hat weit über 700.000 Euro bezahlt. Der Trick wurde dreimal mit Erfolg angewendet.

Allein bei diesem kriminellen Mehrfachverkauf eines Grundstückes sind mindestens 2,2 Millionen Euro auf die Konten der Hintermänner geflossen. Die Strohleute wurden für ihre Dienste mit jeweils rund 5.000 Euro abgespeist. Geschädigt ist in dem beschriebenen Fall nicht nur jene Dame aus Deutschland. Geschädigt sind auch die anderen drei seriösen Käufer.

Sicher ist, der spanische Fiskus ermittelt im Fall der Mehrfachverkäufe von Grundstücken wegen Geldwäsche und Steuerhinterziehung. Sicher ist auch, dass im Zusammenhang mit den Operationen auf Mallorca, in Deutschland und in anderen europäischen Ländern zahlreiche Ermittlungsverfahren anhängig sind. Die Strohmänner und -frauen sitzen zwar, bis auf wenige, die flüchtig sind, im Untersuchungsgefängnis von Palma de Mallorca und nach dem Prozess werden sie für einige Jahre in Strafhaft genommen, das alles aber bringt den Geschädigten keinen Cent ihres verlorenen Vermögens zurück.

Ein anderer Strohmann, der für das Untersuchungsgericht von Bedeutung sein könnte, ist der Franzose *Mathieu Jean Dereck Fleury*. Er war Strohmann und ist verschiedene Male mit unterschiedlichen Identitäten bei Mehrfachverkäufen von Grundstücken in Erscheinung getreten. Fleury wurde im Verlauf der Ermittlungen der Operación Relámpago festgenommen. Die Untersuchungshaft muss bei ihm einen starken Eindruck hinterlassen haben, denn bei seiner Vernehmung im August 2007 zeigte er sich äußerst kooperativ und aussagewillig. Er belastete andere Beschuldigte schwer. Im Vernehmungsprotokoll ist zu lesen, dass Patrick Duchemin für die Besorgung von Strohleuten und für deren Identitätsverschleierung zuständig war. Seine Hauptaufgabe allerdings war es, ahnungslose Käufer zu finden. Der Anwalt Miguel Feliu Bordoy war für die Logistik und die juristische Seite der Betrügereien mit Mehrfachverkäufen von Grundstücken zuständig. Laut Fleury gab es eine Abmachung zwischen Duchemin und Feliu, nach der die brüderliche Teilung der Gewinne aus den Mehrfachverkäufen vereinbart war. Señor Fleury berichtete den Vernehmungsbeamten von einer Szene, an die er sich besonders gut erinnern konnte: In der Bankfiliale der Banco Sabadell in den Avenidas Jaime III waren, anlässlich einer erfolgreichen und betrügerischen Verkaufsoperation verschiedene Personen versammelt, darunter auch Miguel Feliu Bordoy und Patrick Duchemin. Letzterer soll ihn in ein Privatbüro der Bank gerufen haben. Dort standen Einkaufstüten, vollgestopft mit Geld. Duchemin habe ihn, Fleury, gefragt: *„Hast Du schon jemals in Deinem Leben soviel Geld auf einem Haufen gesehen?"*

Weil Fleury bereitwillig vor dem Untersuchungsrichter ausgesagt hatte, durfte er das Untersuchungsgefängnis gegen Auflagen wieder verlassen. Ein halbes Jahr später, bei einer erneuten Vernehmung, revidierte Fleury seine Aussagen. Jetzt wollte er Feliu gar nicht kennen. Alles was er wisse, habe ihm Duchemin erzählt. Ob er bedroht oder bestochen wurde, ist nicht bekannt. Seine Wendung wird ihm nicht viel nützen, denn seine Aussagen, die er als Zeuge vor dem Untersuchungsrichter gemacht hat, decken sich mit den Erkenntnissen der Ermittler und den Aussagen von anderen Zeugen. Im Prozess, wenn es darum geht, ob er in Freiheit bleibt, oder ins Gefängnis wandert, wird er sich schon wieder erinnern. Falschaussagen sind auch in Spanien strafbar.

Von besonderem Interesse für die Staatsanwaltschaft ist ein weiterer Strohman mit einem gewissen Hang zur Brutalität. Es handelt sich um den Belgier *Daniel Willy Desiré Perin*. Er war als routinierter Verwandlungskünstler bei den Betrügereien mit fremden Grundstücken sehr gefragt. In zig Transaktionen hat er mit falschen Haaren und angeklebten Bärtchen die Identität der echten Grundstücksbesitzer übernommen. Nachdem spanische Notare bei Immobiliengeschäften verpflichtet sind, Fotokopien von Ausweisen der handelnden Personen herzustellen, ist der Polizei bei der Durchsuchung der Notare Herrán & Delgado ein ganzes Fotoalbum mit den Bildern von Strohleuten in die Hände gefallen. Bei seiner polizeilichen Vernehmung hat man Perin solche Fotos vorgelegt. Perin konnte sich das Lachen nicht verkneifen, als er sich und seine Kumpane wieder erkannte. Er sei nicht auf den Fotos, sagte Perin den Beamten. Auch sonst gab er sich verschlossen wie eine Auster. Im Gegenzug sitzt er deshalb auch in Untersuchungshaft.

Daniel Perin, ein Mann um die Fünfzig und von stämmiger Gestalt war der Mann fürs Grobe. Wer ihn nach Brüssel geschickt hat, um dem abtrünnigen Strohmann André Lamquet Angst einzujagen und ihn einzuordnen, konnte bisher nicht geklärt werden. Lamquet gab gegenüber der belgischen Polizei zu Protokoll, dass Perin ihn und seine Ehefrau mit dem Tod bedroht hat, wenn er nicht den Mund halten und Internas über die Grundstücksverkäufe ausplaudern würde. Perin bestreitet, Lamquet bedroht zu haben. Er wisse gar nicht, wo der Mann wohne, gab er zu Protokoll. Allerdings fanden die Polizeibeamten beim Filzen seiner Kleidung einen Zettel mit der genauen Wohnadresse des André Lamquet in Brüssel.

Der Kronzeugen-Strohmann

Im Zusammenhang mit der Operación Relámpago stoßen die Ermittler auf einen Strohmann, den sie als Kronzeugen gewinnen können. Zu seinem Schutz sollen hier nur die Initialen seines Namens genannt werden. Es ist Señor M.J.D.

Er sagt aus, dass die Betrügereien mit Grundstücken und Mehrfachverkäufen in der Cala Llamp direkt von Miguel Feliu Bordoy und Patrick Duchemin gesteuert wurden. Weiter gibt er zu Protokoll, dass die hohen Funktionäre im Rathaus von

Andratx, damit sind der Bürgermeister Hidalgo, der ehemalige Bauamtsleiter Massot und der Bauinspektor Gibert gemeint, mit den Betrügern unter einer Decke stecken.

M.J.D. glaubt zu wissen, dass die zum Teil mehrfach verkauften Grundstücke in der Cala Llamp in Wahrheit wertloses Brachland im Naturschutzgebiet sind, deren Bebauung ausgeschlossen ist. Erst durch die Machenschaften der Stadtoberen von Andratx, die gegen Geld Baulizenzen am laufenden Band produzierten, wurden diese Grundstücke zu wertvollstem Bauland. Mit dieser Garantie konnten auch die beiden Grundstücke der French Mercantil S.L. an einen Bauträger verkauft werden.

Die Ausagen des Zeugen M.J.D. unterliegen beim Untersuchungsgericht der strengsten Geheimhaltung. Aufgrund der detaillgenauen Aussagen des französischen Kronzeugen M.J.D. wurde der Anwalt Miguel Feliu Bordoy am 06. September 2007 erneut vernommen. Während der Befragung durch die Staatsanwälte Juan Carrau und Pedro Horrach wurde Feliu mit einigen Aussagen von M.J.D. konfrontiert. Feliu soll äußerst nervös geworden sein, als er hörte, dass der einstige Strohmann und jetzige Kronzeuge den *„Modus operandi"* der Grundstücksbetrügereien in allen Einzelheiten zu Protokoll gegeben hat. Insider erzählen, Feliu habe das mit größter Besorgnis zur Kenntnis genommen, entwickelt sich der Fall doch immer mehr zu seinen Ungunsten. Die Staatsanwälte Juan Carrau und Pedro Horrach beantragten aufgrund der Erkenntnisse, die sie aus den Schilderungen des M.J.D. gewonnen hatten, erneut die Einweisung des Anwalts ins Untersuchungsgefängnis.

Miguel Feliu Bordoy, der unter Auflagen und nach Zahlung einer Kaution von 500.000 Euro auf freien Fuß gesetzt wurde, fand abermals einen milden Richter. Er darf trotz Haftbefehl unter strengen Auflagen die Untersuchungshaft verlassen, weil er sich um seinen pubertierenden Sohn kümmern muss, der ihm große Schwierigkeiten macht.

Trotz der massiven Vorwürfe behalten die Anwälte von Feliu ihre Verteidigungslinie bei. Miguel Feliu Bordoy bestreitet weiterhin, an den betrügerischen Doppelverkäufen beteiligt gewesen zu sein. Die Kanzlei selbst sei Opfer von

Erpressungsversuchen seitens der geschädigten Käufer und wahren Grundstücksbesitzer, gibt Miguel Feliu Bordoy zu Protokoll. Bei den sogenannten Doppelverkäufen handle es sich, so der Anwalt, in allen Fällen nur um Kaufoptionen mit Anzahlungen von insgesamt 300.000 Euro, die nicht in Anspruch genommen wurden. Er sei nur der juristische Berater von Herrn Duchemin gewesen, sagt Feliu. Duchemin hingegen will nur ein Vermittler gewesen sein, der gegen Provision für die Firma Detursa S.A. gearbeitet hat. Und er, Duchemin vermutet, dass die Firma Detursa die eigentliche Besitzerin der verkauften Grundstücke war. Pack schlägt sich, Pack verträgt sich, wie es so schön heißt.

Das Interview

Patrick Duchemin hatte schon Monate vor seiner Verhaftung schlaflose Nächte. In seinen nächtlichen Alpträumen erschien ihm immer wieder die Guardia Civil, die ihm Handschellen anlegte. Einer dieser Alpträume wird wohl der Grund gewesen sein, warum Duchmin im März 2007 der mallorquinischen Tageszeitung Ultima Hora ein Interview gab. Allerdings wurde das Interview auf ausdrücklichen Wunsch von Duchemin zunächst nicht abgedruckt.

Hier einige Auszüge:

Duchemin: *„Ich weiß, dass die Polizei jeden meiner Schritte beobachtet und ich weiß, dass die Situation jeden Moment explodieren kann. Ich bin auch sicher, dass die alle Schuld auf mich schieben. Ich werde am Ende der Dumme sein, der alles bezahlt.“*

Ultima Hora: *„Warum haben Sie denn Parzellen verkauft, ohne dass Sie die Erlaubnis der Eigentümer hatten?“*

Duchemin: *„Ich habe als Verkäufer für die Detursa S.A. gehandelt. Ich war natürlich berechtigt, Parzellen zu verkaufen. Der, der mich authorisiert hat, war der Anwalt Miguel Feliu Bordoy. Mit ihm habe ich heute keine Verbindung mehr. Er hat sich schnell von mir abgewendet und tut so, als würden wir uns* nicht kennen. Dabei weiß ganz Mallorca, dass ich sein Freund war und wir gemeinsame Geschäfte gemacht haben.

Als mir klar wurde, dass Miguel mich im Stich lassen und man mir die Schuld in die Schuhe schieben würde, habe ich alle Dokumente durchgesehen. Dabei ist mir ein wichtiges Schriftstück in die Hände gefallen. Auf diesem Dokument hat die Sekretärin von Miguel Feliu handschriftlich all jene Parzellen aufgelistet, die über mich verkauft wurden oder werden sollten. Ich habe nur die Parzellen zum Kauf angeboten und auch teilweise verkauft, die auf diesem Dokument aufgelistet sind. Es ist doch klar, dass nur die Felius wissen konnten, welche Parzellen zum Verkauf stehen und welche nicht".

Ultima Hora: „Können Sie uns erklären, wie Sie zu einem solch spektakulären Haus in der Cala Llamp gekommen sind und wie Sie einen derart hohen Lebensstandart allein von den Provisionen finanzieren?"

Duchemin: „Es ist nicht so, wie es scheint. Ich habe weder Arbeit noch Geld."

Ultima Hora: „Sie sollen der Eigentümer des Nobel-Clubs Club Virtual in Illetas sein?"

Duchemin: „Das wäre schön, aber leider ist dem nicht so. Hinter dem Club stehen ganz andere Leute. Das sind Personen, die gerne im Dunkeln bleiben wollen."

Ultima Hora: „Es wird gemunkelt, dass Sie Mallorca verlassen und in den Ostblock fliehen wollen. Ist das so richtig?"

Duchemin: „Können Sie mir sagen womit? Ich kann leider nicht abhauen. Ich habe keinen Euro in der Tasche und die Geschäfte laufen äußerst schlecht.

Andererseits habe ich gute Lust alles hinzuschmeißen. Man wird sehen, vielleicht ist die Polizei an meinen Dokumenten interessiert. Die Dokumente, vor allem die Liste der Chefsekretärin mit den Grundstücken, die ich verkaufen sollte, sind für mich so gut wie ein Alibi."

Was Duchemin in diesem Interview, das rund sechs Wochen vor seiner Verhaftung stattfand, zum Besten gibt, offenbart, dass er mit Sicherheit auch nur ein Strohmann war. Vor allem war er für die Drecksarbeit zuständig. Duchemin gab gern den Lebemann. Entsprechend war sein Auftreten. Teure Anzüge, Clubbesuche, chice Autos und junge Damen, das war seine Welt. In Wahrheit ein Blender, der von seinen Auftraggebern vollkommen abhängig war. Seit dem 26. April 2007 sitzt Duchemin in Untersuchungshaft. Geld für eine entsprechende Kaution, das bei Haftverschonung hinterlegt werden müsste, kann er nicht aufbringen. Die Anklage will beim Prozess zwanzig Jahre Haft für ihn fordern. Dann käme er gerade rechtzeitig aus dem Gefängnis, um seine Rente zu beantragen.

Die Strohmänner II

Dass das Strafmaß der Staatsanwaltschaft nicht vollkommen aus der Luft gegriffen ist, zeigt die Vernehmung eines anderen belgischen Strohmanns, der am 19. September 2008 vor dem Untersuchungsgericht N° 11 in Palma de Mallorca ein umfangreiches Geständnis abgelegt und Duchemin schwer belastet hat. Seine Initialen sind A.D.G.

„Man hat mir in einem Schönheitssalon in Arenal eine Perücke aufgesetzt und eine Brille gegeben. Ich habe die Identitäten von drei verschiedenen Grundstücksbesitzern angenommen. Und die Notare haben niemals etwas zu mir gesagt."

A.D.G. saß fast ein Jahr im Gefängnis. Nach seiner umfänglichen Aussage, wurde er, unter Auflagen, auf freien Fuß gesetzt. In seiner Aussage beschuldigt der Belgier den Franzosen Patrick Duchemin und dessen Helfer, den er unter dem Namen „Quesada" kennengelernt hat, im Zusammenhang mit dem Millionenbetrug mit den Mehrfachverkäufen in der Cala Llamp. Er nannte auch die Namen Lamquet und Perin, die ebenfalls als Strohleute gearbeitet haben.

A.D.G. sagte den Vernehmern: *„Man hat mich mit falschen Pässen ausgestattet und man hat mir Unterschriften vorgelegt, die ich einüben sollte, um damit beim Notar Dokumente zu unterschreiben. Man hat mir auch erklärt, dass ich keine Angst* *haben müsste, weil der Notar mich nichts fragen wird."*

Er gab auch zu Protokoll, dass er im Gefängnis von Duchemin immer wieder stark bedrängt wurde, ja den Mund zu halten. Duchemin sagte: *„Halt den Mund, es gibt keine Beweise und keine Dokumente."*

Nach seiner Meinung, so A.D.G., ist Duchemin ein mächtiger Mann, der sich sogar mit seinen Eltern vom Gefängnis aus in Verbindung gesetzt habe, um auf diese Druck auszuüben. Sein Geld habe er von Quesada, dem Freund von Duchemin bekommen. Einmal 1.500 Euro für Vollmachten und Perin habe ihm einmal 2.000 Euro für einen Verkauf bezahlt.

Auch gegen verschiedene Mitarbeiter der mallorquinischen Eigentumsregister sind Ermittlungs- und Zivilverfahren anhängig. Sie haben, so der Vorwurf der Staatsanwälte, nicht ordnungsgemäß geprüft und in einigen Fällen sogar mit der kriminellen Bande zusammengearbeitet.

Die Betrügereien und Mehrfachverkäufe von Grundstücken und Immobilien sind nicht nur auf die teuere Cala Llamp beschränkt. Auch in allen anderen Teilen der Insel sind Mehrfachverkäufe schon ans Tageslicht gekommen. Jeder, der vor Jahren oder Jahrzehnten ein Grundstück als Kapitalanlage gekauft hat, kann betroffen sein.

Mit welch unvorstellbarer, krimineller Energie gerade hier auf Mallorca Immobiliengeschäfte betrieben werden, zeigt ein Fall, der im nächsten Kapitel, Die *„numero de contribución"* beschrieben wird.

Bleibt noch anzumerken, dass die betrügerischen Mehrfachverkäufe von Grundstücken in der Cala Llamp auch der Geldwäsche gedient haben, wie der Fall des Belgiers und der Firma French Mercantil S.L. zeigt.

Aktualisierung 2012

zu Doppelverkäufen / Strohmänner

Vor dem Untersuchungsgericht N° 11 in Palma de Mallorca ergeht am 02. November 2012 das Urteil die mündliche Verhandlung gegen nachfolgende Personen und Gesellschaften wegen Betrug, Urkundenfälschung, Steuervergehen, Geldwäsche und anderer Delikte zu eröffnen.

Patrick Duchemin,
Miguel Feliu Bordoy,
Jose Feliu Vidal,
Yan Theau,
Daniel Willy Perin,
Andre Joseph Lamquet,
Annick de Greef,
Jose Manuel Quesada, Mathieu Fleury,
Anthony Allan Cowden,
Despacho de Abogados Feliu,
Detursa,
Ocean Unvest S.L.
Virtual Agrupacion S.L.
Lis Division SL.
Corporación Nuevos Territorriois SL.
Mar de Jjoseba SL.
Balneario La Solana de Illetas SL.
Illetas Holding SI,
French Mercantil 2004 S*L*.
Virtual Entertainment Y Paalaser SL.

Die Staatsanwaltschaft präsentiert gegen nachfolgend aufgeführten Personen folgende Anklageschrift.

Gegen Patrik Duchemin wegen Bildung einer kriminellen Vereinigung, fortgesetzter Urkundenfälschung, fortgesetztem Betrug, Steuervergehen, Missachtung des Gerichts, Geldwäsche und widerrechtlicher Aneignung.

Gegen Miguel Feliu Bordoy, Chef der Kanzlei FELIU wegen Bildung einer kriminellen Vereinigung, fortgesetzter Urkundenfälschung, fortgesetztem Betrug, Steuervergehen und Geldwäsche.

Gegen José Feliu Vidal, Anwalt der Kanzlei FELIU wegen Bildung einer kriminellen Vereinigung, fortgesetzter Urkundenfälschung, fortgesetztem Betrug, Steuervergehen und Geldwäsche.

Gegen Yann Theau wegen fortgesetzter Urkundenfälschung, fortgesetztem Betrug, Steuervergehen und widerrechtliche Aneignung.

Gegen Daniel Willy Perin wegen Bildung einer kriminellen Vereinigung, fortgesetzter Urkundenfälschung, fortgesetztem Betrug, Steuervergehen, Missachtung des Gerichts, Geldwäsche und widerrechtlicher Aneignung.

Gegen Andre Lamquet, wegen Bildung einer kriminellen Vereinigung, fortgesetzter Urkundenfälschung, fortgesetztem Betrug und Geldwäsche.

Gegen Annik de Greef wegen Bildung einer kriminellen Vereinigung, fortgesetzter Urkundenfälschung, fortgesetztem Betrug, Geldwäsche und widerrechtlicher Aneignung.

Gegen José Manuel Quesada, wegen Bildung einer kriminellen

Vereinigung, fortgesetzter Urkundenfälschung, fortgesetztem Betrug und Geldwäsche.

Gegen Mathieu Fleury, wegen Bildung einer kriminellen Vereinigung, Steuervergehen und Geldwäsche.

Gegen Anthony Allan Cowden wegen Bildung einer kriminellen Vereinigung und Steuervergehen.

Die Staatsanwaltschaft fordert für die Angeklagten im Fall der Doppelverkäufe insgesamt 180 Jahre Gefängnis. Für Duchemin 41 Jahre, für Miguel Feliu Bordoy 32 Jahre, für seinen Vater José Feliu Vidal 30 Jahre, für Yann Theau 29 Jahre, für Perin 26 Jahre, für Lamquet 6 Jahre usw.

Als Sicherheitsleistung fordert die Staatsanwaltschaft Summen zwischen 20,4 Millionen für Patrik Duchemin, je 17,6 Millionen für Vater und Sohn Feliu, ebenso viel für Fleury und 1,6 Millionen für Señor Cowden.

Genaue Zahlen können sie, verehrte LeserInnen dem BOIB, *Boletin Oficial de las Islas Baleares,* dem spanischen Amtsblatt, vom 24. April 2012 unter der Nummer 7034 entnehmen. Das Dokument habe ich für Sie als Ausriss hier abgedruckt.

Juzgado de Instrucción n° 11 de Palma de Mallorca

Num. 7034

N.I.G.: 07040 43 2 2005 0037247

Procedimiento: Diligencias Previas Proc. Abreviado 0003633 /2005

Sobre Estafa, Asociación Ilicita, Falsedad Documental, Contra La Hacienda Pública, Blanqueo De Capitales, Usurpación

De: Ministerio Fiscal y Acusaciones Particulares Poisy S.L Poisy S.L Antonia Iniesta Rozalen

Contra: Patrick Louise Robert Duchemin, Miguel Feliu Bordoy, Jose Feliu Vidal, Yan Theau, Daniel Willy Perin, Andre Joseph Rene Lamquet, Annick De Greef, Jose Manuel Quesada, Mathieu Jean Dereck Fleury, Anthony Allan Cowden, Despacho De Abogados Felliu, Detursa, Ocean Invest Sl., Virtual Agrupacion Sl, Lis Division Sl., Corporación Nuevos Territorriois Sl., Mar De Jjoseba Sl., Balneario La Solana De Illetas Sl., Illestas Holding Sl., French Mercantil 2004 Sl., Virtual Entertainment Y Paalaser Sl.

Dña. Pilar De Meer Cerda, Secretaria del Juzgado de Instrucción n° 11 de Palma.

Doy Fe y Testimonio:

Que en las Diligencias Previas 3633/2005 se ha dictado Auto de Apertura de Juicio Oral, del tenor literal siguiente:

Juzgado De Instrucción N° 11

Palma De Mallorca

Diligencias Previas N° 3633/05

Auto

En Palma de Mallorca a dos de noviembre de dos mil once.

***

Parte Dispositiva

Se acuerda en la presente causa la Apertura del Juicio Oral y se tiene por formulada la acusación contra las siguientes personas por los delitos descritos en el cuerpo de la presente resolución contra:

Patrick Louise Robert Duchemin por los delitos de de asociación ilícita de los artículos 515 1° y 517 1°, por el delito continuado (artículo 74.1) de falsedad documental del artículo 392 del código penal en concurso medial con el delito continuado (artículo 74.2) de estafa del artículo 251 del código penal, por un delito contra la hacienda pública, por el delito de obstrucción a la justicia, por delito de blanqueo de capitales y por delito de usurpación.

Miguel Feliu Bordoy por los delitos de de asociación ilícita de los artículos 515 1° y 517 1°, por el delito continuado (artículo 74.1) de falsedad documental del artículo 392 del código penal en concurso medial con el delito

163

continuado (artículo 74.2) de estafa del artículo 251 del código penal, por un delito contra la hacienda pública y por del delito de blanqueo de capitales.

José Feliu Vidal, por el delito de asociación ilícita de los artículos 515 1º y 517 1º, por el delito continuado (artículo 74.1) de falsedad documental del artículo 392 del código penal en concurso medial con el delito continuado (artículo 74.2) de estafa del artículo 251 del código penal, por un delito contra la hacienda pública, y por del delito de blanqueo de capitales.

Yann Theau por el delito de asociación ilícita de los artículos 515 1º y 517 1º CP, por el delito continuado (artículo 74.1) de falsedad documental del artículo 392 del código penal en concurso medial con el delito continuado (artículo 74.2) de estafa del artículo 251 del código penal, por un delito contra la acienda pública, y por delito de usurpación

Daniel Willy Perin, por el delito de asociación ilícita de los artículos 515 1º y 517 1º, por el delito continuado (artículo 74.1) de falsedad documental del artículo 392 del código penal en concurso medial con el delito continuado (artículo 74.2) de estafa del artículo 251 del código penal, por un delito contra lahacienda pública, por el delito de obstrucción a la justicia, por del delito de blanqueo de capitales, y por delito de usurpación.

Andre Joseph Jean Rene Lamquet, por el delito de asociación ilícita de los artículos 515 1º y 517 1º, por el delito continuado (artículo 74.1) de falsedad documental del artículo 392 del código penal en concurso medial con el delito continuado (artículo 74.2) de estafa del artículo 251 del código penal y por del delito de blanqueo de capitales.

Annick De Greef por el delito de asociación ilícita de los artículos 515 1º y 517 1º, y por el delito continuado (artículo 74.1) de falsedad documental del artículo 392 del código penal en concurso medial con el delito continuado (artículo 74.2) de estafa del artículo 251 del código penal, por del delito de blanqueo de capitales, y por delito de usurpación.

José Manuel Quesada por el delito de asociación ilícita de los artículos 515 1º y 517 1º, y por el delito continuado (artículo 74.1) de falsedad documental del artículo 392 del código penal en concurso medial con el delito continuado (artículo 74.2) de estafa del artículo 251 del código penal, y por del delito de blanqueo de capitales.

Mathieu Jean Dereck Fleury por el delito de asociación ilícita, por un delito contra la hacienda pública, y por el delito de blanqueo de capitales. Anthony Allan Cowden por el delito de asociación ilícita y por un delito contra la hacienda pública.

3. Requierase a los Indicados Acusados para que solidariamente en el plazo de una audiencia, Presten Fianza en las cantidades que se dirán para asegurar las responsabilidades pecuniarias que, en definitiva, pudieran imponérsele, en cualquiera de las clases señaladas en los artículos 591 y 783.2 de la Ley de Enjuiciamiento Criminal, con el apercibimiento de que de no prestarla se le embargarán bienes en cantidad suficiente para asegurar la suma señalada. Y con testimonio de este particular fórmese pieza separada.

En concreto:

El Sr Patrick Duchemin en la cantidad de 20.400.000 euros
El Sr Miguel Feliu Bordoy en la cantidad de 17.600.000 euros
El Sr José Feliu Vidal en la cantidad de 17.600.000 euros
El Sr Yann Theau en la cantidad de 18.600.000 euros.
El Sr Daniel Willy Perin en la cantidad de 20.400.000 euros.
El Sr Andre Lamquet en la cantidad de 4.000.000 de euros.
La Srᵃ Annik de Greef en la cantidad de 2.700.000 euros.
El Sr José Manuel Quesada en la cantidad de 2.700.000 euros.
El Sr Mathieu Jean Dereck Fleury en la cantidad de 17.600.000 euros
El Sr Anthony Allan Cowden en la cantidad de 1.600.000 euros
El Despacho De Abogados Feliu, concretamente la entidad mercantil Bufete Feliu SA CIF A07439433, en concepto de responsabilidad civil, responderá de forma subsidiaria del pago de la cantidad de 17.600.000 euros.
La entidades Detursa, Ocean Invest S.L., Virtual Agrupacion S.L., Lis División S.L., Corporación Nuevos Territorios S.L., Mar De Joseba S.L., King Line Computers S.L., Olivera Properties S.L., Balneario La Solana De Illetas S.L., Illetas Holding S.L, French Mercantil 2004 S.L., Virtual Entertainment S.L, responderán subsidiariamente del pago de la cantidad de 12.000.000 de euros.

Las entidades Paalaser S.L, Explotacion La Grotte de Illetas S.L. responderán subsidiariamente del pago de la cantidad de 2.000.000 de euros.

***

2010 ließ der Feliu-Clan in diversen Medien verkünden, es sei ihm gelungen die Anklage wegen Geldwäsche vom Tisch zu bringen. Das wäre in der Tat eine großartige Sache gewesen, denn auf Geldwäsche stehen, wie Sie dem BOIB, entnehmen können, hohe Gefängnisstrafen. Dazu kommen noch die Steuernachzahlungen und exorbitante Zinsen. Doch die schöne Meldung war falsch. Wer sich die Zeitungsente ausgedacht und unters Volk gebracht hat, kann ich nicht sagen, nur vermuten. Tatsache ist, dass im BOIB sämtliche Personen und Firmen, die der Geldwäsche angeklagt sind, namentlich und fein säuberlich aufgelistet sind. Wann das Gericht die kriminelle Bande abstrafen wird, ist zu diesem Zeitpunkt noch nicht klar.

Die „Numero de Contribución"

Warum die Steuernummer für Grundstücke so wichtig ist

Weit weg von den bekannten Touristenplätzen der Insel. Weit weg von Andratx und seiner kriminellen Rathausmannschaft. Weit weg von exklusiven Urbanisationen wie Portals Nous und weit weg von Brennpunkten wie Palma de Mallorca. In einem kleinen Bauerndorf, nahe Sineu, mitten im Inselinneren, hat sich eine unglaubliche Geschichte ereignet. Sie soll hier erzählt werden. Als Warnung, für die, die sich mit dem Gedanken tragen, ein altes Haus auf Mallorca zu erwerben. Wie gesagt, es geht um ein bereits bestehendes, sehr altes Haus und nicht um einen Neubau. Geschichten dieser Art kommen immer wieder vor. Die Leidtragenden sind in aller Regel die ausländischen Immobilienbesitzer.

Der Hauskauf

1998 wurde ein deutsches Ehepaar auf ein altes Bauernhaus in der Nähe von Sineu aufmerksam. Sineu, das ist der Ort in dem jeden Mittwoch ein großer landwirtschaftlicher Viehmarkt abgehalten wird. Ein Markt zu dem regelmäßig Touristen in Bussen von der ganzen Insel anreisen. Das Haus, ein altes, aber in seinen Grundmauern sehr stabiles klassisches Bauernhaus, rund achtzig Jahre alt, war inseriert. Hinter dem Inserat steckte, wie so oft auf Mallorca, ein Makler.

Das Haus mit seinem Nebengebäude machte einen wirklich guten Eindruck. Der Makler erzählte, dass die Hauseigentümer verstorben seien und der Sohn, der in Rom studiere, das Haus verkaufen möchte.

Damit kein Fehler passierte – man hat ja schon allerlei gehört und gelesen –, beauftragte das Ehepaar einen angesehenen Anwalt, der auch im Auftrag der *„ Deutsch-Schweizer-Schutzgemeinschaft für Auslandsgrundbesitz "* arbeitete. Er sollte alle Dokumente überprüfen und die Überschreibung beim Notar vorbereiten. Der Notartermin war auf Montag, den 22. Juni 1998, festgesetzt. Nervös aber überpünktlich erschien das Ehepaar. Der Makler kam kurz darauf. Auch der Anwalt der Deutschen kam einigermaßen pünktlich, begrüßte das Ehepaar und verschwand sogleich im Büro der Notarin. Es dauerte einige Zeit, dann kam der Anwalt aus dem Büro und verkündete den Käufern, es würde noch die *„ numero de contribución "*, die Steuernummer fehlen. Ohne diese Nummer könne die Notarin das Haus nicht überschreiben. Das erschien dem Ehepaar logisch.

Aber was war jetzt zu tun? Nun, die Verkäufer mussten eben noch ins Rathaus der Gemeinde fahren und dort die Steuernummer besorgen. Die Verkäufer? War nicht der Sohn der Verkäufer? *„Aber wo denken Sie hin"*, sagte der Anwalt und deutete auf ein älteres Paar, welches unauffällig am Straßenrand stand. *„Da sind doch die Verkäufer." „Das wird ein bisschen dauern, sagte der Anwalt. "* Auch das erschien logisch. Also nahm man Platz in der nahegelegenen Bar, bestellte einen *cortado,* einen Abgeschnittenen, oder auch kleinen Kaffee und wartete. Eine dreiviertel Stunde später waren die beiden zurück. Jetzt ging man gemeinsam ins Büro der Notarin. Die Verkäuferin zog ein Schreiben aus der Tasche und gab es dem Anwalt. Wieder begann eine Diskussion in mallorquinischem Dialekt. Der Anwalt übersetzte: *„Das ist ein Schreiben des Bürgermeisters, in dem dieser bestätigt, dass keine Steuerschulden auf dem Haus lasten. Aber die wichtige numero de contribución fehle nach wie vor. Die Herrschaften müssen leider noch einmal ins Rathaus der Gemeinde, um die Nummer zu holen. "*

Die *„numero de contribución"* ist die Steuernummer für das jeweilige Grundstück. Sie ist gleichzeitig, wie an anderer Stelle schon beschrieben, die Katasternummer. Sie wird für jedes

Grundstück, gleich ob bebaut oder unbebaut, einmalig vergeben. Zu vergleichen mit der Fahrgestellnummer eines Fahrzeugs. Ohne diese Nummer kann eine ordentliche Übertragung einer Immobilie, sprich ein Kauf oder Verkauf, nicht erfolgen. Außerdem kann der Käufer mit dieser Nummer über die Gemeinde in der das Anwesen liegt, feststellen, ob alle Grundsteuern ordnungsgemäß bezahlt wurden. Das ist deshalb sehr wichtig, weil Steuerschulden stets auf dem Grundstück liegen bleiben und beim Verkauf an den neuen Besitzer weitergegeben werden. Es gab Fälle auf der schönen Ferieninsel, in denen ahnungslose Besitzer, die einen privatschriftlichen Kaufvertrag über den Erwerb einer Immobilie abgeschlossen hatten, sich plötzlich mit der Pfändung ihrer Immobilie konfrontiert sahen. Der Vorbesitzer hatte ihnen verschwiegen, dass er die Grunderwerbsteuer nicht bezahlt hatte und obendrein über Jahre auch keine Grundsteuer. Die neuen Besitzer wurden für diese Steuerschulden von über 50.000 Euro haftbar gemacht. Weil sie nicht bezahlen konnten, wurde die Immobilie versteigert.

Das deutsche Ehepaar war natürlich davon ausgegangen, dass der Anwalt gerade diesen sehr wichtigen Punkt längst vor dem Notartermin geklärt hatte.

Jetzt also war erstmal wieder Warten angesagt. Wieder nahm man Platz in besagtem Kaffee. Einmal *Agua con gas* und einen *brandy* und einmal ein kleines Bier, lautete diesmal die Bestellung. Nach einer Stunde waren die Verkäufer zurück. Dieses Mal war alles in bester Ordnung. Der Bürgermeister hatte persönlich die Contribucións Nummer direkt an das Notariat gefaxt. Die Notarin war zufrieden.

Bevor man sich zur Unterschriftsleistung hinsetzte, sagte die Notarin zu dem deutschen Ehepaar in feinstem Kastilisch, also Spanisch: „*Wenn Sie mit dem Verkäufer noch etwas besprechen möchten, hier in diesem Büro sind sie ungestört*", dabei öffnete die Dame einen ihrer Büroräume. Zu besprechen gab es eigentlich nichts. Der Verkäufer wollte nur vor der Unterschriftsleistung die mit dem Käufer vereinbarte Summe Geldes schwarz kassieren.

Erst jetzt gings zum Unterschreiben. Gleichzeitig übergab das deutsche Ehepaar dem Verkäufer einen bankbestätigten Scheck über die Kaufsumme, die in die neue Besitzurkunde eingetragen wurde.

Apropos Schwarzgeld. Der spanische Immobilenverkäufer erzählt gern die Geschichte von den reichen Deutschen, die am liebsten ihre spanische Immobilie mit Schwarzgeld bezahlen. Und er, der Spanier, der verkaufen will, muss sich natürlich darauf einlassen. Wie gesagt, das ist die spanische Variante. Die Wirklichkeit sieht anders aus.

Der spanische Immobilienbesitzer, der verkaufen will, teilt den Kaufpreis in blanco und negro. Oftmals sogar hälftig. Er ist es, der einen möglichst großen Teil des Kaufpreises negro, also schwarz haben will, um die Steuern, die er auf den Verkaufserlös zahlen muss, zu minimieren. Deshalb gibt es bei allen Notaren kleine Séparées, in denen diese Geldübergabe stattfinden kann. Das bedeutet aber nicht zwangsläufig, dass der ausländische Immobilienkäufer, natürlich auch der Deutsche, mit schwarzem Geld bezahlt. In dem Fall, der hier geschildert wird, hatte das Ehepaar die vom Verkäufer geforderte Summe erst kurz zuvor von seinem ganz regulären spanischen Bankkonto abgehoben.

Um der Wahrheit die Ehre zu geben darf nicht unerwähnt bleiben, dass es allerdings in der Tat eine große Zahl von deutschen und ausländischen Immobilienkäufern gibt, die den Kauf einer, meist sehr teuren, Immobilie dazu benutzten, ihr schwarzes Geld in den Kreislauf zu bringen, also zu waschen.

Das beschriebene Ehepaar jedenfalls war weit davon entfernt Schwarzgeld zu investieren und damit zu waschen. Es war auch weit davon entfernt, am Gesetz vorbei, mit gekauften Lizenzen und durch Zahlung von Schmiergeld illegal zu bauen. Ein ganz normales Ehepaar, das seit Jahren von einem der klassischen alten Bauernhäuser träumte, die es nur im Inselinnern gibt. Der Lebenstraum wäre beinahe zum Alptraum geworden.

Ein Wort noch zum Anwalt, den das deutsche Ehepaar extra engagiert hatte, damit alles seine Ordnung hat. Der Anwalt hat für die private *„Deutsch-Schweizer-Schutzgemeinschaft für Auslandsimmobilien"* gearbeitet. Schutzgemeinschaft, das hört sich doch an wie „Verbraucherzentrale" oder „Stiftung Warentest". In Wahrheit handelt es sich um einen privaten Verein, der vor Jahrzehnten von einem deutschen Anwalt gegründet wurde und sich aus Mitgliedsbeiträgen finanziert.

Eben dieser Anwalt hatte das Notariat noch vor Unterschriftsleistung verlassen. Er habe leider einen unaufschiebbaren Termin in Palma und durch das ganze Hin und Her mit der Steuernummer sei sein Zeitplan durcheinander geraten. Allerdings hatte der Herr Anwalt noch genügend Zeit, um umgerechnet 1.700 Mark Honorar in Empfang zu nehmen. Eine Filiale der Bank des deutschen Ehepaars lag praktischerweise direkt neben dem Büro der Notarin. Wofür er das Geld kassiert hat, wie in Mallorca üblich natürlich ohne Rechnung, bleibt sein Geheimnis. Er hätte, wenn er ordentlich gearbeitet hätte, bei der Vorbereitung des Notartermins bemerken müssen, dass die wichtige Steuernummer fehlte. So viel zur Arbeit mallorquinischer Anwälte, die sich auf die Beratung ausländischer Kunden bei Immobiliengeschäften spezialisiert haben.

Am Montag den 22. Juni 1998 kurz nach 14:00 Uhr war der Kauf endlich perfekt. Man trennte sich. Das Ehepaar konnte noch beobachten wie der Makler das Verkäuferpaar zu einer Bar begleitete, um seine Provision in Empfang zu nehmen. In Mallorca wird eben stets sofort und bar kassiert.

Die Renovierung

Das Ehepaar hatte schon Pläne im Kopf, wie das stattliche, gerade erworbene Bauernhaus samt Nebengebäude renoviert werden sollte. Weil das Haus sehr groß war und von seiner Architektur her dafür geeignet, plante man zwei großzügige Ferienwohnungen ein. Die eine sollte im Haus mit separatem Zugang, die andere im Nebengebäude untergebracht werden. Beide Einheiten sollten später dem Ehepaar ein zusätzliches Einkommen zur Rente verschaffen. Doch erst einmal musste renoviert werden. Wie es sich unter gut erzogenen Menschen gehört, haben sich die Eheleute zunächst im Rathaus dem

Bürgermeister als neue Einwohner seiner Gemeinde vorgestellt. Es sollte alles seinen richtigen Gang gehen. Bei dieser Gelegenheit bat das Ehepaar gleich den Gemeindearchitekten, mit in das Haus zu kommen, um ihm die Renovierungspläne vor Ort zu erläutern. So ist es auch geschehen.

Nach der Besichtigung erklärte der Gemeindearchitekt, dass man für die vorgesehene Renovierung nur eine *„obra menor"*, also eine kleine Lizenz benötigte, die der Maurermeister von sich aus beantragen werde. Die Baufirma samt Meister stand auch schon parat.

Jetzt konnte es also frisch ans Werk gehen. Was das Ehepaar nicht wusste, war die Tatsache, dass der Maurermeister und Inhaber der Baufirma die notwendige Lizenz *„obra menor"* erst gar nicht beantragt hatte. Die Kosten dafür allerdings, die er mit 500.000 Peseten in Rechnung gestellt hatte, hat er in die eigene Tasche gesteckt. Davon erfuhren die Deutschen erst ein halbes Jahr später, als der Gemeindearchitekt die Renovierung begutachtete. Das ahnungslose Ehepaar wurde aufgeklärt, dass man jetzt, da die Renovierung ohne Lizenz durchgeführt worden war, ein sogenanntes Architektenprojekt beantragen müsse. Die Kosten dafür würden sich auf rund eine Millionen Pesten belaufen. Später sagte der Dorfschmied den Deutschen: *„Ihr habt vergessen, den Gemeindearchitekten zu schmieren, dann hättet ihr keine Probleme gehabt."*

Das teure Architektenprojekt bestand lediglich darin, dass die Assistentin des Architekten die Maße vom fertig renovierten Haus abgenommen und in die Pläne übertragen hat.

Zusammen mit dem Antrag auf eine Baulizenz wurde dann das Projekt beim Rathaus eingereicht und die Gebühren dafür bezahlt. Allerdings hat das Ehepaar in weiser Voraussicht das Projekt nur unter dem Vorbehalt unterschrieben, dass alle Daten, Fakten und Maße richtig sind und die Maße auf den Plänen mit der Wirklichkeit übereinstimmen.

Danach haben die Deutschen nie wieder etwas gehört.

Der Hausverkauf

Trotz aller Widrigkeit und dem fristlosen Rauswurf der Baufirma stand nach einem Jahr ein, mit besten Materialien, renoviertes Bauernhaus zum Einzug bereit. Es fehlte nur noch die Gartenanlage samt Pool. Dafür brauchte das Ehepaar eine Hypothek. Kein Problem. Ein vereidigter Schätzer kam und machte für die Bank ein Gutachten. Vier Wochen später war das Geld verfügbar. Fortan lebte das Paar glücklich und zufrieden. Bis zum Januar 2001, als ein Schicksalsschlag die Situation über Nacht vollkommen veränderte. Das Anwesen mit seinem paradiesischen Garten musste verkauft werden. Das ging natürlich nicht von jetzt auf dann. Wer auf Mallorca ein Haus verkaufen will, braucht vor allem Geduld. Schaulustige und Wichtigtuer ohne einen Cent in der Tasche gibt es auf Mallorca mehr als genug, und es kann unter Umständen Jahre dauern, bis der richtige Interessent kommt und auch kauft. Jedenfalls musste das Ehepaar aufgrund des Schicksalsschlages vom Januar 2001 eine zweite Hypothek aufnehmen. Auch das war kein Problem, denn das Anwesen war in der Zwischenzeit in seinem Wert beträchtlich gestiegen.

Dann endlich kam ein ernsthafter Interessent, das heißt, es waren eigentlich zwei Interessenten. Nämlich ein unverheiratetes Paar aus Stockholm, Schweden. Die beiden wären am liebsten gleich eingezogen, aber es fehlten ihnen rund 50.000 Euro von der Kaufsumme und noch einmal fast dieselbe Summe für die Grunderwerbssteuer, Anwalts- und Notarkosten.

Nun wird, wie schon beschrieben, in Spanien eine Immobilie immer und ausnahmslos Geld gegen Eigentumsurkunde verkauft. Das heißt, der Kaufpreis muss beim Notar komplett bezahlt werden. Entweder durch bankbestätigten Scheck, Barzahlung oder Hypothek. Im Fall der Hypothek erhält der Verkäufer von der Hypothekenbank des Käufers einen bankbestätigten Scheck, den er sofort einlösen kann. Der bankbestätigte Scheck kann durch den Notar überprüft werden. Ein Anruf bei der Bank, die den Scheck ausgestellt hat, genügt.

Die Stundung eines Teiles vom Kaufpreise gibt es in Spanien nicht. Ebenso wenig kennt man in Spanien die sogenannte

Grundschuld, wie sie in Deutschland zur Absicherung von Krediten verwendet wird. Natürlich können Käufer und Verkäufer einen Privatvertrag über die Restkaufsumme abschließen. Der ist aber in aller Regel das Papier nicht wert, auf dem er geschrieben wurde. Er stellt keinerlei Sicherheit dar. Zumal, wenn der neue Eigentümer eine Bankhypothek aufnehmen muss. Die Bank stimmt in einem solchen Fall unter gar keinen Umständen der Eintragung einer Privatschuld ins Eigentumsregister zu. Es ist auch schon vorgekommen, dass der Käufer dem Verkäufer einen Teil schuldig geblieben ist, aber die Immobilie sofort an einen anderen Kaufinteressenten mit Gewinn weiterverkauft hat. Die Immobilie ist weg und der Schuldner auch. Gerade bei Immobiliengeschäften in Spanien ist allergrößte Vorsicht geboten. Auch wenn es nach Schulmeisterei und Wiederholung klingt, schreibe ich es hier noch einmal auf: Der Verkäufer einer Immobilie darf erst dann den Kaufvertrag unterschreiben, wenn er den gesamten Kaufpreis fest in seiner Hand hält.

Die schwedischen Interessenten waren, trotz ihrer Finanzklemme, fest entschlossen, das Anwesen zu kaufen. Weil sie aber der spanischen Sprache nicht mächtig waren, haben sie sich einen mallorquinischen Anwalt genommen. Den beauftragten sie, eine Finanzierung bei einer spanischen Bank zu besorgen. Das dauerte einige Zeit.

Eines Tages bekam das deutsche Ehepaar ein Faxschreiben des Anwaltes, in dem dieser mitteilte, das Haus sei illegal und könnte deshalb nicht verkauft werden. Das Haus hätte keine korrekte Steuernummer. Die deutschen Eigentümer konnten nicht glauben, was sie zu lesen bekamen. Wovon redet dieser Anwalt eigentlich? Was heißt hier keine korrekte Steuernummer? Gerade der ganze Zirkus um die zunächst fehlende Steuernummer hätte 1998 den Kauf um ein Haar verhindert, wenn nicht der Bürgermeister in letzter Sekunde die numero de contribución direkt an die Notarin übermittelt hätte. Auch ein Anruf bei dem Anwalt des schwedischen Paares brachte keine Klärung. Der blieb einfach stur bei seiner Behauptung. Er hätte sich auf der Gemeinde erkundigt und dort erfahren, dass das Haus auch keine korrekte Lizenz für die Renovierung hätte.

Hier muss angemerkt werden, dass der Posten des Gemeinde-architekten in der Zwischenzeit neu besetzt worden war. Der Neue hatte also keine Informationen über das, was sein Vorgänger so getrieben hatte. Er urteilte nur nach Aktenlage.

Die Verkäufer waren sprachlos. Zu keiner Zeit hatte ihnen irgend jemand von der Gemeinde mitgeteilt, dass sie keine ordentliche Lizenz für die Renovierung hatten. Immerhin wurden von den Deutschen weit über eine Million Peseten für Projekt, Lizenzen und Gebühren bezahlt.

Der 1998 amtierende Bürgermeister hatte persönlich und schriftlich gegenüber dem Notariat bestätigt, dass das Anwesen korrekt eingetragen war und dass keinerlei Steuerschulden auf dem Anwesen lasteten. Dieses Schreiben wurde an den Schweden-Anwalt gefaxt. Der blieb weiter stur bei seiner Behauptung, das Haus sei, trotz seines hohen Alters von rund achtzig Jahren, illegal. Bevor die Schweden kaufen könnten, müsse das Haus erst legalisiert werden. Vielleicht wollen die Schweden den Kaufpreis drücken, wurde seitens der deutschen Verkäufer überlegt. Zur Klärung der Angelegenheit haben die Deutschen einen Brief in spanischer Sprache an das Bürgermeisteramt geschrieben und um Aufklärung gebeten. Den Brief haben sie gegen Eingangsbestätigung persönlich im Rathaus abgegeben. Eine Antwort kam nicht, geschweige denn eine Erklärung.

Der Schwindel fliegt auf

Erst später, kurz vor dem Verkauf an die Schweden hat deren Anwalt den Deutschen erklärt, dass die in der Besitzurkunde eingetragene Steuernummer, zu einem anderen Grundstück gehört. Bis dahin war das deutsche Ehepaar vollkommen ahnungslos. Sie konnten sich keinen Reim auf die Auskünfte des Anwalts machen. Auf die Idee, dass hier ein gemeinschaftlicher Betrug von Verkäufer, Bürgermeisteramt und Notar stattgefunden hatte, sind sie nicht gekommen.

Zumal der Bürgermeister, der 1998 im Amt war, auf Anordnung der Notarin, nachweislich und im Beisein der damaligen

175

Verkäuferin *Carmen Greco Riera* exakt diese Steuernummer für das zu verkaufende Grundstück persönlich an das Notariat übermittelt hatte. Die Deutschen gingen davon aus, dass es sich nur um einen bedauerlichen Irrtum handeln konnte. Sie studierten ihre Besitzurkunde (escritura) von vorn bis hinten, konnten aber keinerlei Auffälligkeiten feststellen. Auch weitere Gespräche mit dem Anwalt der Schweden brachten keine neuen Ergebnisse. Erneut wurde die Eigentumsurkunde mit allen Anlagen Wort für Wort gelesen. In der Urkunde stand (aus Datenschutzgründen müssen die Namen und Passnummern der beteiligten Personen verfremdet werden):

Verkäufer: *Señora Carmen Greco Riera* mit der
            Passnummer xyz12345...
Die numero de contribución für das Grundstück lautete:
            1234567xy.
Nichts Auffälliges also.

Erst in der Anlage zur Eigentumsurkunde fand das deutsche Ehepaar einen Auszug aus dem Katasteramt. An anderer Stelle wurde bereits der wesentliche Unterschied zwischen dem Katasteramt und dem Eigentumsregister erklärt. Bekanntlich gibt es auch in Deutschland das Kataster- und das Grundbuchamt. Jedenfalls war im spanischen Kataster unter der oben genannten Steuernummer als Eigentümerin des Grundstückes nicht *Carmen Greco Riera* eingetragen, sondern:
Señora Carmen Velazquez Riera
Auch die Passnummer der Señora Carmen Velazquez Riera war mit der Passnummer der Señora Carmen Greco Riera, die als Eigentümerin und Verkäuferin aufgetreten war, nicht identisch. Es musste sich also um zwei verschiedene Personen handeln, die zwar ähnliche Namen hatten, aber weder verwandt noch verschwägert und schon gar nicht identisch sein konnten. Das hätte die Notarin mit einem Blick feststellen müssen. Hat sie aber nicht. Hat sie eventuell, wie die bekannten Notare Herrán & Delgado, bei einem Betrug mitgemacht? Auf jeden Fall liegt hier eine klassische Urkundenfälschung vor.

Eine Zwischenbemerkung zum Thema Familiennamen in Spanien, deren Zusammensetzung oftmals bei Nichtspaniern Verwunderung auslöst.

In Spanien behält die Frau bei der Eheschließung ihren Namen bei. Sie nimmt in keinem Fall, wie in Deutschland, den Namen des Mannes an. Oder umgekehrt, der Mann den Namen der Frau. Die Kinder aus der Ehe erhalten als Familiennamen den ersten Familiennamen des Vaters und den ersten Familiennamen der Mutter. Dazu ein Beispiel:

Der Mann heißt: *Antonio Greco Velazquez.*

Die Frau heißt: *Carmen Riera Fernandez*

Verheiratet bleibt er Señor Greco Velazquez und seine Frau bleibt die Señora Riera Fernandez. Alle Kinder aus dieser Ehe tragen den Familiennamen Greco Riera.

Deshalb setzt sich der Familienname eines spanischen Bürgers, ob Mann oder Frau, immer aus zwei Namen zusammen.

Der Spanier weiß das und ist von Kindesbeinen an gewöhnt, die Familiennamen seiner Mitmenschen sehr genau zu lesen.

Im täglichen Umgang miteinander verwenden die Spanier der Einfachheit halber oft den Vornamen in Verbindung mit dem höflichen Sie. Wenn also Namen „verwechselt" werden, deutet das, wie im Fall des deutschen Ehepaares, meist auf die Absicht hin, eine Sache verschleiern zu wollen.

Die Deutschen, die ja die Urkundenfälschung nicht sofort erkannten, fragten sich, was um alles in der Welt hat das zu bedeuten? Ziemlich ratlos hockten sie vor ihrer Besitzurkunde. Sie hatten doch bei einem ordentlichen mallorquinischen Notariat von Señora *Carmen Greco Riera* gegen bankbestätigten Scheck ein Grundstück mit einem achtzig Jahre alten Bauernhaus gekauft. Die Verkäuferin hatte sich durch Vorlage ihres Passes zusammen mit der Vorlage der amtlich bestätigten *numero de contribución* und einem Auszug aus dem Eigentumsregister als die rechtmäßige Eigentümerin *Carmen Greco Riera* ausgewiesen. Daran gab es nichts zu zweifeln.

Nach dem Auszug aus dem Katasteramt, nicht zu verwechseln mit dem Eigentumsregister, gehörte aber das Grundstück mit der amtlich bestätigten Steuernummer einer anderen Dame. Nämlich Señora *Carmen Velazquez Riera*, die, wie gesagt, auch eine andere Passnummer besaß. Was war da passiert? Um das zu klären, war ein Besuch im Katasteramt von Mallorca notwendig. Der zuständige Beamte holte unter Eingabe der numero de contribución den Flächenplan auf seinen Monitor. Und siehe da, das Grundstück mit der Steuernummer, die im Kaufvertrag und in der Eigentumsurkunde der Deutschen eingetragen war, war nicht das Grundstück, auf dem das Haus stand, das von den Deutschen gekauft und für sehr viel Geld renoviert wurde. Auf dem Grundstück, welches zur angegebenen Steuernummer gehörte, war kein Haus eingezeichnet. Aber auch auf dem Grundstück, auf dem das uralte Haus tatsächlich stand, waren weder das Haus noch das Nebengebäude eingetragen. Das Haus, das vor rund achtzig Jahren errichtet worden war, wurde von seinem Vorbesitzer nie ins Kataster eingetragen. Aber es kam noch besser.

Auch die beiden Hypotheken der spanischen Bank waren auf das falsche Grundstück eingetragen, welches Señora *Carmen Velazquez Riera* laut Steuernummer gehörte, die mit den Deutschen gar nichts zu tun hatte. Das heißt im Klartext, dass die vereidigten Sachverständigen, die im Auftrag der Bank eine Schätzung durchgeführt hatten, nicht korrekt gearbeitet hatten. Man muss dazu wissen, dass solche Wertgutachten in Spanien als Urkunde gelten und sogar bei der Nationalbank hinterlegt werden müssen.

Die Deutschen wurden 1998, beim Kauf ihrer langersehnten Traumimmobilie arglistig getäuscht und betrogen, so viel stand jetzt, nach dem Besuch im Katasteramt von Palma, fest.

Die Verkäuferin, das hat das deutsche Ehepaar später von Nachbarn erfahren, hatte schon über Jahre versucht, ihr ererbtes Elternhaus an den Mann zu bringen. Nachdem sie jetzt einen echten Kaufinteressenten an der Angel hatte, wollte sie sich diese Chance nicht entgehen lassen, koste es was es wolle.

Sowohl die Verkäuferin als auch der Bürgermeister wussten, dass das zu verkaufende Grundstück keine *numero de contribución* hatte.

Sie wussten auch, was das deutsche Ehepaar nicht wissen konnte, nämlich, dass es sich bei diesem Grundstück nur um einen Teil eines größeren Grundstücks handelte. Die Teilung (Segregación) des großen Grundstücks wurde von seinen Eigentümern nie ins Kataster eingetragen. Eine Vorgehensweise, wie sie über Jahrzehnte in ganz Spanien und Mallorca praktiziert wurde und wird. Das hat dazu geführt, wie man bei den Grundstücken in der Cala Llamp sehen kann, dass Tausende von Grundstücken in ganz Spanien keine Katasternummer und damit auch keine Steuernummer besitzen. Betrügerisch veranlagte Verkäufer neigen in solchen Fällen dazu, eine Katasternummer zu fälschen, wie die Geschichte deutlich macht.

Nachdem die Notarin im vorliegenden Fall eine Beurkundung ohne ordentliche Steuernummer abgelehnt hatte, haben Bürgermeister und Verkäuferin kurzerhand die Nummer eines benachbarten Grundstücks verwendet, deren Besitzerin einen ähnlich klingenden Namen hatte. Das Bürgermeisteramt hat damit eine Urkundenfälschung begangen und die Verkäuferin einen Betrug.

Auch das Notariat hat unverantwortlich und mindestens grob fahrlässig gehandelt. Die Notarin hätte bei einer sorgfältigen Prüfung aller Unterlagen, zu der sie von Amts wegen verpflichtet ist, sofort feststellen müssen, dass die Eigentümerin im Kataster, zu deren Grundstück die angegebenen *numero de contribución* gehörte, mit der Eigentümerin im Eigentumsregister, die absichtlich eine falsche *numero de contribución* vorlegte, nicht identisch war. Ein Kauf wäre unter diesen Umständen am 22. Juni 1998 nicht zustande gekommen. Mehr noch, die Notarin hätte die neuen Eigentümer sofort unterrichten müssen und sie hätte den *Compraventa* Vertrag sofort anullieren müssen. Von Amts wegen hätte sie gegen die betrügerische Verkäuferin eine Strafklage auf den Weg bringen müssen.

Und die Beamten des Eigentumsregisters *(registro de propiedad)* hätten in keinem Fall die Übertragung ins Register aufnehmen dürfen. Sie haben für alle Immobilien in ihrem Geltungsbereich die gesamte Dokumentation vorliegen, vor allem auch die Auszüge aus dem Katasteramt.

Auch die vereidigten Gutachter der Bank, die zwei Wertgutachten als Grundlage für die beiden Hypotheken erstellt hatten, sind nicht schuldlos. Immerhin dürfen nur solche Architekten Gutachten für Banken erstellen, die bei der spanischen Nationalbank in Madrid eingetragen und vereidigt sind. Bei sorgfältiger Arbeit hätten sie sofort feststellen müssen, dass hier eine Urkundenfälschung hinsichtlich der Steuernummer vorliegt. Zumindest aber ein gravierender Fehler, der erst hätte korrigiert werden müsen, bevor eine Hypothek eingetragen werden konnte. Durch ihr grob fahrlässiges Handeln haben auch diese Gutachter die Voraussetzung geschaffen, dass eine Hypothek auf ein fremdes Grundstück eingetragen wurde, dessen Besitzer in keiner Relation zu dem Anwesen steht, welches sie tatsächlich begutachtet haben. Selbst der Gutachter, den die Bank des schwedischen Kaufinteressenten beauftragt hatte, lieferte ein falsches Gutachten ab.

Die Geschichte ist in wenigen Sätzen fertig erzählt. Die Schweden wollten das Anwesen trotz allem erwerben. Also einigten sich Verkäufer und Käufer darauf, dass die Kosten für eine ordnungsgemäße Eintragung und damit für eine Legalisierung des Anwesens vom Kaufpreis abgezogen werden sollten. Das waren rund 15.000 Euro.

Doch anstatt eine korrekte Eintragung vorzunehmen, wickelte der mallorquinische Notar den *Compraventa-Vertrag* unter der falschen Steuernummer ab. Erneut wurde von der Bank des Käufers, der Banco Sabadell, auf ein fremdes Grundstück illegal eine Hypothek von über 400.000 Euro eingetragen und notariell beglaubigt. Ein Vorgang, der eigentlich unmöglich sein sollte.

Der Notar, der die Beurkundung für die Schweden vollzogen hatte, hat sich in jedem Fall strafbar gemacht. Ebenso der Anwalt, die neuen Eigentümer und die Bank. Zumindest die Schweden und ihr Anwalt hatten Kenntnis von der Urkundenfälschung.

Der Anwalt der Schweden erklärte gegenüber den deutschen Verkäufern, dass binnen Jahresfrist die Eintragung der korrekten Steuernummer erfolgen werde. Sicherheitshalber haben die

Deutschen diesen Umstand und die Tatsache, dass eine Hypothek auf ein fremdes Grundstück eingetragen wurde, in einem Schreiben an den Notar, an den Anwalt und an die Schweden festgehalten und diese drei Schreiben per Einschreiben mit Rückschein den jeweiligen Parteien zustellen lassen. Eine Rückmeldung ist ausgeblieben.

Zwei Jahre später haben sich die einstigen Besitzer, das deutsche Ehepaar, einen Grundbuchauszug ihres verkauften Hauses vom Eigentumsregister aushändigen lassen. Sie wollten sichergehen, dass der Anwalt und die neuen schwedischen Eigentümer tatsächlich die falsche Eintragung korrigiert haben. Siehe da, es war nichts geschehen. Nach wie vor ist das Grundstücks der ahnungslosen Señora *Carmen Velazquez Riera* von der falschen Beurkundung betroffen.

Die Korrektur der Steuernummer wurde nicht vorgenommen. Auch das Haus und das Grundstück sind bis dato im Kataster nicht eingetragen. Damit keine Haftungsansprüche entstehen, hat sich das deutsche Ehepaar entschlossen, die Staatsanwaltschaft einzuschalten, zumal ausgerechnet die bereits mehrfach im Zusammenhang mit kriminellen Geldgeschäften und der Geldwäsche erwähnte *Banco Sabadell* mit von der Partie ist.

Das Beispiel aus dem Inselinneren zeigt, dass die Mallorca Connection ganz und gar nicht auf Andratx oder Palma de Mallorca beschränkt ist. Betrug und Korruption sind auf der beliebten Urlauberinsel Mallorca allgegenwärtig. Misstrauen und größte Vorsicht sind bei Geschäften, vor allem mit Immobilien, auf Mallorca angebracht. Selbst Anwälte und Notare sind in Spanien und speziell auf Mallorca mit Vorsicht zu genießen.

Das kriminelle Dreieck

Die Anwaltskanzlei Feliu, Zentrum der Geldwäsche auf Mallorca

Für Ermittler, Staatsanwaltschaften und Finanzexperten steht fest, Spanien ist zu einer der großen Geldwaschanlagen Europas geworden. Auf der einen Seite stehen ungeheuere Summen an Bargeld, die sich im Zusammenhang mit dem extremen Bauboom angehäuft haben. Auf der anderer Seite steht der allzu lasche Umgang mit Gesetzen und Vorschriften, der wie ein Magnet das Organisierte Verbrechen anzieht. Skrupellose Anwälte, Steuerberater, Notare und Banker haben ein kriminelles Netzwerk geknüpft, dessen Entflechtung noch Jahre dauern wird. Die Ermittlungsbehörden habe gerade erst ihre Sisyphusarbeit aufgenommen.

Was keiner zu glauben wagte

Eine der bedeutendsten spanischen Geldwaschanlagen befand sich bis zum 26. April 2007 auf Europas größter und beliebtester Ferieninsel in Palma de Mallorca. Gemeint ist das kriminelle Dreieck, gebildet von den Anwälten und Steuerberatern der Kanzlei FELIU, den Notaren HERRÁN & DELGADO und der Bank BANCO SABADELL in der Avenida Jaime III.

Als die Fahnder nach zwei Jahren geheimer Ermittlungen am Donnerstag den 26. April 2007 die „Firma FELIU" auseinandernehmen, wissen sie bereits von den kriminellen Doppelverkäufen von teuersten Grundstücken in der Cala Llamp, die über die Kanzlei abgewickelt wurden. Sie wissen vom illegalen Hausbau der Felius in Andratx. Und sie wissen von der

Verbindung der Kanzlei zu dem international gesuchten Gauner *Yann Theau* aus Vietnam, der mit französischem Pass reist und sie wissen von den Geschäftsbeziehungen der Anwälte zu einem deutsch-brasilianischen Paar, welches ebenfalls per Haftbefehl international ausgeschrieben ist. Das Gaunerpärchen ist für die nach außen stets seriös auftretenden Anwälte logistisch von großer Wichtigkeit.

Jetzt kommt es für die Ermittler darauf an Beweise zu sichern und die Verbindungen sichtbar zu machen, über die Millionenbeträge an Schwarzgeld aus Korruption, Betrug und Verbrechen gewaschen wurden. Auch das Schwarzgeld von ausländischen Steuerbetrügern, von sogenannten Investoren und Großkriminellen wurde über die Kanzlei FELIU kanalisiert, so die Ermittler. Die Untersuchungsbehörden wollten auch Beweise dafür haben, dass ungeheuere Geldmengen aus Prostitution, Menschenhandel, Drogengeschäften und organisierter Kriminalität über Konten und Firmen der Kanzlei Feliu gewaschen wurden. Insgesamt ist die Rede von rund fünfhundert Millionen Euro, die in den vergangenen acht Jahren bewegt wurden.

Die ehrenwerte Kanzlei FELIU, das Zentrum einer riesigen Geldwaschstraße? An diesem Donnerstag, dem 26. April 2007, kann das noch niemand glauben. Nicht an der bekannten Briefkastenadresse im schweizerischen Zug, nicht in Vaduz im Liechtensteiner Fürstentum, nicht in einem der bekannten Steuerparadiese weltweit. Nein, hier mitten auf Europas größter und beliebtester Ferieninsel Mallorca wurde das kriminelle Netzwerk geknüpft.

Niemand auf der Insel, ausgenommen die Beschuldigten, ahnte, was sich hinter den noblen Fassaden der Altstadt von Palma de Mallorca wirklich abgespielt hat. Wer jemals, aus welchem Grund auch immer, die Kanzleiräume der Notare Herrán & Delgado betreten hat, den beschlich schon an der Rezeption, ob der großen Vornehmheit, ein Gefühl von Ehrfurcht. Niemandem kam je der Gedanke sich in den Geschäftsräumen der organisierten Kriminalität aufzuhalten. Auch die Filiale der katalanischen Bank BANCO SABADELL in der Avenida Jaime III, vermittelte eher den Eindruck einer diskreten Schweizer Privatbank. Dass ausgerechnet hier in den unterirdischen Tresoren die Millionen des Organisierten Verbrechens zwischen gelagert wurden, kam niemandem in den Sinn.

Wann sich bei dem Feliu-Clan der Hang zu kriminellen Geschäften zum ersten Mal gezeigt und festgesetzt hat, lässt sich nicht mehr feststellen. Sicher ist, dass bereits 1992 über die Kanzlei Feliu eine Immobilien-Transaktion durchgeführt wurde, die, so die Ermittlungsbehörden, der Geldwäsche gedient haben soll. Auffallend ist auch, dass die Anwälte der Bufete, allen voran die Inhaber der Kanzlei, seit Jahren einen ungebrochenen Hang zu kriminellen Geschäftspartnern haben. Davon haben die Mandanten nichts geahnt. Im Gegenteil, das Benehmen der Anwälte und Steuerberater entsprach ganz dem des absolut seriösen Advokaten. Dass dieser Hang zum kriminellen Milieu nicht nur vorhanden war, sondern zur täglichen Anwaltspraxis gehörte, ist spätestens seit dem 26. April 2007 aktenkundig. Gewusst haben es die Ermittler schon seit längerem.

Durch abgehörte Telefongespräche, abgefangene Faxe, abgefischte E-Mails und durch Informationen, die von eingeschleusten V-Leuten beigebracht wurden, konnten sich die Ermittler ein sehr deutliches Bild von den kriminellen Machenschaften der Anwälte und Steuerberater der Kanzlei Feliu machen. Sie wussten in welchen Verstecken die Herrschaften ihre brisanten Akten und Schriftstücke außerhalb der Kanzlei zu deponieren pflegten. Sie wussten von versteckten Tresoren in den Kanzleiräumen und sie wussten von angeheuerten Strohleuten, die gegen „Peanuts" in die Rolle von Käufern, Investoren und Verkäufern schlüpften. Sie wussten auch, dass die Kanzlei Feliu in Madrid eine Briefkastenadresse unterhielt, die für den Postverkehr von Scheinfirmen diente.

Und natürlich wussten sie, dass ab Mitte des Jahres 2005 einer der jüngeren Anwälte, Señor Pedro Feliu Venturelli, wöchentlich zwischen den Büros Palma und Madrid als Motorradkurier hin und her pendelte. Pedro der Sportliche, der schnell mal die Fassung verliert, wenn ein Mandant es wagt, ihm zu widersprechen. Nach seinem Jurastudium hatte der Youngster zunächst seine

Zeit mit Hochsee- und Regattasegeln verbracht. Erst spät ist er in die Kanzlei eingestiegen. Sein Vater wollte es so. Er meinte, seine Zeit als Playboy auf schicken Segelyachten sei jetzt um, und als Playboy und Berufssegler hätte er nicht Jura studieren müssen. Mindestens sechsmal war der Filius Pedro Mitglied in der Crew des spanischen Königs, wenn der auf seiner Privatyacht bei der Copa del Rey mitsegelte. Für seine Teilnahme gab es vom König Juan Carlos jedesmal eine teuere Schweizer Armbanduhr der Marke Breitling. Ob er die Schweizer Chronometer noch tragen darf, wenn er in den anstehenden Prozessen verurteilt wird, ist fraglich. Jedenfalls hat die Antikorruptionsabteilung der Staatsanwaltschaft auch gegen den jungen Sportsmann Pedro bereits eine Klage im Zusammenhang mit der Operación Relámpago formuliert. Auch er soll in die Geldwäsche seiner Anwaltsverwandten verwickelt sein.

Pedro Feliu Venturelli, dessen Mutter aus dem schweizerischen Tessin stammt und der Teile seines Studiums in München absolvierte, hat vielleicht Glück. Er war erst wenige Jahre Anwalt in der Kanzlei und wahrscheinlich in die kriminellen Machenschaften seiner Blutsbrüder von vor 2001 nicht verwickelt. Bei dieser Aussicht auf eine Verurteilung und einem anschließenden längeren Gefängnisaufenthalt ist es sehr fraglich, ob der Sportsmann Pedro nach seiner Entlassung weiter Anwalt sein kann und darf. Und seine Hoheit, der spanische König Juan Carlos? Er wird auf die Anwesenheit des Sonnyboys auf seiner Yacht ganz sicher verzichten.

Die Schadensregulierung

Fraglich ist auch, wie der Schaden reguliert werden soll, der durch das kriminelle Netzwerk entstanden ist. Immerhin spricht das Untersuchungsgericht von rund fünfhundert Millionen Euro, die, vorbei am Fiskus, über die Konten der Kanzlei FELIU geschleust wurden. Fraglich ist auch, wie sich die ehrenwerten Mandanten der Kanzlei aus dem Osten Europas, vor allem aus Russland, verhalten werden, wenn sie erfahren, dass sie möglicherweise horrende

Summen verloren haben. Die Angst geht um. Und es ist nicht nur die Angst vor langjährigen Haftstrafen, die den Mitgliedern der *Mallorca Connection* nächtens Alpträume beschert. Es ist auch die Angst vor den Methoden jener Mandanten, die schon mal aus Rache den außergerichtlichen Weg gehen.

Den Anwälten und Steuerberatern der Kanzlei FELIU werden alle möglichen Delikte zur Last gelegt. Darunter Betrug, Urkundenfälschung, Bestechung, Korruption und vor allem Geldwäsche im großen Stil. Das sind Delikte, die, jedes für sich genommen, schon mit hohen Haftstrafen bedroht sind. Keine guten Aussichten für die Mitglieder der einst so renommierten Kanzlei. Auch keine guten Ausichten für die einst so angesehenen Notare. Und der Bankdirektor ist auch die längste Zeit Banker gewesen.

Die ersten Angeklagten

Zu Beginn der *Operación Relámpago* gab es gegen die nachfolgenden Anwälte und Steuerberater der Kanzlei bereits eine Strafklage:

Alejandro, Gabirel José	Feliu Vidal
José Juan	Feliu Vidal
Juan, Gabriel	Feliu Vidal
Fernando	Feliu Bordoy
José Luis	Feliu Bordoy
Miguel	Feliu Bordoy
Pedro	Feliu Venturelli
Pedro Luis	Gual de Torrella Feliu
Francisca	Ochogaviá Bennásar

Strafklagen gab es von Anfang an auch gegen die Notare:

Álvaro Ramon	Delgado Truyols
Alberto	Herrán Navasa

Und gegen den Direktor der Banco Sabadell:

Juan   Cañellas Matas

Ebenso angeklagt waren von Anfang an:

Sonja Regina   Da Costa
Michael Christopher   Sallustro
Pedro   Fiol Ferrer

Auch nachfolgende Strohmänner waren bereits zu Beginn der Operation bekannt und angeklagt:

Martha Monica   Ocampo López (Martha Hore)
David Alfredo   Sancho Roura
Claudio José   Mujica Lagos
Andrés   Horrach Vives
Maria Antonia   Ferragut Tomás
Alexander Frederik Cecil   Roberts
Rosemary Ann   Roberts
Mario Victor   Berry

Der Ermittlungsbericht stellt fest, dass die vorgenannten Personen Geschäftsführer und Repräsentanten von rund 816 Gesellschaften waren.

Steuerdelikte

Neben Staatsanwaltschaft, Kriminalpolizei und Spezialisten für Geldwäsche, waren dreißig Steuerfahnder an der Operación Relámpago beteiligt. Die Durchsuchungen förderten Tausende von Akten und Dokumenten zu Tage. Man fand heraus, dass die Kanzlei Feliu hauptsächlich mit sechs Steuerparadiesen zusammengearbeitet hat. Virgin Islands, Panama, Gibraltar, Guernsey, Jersey und Delaware. Die nachfolgenden Länder spielen eine Rolle bei der Geldwäsche: die USA, Russland,

Deutschland, England, Belgien, Holland, Schweiz, Kolumbien, Liberia und Chile. Interessant sind vor allem die Kunden aus Deutschland, England, Russland und den USA.

Noch immer sind die Eigentümer von 88 Gesellschaften mit Sitz in Spanien nicht ermittelt. Ermittelt werden konnte dagegen, dass auf diese Gesellschaften ein Gesamtvermögen von 141 Millionen Euro eingetragen ist.

Geldwäsche

Auf ein Delikt hat sich der Feliu-Clan, über die Jahre hinweg besonders spezialisiert, auf die Geldwäsche. Geldwäsche, das ist die systematische Tarnung und geschickte Verschleierung von Vermögenswerten durch finanzielle Transaktionen. Meist stammt das Geld aus Quellen der Organisierten Kriminalität. Aber auch Gelder, deren Versteuerung dem Fiskus des jeweiligen Landes vorenthalten wurde, werden mit unterschiedlichen Methoden „gewaschen" und so in den regulären Wirtschaftskreislauf eingeschleust. Die mühsamste, aber dafür erfolgreichste und einfachste Methode, Geld zu waschen und in den regulären Kreislauf zu bringen, ist die, Geld in kleinen und kleinsten Beträgen bei vielen Banken einzuzahlen. Wobei die Betonung jedoch auf „kleinste Beträge" liegt. Eine Methode, die daher allenfalls für den Maurergesellen taugt, der am Wochenende gegen Bares Hühnerställe und Garagen für Nachbarn und Freunde mauert. Vielleicht auch für den Frisör, der Feierabendkunden zu Hause frisiert oder die Schneiderin, die am Wochenende Kleidchen gegen kleine Scheine schneidert.

Wer größere und große Geldsummen schwarz erwirtschaftet und deshalb waschen muss, braucht ein anderes Waschsystem. Ein System, das nur eine gut funktionierende Organisation bieten kann. Er braucht Gesellschaften in Steuerparadiesen, die Scheinfirmen mit entsprechenden Bankverbindungen z.B. in Spanien halten. Am besten ein ganzes Netz davon.

Nur so können Geschäftstätigkeiten vorgetäuscht und fingierte Leistungen bezahlt werden. Die Gelder werden zwischen den

Konten der Scheinfirmen so oft hin und her transferiert, bis deren ursprüngliche Herkunft nicht mehr nachweisbar ist.

Welche Art von Scheinfirmen, Briefkastenfirmen oder Off-Shore-Gesellschaften in den Steuerparadiesen für die Geldwäsche benutzt werden, ist zunächst sekundär. Wichtig ist, dass der *„Kunde"* für die Einrichtung von Scheinfirmen und Bankverbindungen einen *„Fachmann"* zur Seite hat. In aller Regel ist das ein Anwalt. Und der zweitwichtigste Partner ist der Notar.

Mit dem kriminellen Dreieck *FELIU – BANCO SABADELL – HERRÁN & DELGADO* hatte der *„Kunde"* auf Mallorca die idealen Geschäftspartner und Voraussetzungen für das Waschen seiner Gelder. Doch zunächst einige weitere grundsätzliche Erläuterungen zum Thema Geldwäsche.

Der Begriff der „Geldwäsche" geht auf den berüchtigten und berühmten amerikanische Gangsterboss *Al Capone* zurück. Al Capone, dem nie ein Verbrechen außer Steuerbetrug nachgewiesen werden konnte, hatte sein schmutziges Geld in den Kauf von Waschsalons investiert und damit, im wahrsten Sinn des Wortes, gewaschen. Nachdem Al Capone sich ein Monopol auf Waschsalons gesichert hatte, mussten andere Gangsterbosse auf andere „Waschmaschinen" ausweichen. Sie gründeten für ihre Geldwäsche Spielsalons mit Münzspielautomaten. Wie viel Tausende von Dollars täglich von kleinen und größeren Glücksrittern in die Schlünde der einarmigen Banditen geworfen wurden, konnte niemand überprüfen.

So konnte auch die Höhe der täglichen Einnahmen nicht nachgewiesen werden. Diese „Waschmethode" funktionierte über Jahrzehnte. Heute hat sich das System der Geldwäsche grundlegend geändert. Zwar gibt es, zumindest in den USA, noch immer einarmige Banditen, aber das elektronische Gehirn der Spielautomaten registriert jede eingeworfene Münze und jeden ausgespuckten Dollar. Und die Gangster?

Auch ihr Erscheinungsbild hat sich vollkommen verändert. Nur die aller Dümmsten unter ihnen tragen heute noch Schießeisen in ausgebeulten Jacketts spazieren. Der Gangster von heute geht zeitgemäß im feinsten Zwirn. Seine Maßanzüge lässt er beim selben Schneider fertigen wie der Vorstandsvorsitzende einer großen Bank. Die Herren sind in aller Regel nicht zu unterscheiden. Die Damen übrigens auch nicht. Und ihre Geschäftsmethoden gleichen sich, wie die jüngste Banken- und Finanzkrise deutlich macht.

Der Prozess der Geldwäsche wird in drei Phasen unterteilt. Phase 1 – *Einspeisung*, Phase 2 – *Verschleierung*, Phase 3 – *Integration*. Weil die heutigen Ermittlungen in der Regel international koordiniert werden, hat man diese drei Begriffe amerikanisiert, *Placement, Layering, Integration*.

Wer heute Geld in großen Summen waschen will, braucht eine entsprechende Firmenkonstruktion. Die Einrichtung solcher Firmenkonstrukte wird von Spezialisten sogar im Internet angeboten. Wobei man wissen muss, dass die Gründung ausländischer Firmen, auch in Steuerparadiesen nicht illegal ist. Kriminell und strafbar wird die Sache erst dann, wenn diese Firmenkonstrukte zum Zwecke der Geldwäsche und Steuerhinterziehung genutzt werden. Deshalb verwundert es auch nicht, wenn der panamesische Anwalt Guillermo Garúz Oliver unumwunden zugibt: *„Ich habe Tausende von Gesellschaften in Panama gegründet und in die ganze Welt verkauft. Viele davon auch nach Spanien und an die Kanzlei Feliu."*

Señor Garúz ist mallorquinischer Herkunft und hatte in den vergangenen Jahren Mallorca einige Male besucht. Im Fall *Operación Relámpago* hat sich bis dahin weder eine spanische noch eine panamesische Ermittlungsbehörde an Garúz gewendet.

Die spanischen Ermittlungsbehörden haben festgestellt, dass die Kanzlei Feliu in der Hauptsache mit panamesischen Gesellschaften gearbeitet hat. So wurden in der Kanzlei auch Unterlagen gefunden, die darüber Auskunft geben, dass Vermögensteile des amerikanischen Schauspielers Michael Douglas, so sein mallorquinischer Landsitz S'Estaca, über ein Netz von panamesische Gesellschaften verwaltet wird.

Das Firmennetz wurde von der Kanzlei Feliu geknüpft.

In der Internetwerbung der Spezialisten für die Gründung von Gesellschaften in Steuerparadiesen ist unter anderem zu lesen:

„Die Off-Shore-Gesellschaft ist die ideale Rechtsform, wenn Sie Wert auf Anonymität und Diskretion legen, keinerlei Geschäftsinformationen ausforschbar sein sollen und wenn Sie Steuerbefreiung genießen wollen. Durch den Wegfall der Besteuerung entfallen auch Buchführung und Belegaufbewahrung ... Wir empfehlen besonders das Gründungsland Seychellen."

Diese Zeilen stammen aus der Werbung der Londoner Firma „Whitherspoon, Seymour & Robinson" www.wsr-corporation.com Auf den Werbeseiten der Spezialisten wird geworben:

„WE ARE A WORLD LEADER FOR
COMPANY FORMATION SERVICES."

Der Kunde kann unter 53 Steuerparadiesen von Alderney bis Zypern wählen. Gründungskosten ab 790 Euro auf den Seychellen oder in Delaware USA. Eine Firmengründung auf der *Isle of Man* schlägt mit 1.890 Euro zu Buche.

Es ist zweifelsfrei richtig, dass der, der eine Firma in einem Steuerparadies gründet, in diesem Steuerparadies für die Umsätze dieser Firma keine Einkommensteuer bezahlt.

Was aber in der Werbung der WSR – London verschwiegen wird, ist die Tatsache, dass z.B. der Deutsche, der seinen Wohnsitz in Deutschland hat, nach § 1 EStG (Einkommensteuergesetz) in Deutschland unbeschränkt einkommensteuerpflichtig ist. Mit anderen Worten, er muss sein gesamtes Welteinkommen in Deutschland versteuern. Tut er das nicht, oder verhält er sich wie der einstige Tennisstar Boris Becker, macht er sich ohne Ausnahme strafbar. Und das kann teuer werden.

Die Versprechen der Londoner Firmengründer hätten auch der Anwaltskanzlei FELIU entstammen können. Wobei die spanischen Anwälte, anders als die englische Agentur, seit April 2005 einem strengen Reglement unterliegen. Sie machen sich sogar strafbar, wenn sie Hinweise auf Geldwäsche, im Zusammenhang mit ihrer täglichen Arbeit verheimlichen und nicht den Strafverfolgungsbehörden melden. Auch die Treuhänderschaft für Firmen und deren Bankkonten ist für spanische Anwälte und

Notare weitgehend tabu.

Die Damen und Herren der alteingesessenen Anwaltskanzlei FELIU und die Notare HERRAN & DELGADO hat das nicht gestört. Im Gegenteil, sie sind zur Höchstform aufgelaufen. Auffällig ist dabei, dass sie sich nicht nur bei den Mehrfachverkäufen von teuren Grundstücken mit Ganoven zusammengetan haben, die mit Haftbefehl international gesucht wurden. Auch beim kriminellen Geschäftszweig „Geldwäsche" hatte sich die Kanzlei einiger Personen bedient, die international zur Festnahme ausgeschrieben waren. So der Deutsche Ludwig Pöppler und seine brasilianische Freundin Sonia Regina Da Costa.

Ein brasilianisch-deutsches Duo

Eines Tages bekam das Duo Kontakt zur Anwaltskanzlei FELIU. Mit diesem Kontakt eröffnete sich für das Gaunerpärchen ein ganz neues Geschäftsfeld. Die Kanzlei Feliu brauchte in großer Zahl Vorratsgesellschaften. Scheinfirmen in Spanien, über die Mandantengelder gewaschen werden konnten. Ein lukratives Geschäft für Pöppler und Sonia Regina Da Costa.

Señora Da Costa wurde bereits am 26. April 2007 im Zusammenhang mit der *Operación Relámpago* von der Polizei festgenommen und verhört. Ihr wurde Geldwäsche in Zusammenarbeit mit der Kanzlei FELIU und den Notaren Herrán & Delgado vorgeworfen.

Auf die Spur der Gauner waren die Ermittler gestoßen, als sie die Mehrfachverkäufe von Immobilien in Andratx untersuchten, die unter anderem über die Notare Herran & Delgado abgewickelt wurden. Dabei entdeckten sie die Namen Sonia Regina Da Costa und Ludwig Pöppler. Da Costa wurde gegen Auflagen wieder auf freien Fuß gesetzt. Gegen die Auflage, Mallorca nicht zu verlassen, hat die Brasilianerin jedenfalls verstoßen. Wahrscheinlich wollte sie zusammen mit Pöppler in der Provinz Alicante untertauchen. Der Versuch ging schief und das Gaunerpärchen wurde kurz nach seiner Flucht in Torrevieja nahe der spanischen Hafenstadt Alicante im Mai 2007 verhaftet. Über Madrid wurden die beiden nach Österreich ausgeliefert. Dort, genauer in St. Pölten, wartet auf die Herrschaften ein Strafverfahren wegen Adressbuchbetrug. Sie hatten tausende von falschen Rechnungen an Firmen in Österreich verschickt. Die Adressen der Firmen hatten sich die Gauner ganz offiziell vom österreichischen Bundesrechenzentrum gekauft. Besonders interessant waren für sie die Adressen von Neueintragungen und Änderungen in österreichischen Firmenbüchern.

Unter Vortäuschung der falschen Tatsache, die Firmen würden in ein amtliches Firmenverzeichnis eingetragen werden, kassierten die Gauner rund 1.500 Euro pro Kunde. Der Schaden wird auf rund drei Millionen Euro allein in Österreich geschätzt. Über das Internet lockten die beiden Kunden aus aller Welt an.

Ein ähnlich gelagertes Verfahren ist gegen die beiden in Deutschland anhängig. Für das vorliegende Buch sind die Betrügereien des deutsch-brasilianischen Paares mit sogenannten Adressbuchverlagen allerdings von untergeordneter Bedeutung. Näheres über den Adressbuchbetrug, der den beiden von deutschen, spanischen und österreichischen Behörden vorgeworfen wird, soll deshalb hier nicht weiter beleuchtet werden. Interessenten, die sich schlau machen wollen, finden alles dazu im Internet. Es genügt bei Google die Eingabe „Ludwig Pöppler".

Anders sieht es mit der Dienstleistung aus, die Pöppler und Da Costa als sogenannte Firmengründer angeboten haben.

Monatelang beobachteten die spanischen Fahnder das kriminelle Treiben der Beiden, die in Palma in der Calle Porto Pi 12 im vierten Stock eines heruntergekommenen Geschäftshauses ein Büro unterhielten. Hier entdeckten die Ermittler hunderte von Firmen, bei denen Da Costa und Pöppler als Geschäftsführer fungierten. Alle Firmen waren unter obiger Geschäftsadresse eingetragen. Wobei, wie schon ausgeführt, die Gründung von Vorratsgesellschaften auch in Steuerparadiesen zunächst keine strafbare Handlung darstellt. Kriminell wird es erst dann, wenn diese Gesellschaften zum Zweck der Steuerhinterziehung oder der Geldwäsche benutzt werden. Diesen Verdacht haben die Ermittler bei der Auswertung der abgehörten Telefonate von

Pöppler, seiner Lebensgefährtin und der Kanzlei Feliu gewonnen. Bei der Auswertung der beschlagnahmten Akten aus dem Büro der Pöppler Firma „*Easy Office Business Centre*" und den Akten aus der Anwaltskanzlei hat sich dieser Verdacht bestätigt. Die Staatsanwaltschaft spricht von einem undurchschaubaren Firmengeflecht mit dem über Jahre hinweg Schwarzgeld in Millionenhöhe gewaschen wurde. Das deutsch-brasilianische Betrügerpärchen soll, so das Untersuchungsgericht in Palma, zusammen mit der Kanzlei Feliu und den Notaren Herrán & Delgado auch Scheinfirmen gegründet haben, die mit Treuhand-Geschäftsführern ausgestattet wurden. Ziel war es, die Herkunft und die Bewegungen großer Geldsummen zu verschleiern. Bei ihrer Vernehmung erzählte die Beschuldigte Sonia Regina Da Costa den Vernehmern, sie haben wöchtenlich bis zu fünf Firmen in Spanien gegründet.

Weil das Geschäft mit der Firmengründung so gut lief, hatte das Pärchen in dem Haus, in dem übrigens auch das Deutsche Konsulat in Palma residiert, eine edle Adresse, eine Firma mit dem Namen „*Private Banking Centre*" gegründet. Hier wurde mit vermeintlich internationalen Banklizenzen gehandelt. Das war ein halbes Jahr vor der Verhaftung der Betrüger.

Vollmachten

Wie hoch kriminell das Gespann aus Anwälten, Notaren und der Banco Sabadell zusammengearbeitet hat, erkannten die Ermittler, als sie bei den Durchsuchungen im Rahmen der *Operación Relámpago* feststellten, dass auf die Namen vollkommen mittelloser Bürger Bankkonten unterhalten wurden, auf denen mehrere Millionen Euro Guthaben verbucht waren. Eines von vielen Beispielen ist die Geschichte einer mittellosen Frau aus Bolivien, der die Ausweisung durch die balearischen Behörden drohte. Auf ihren Namen wurde von der Kanzlei Feliu ein millionenschweres Konto bei der Banco Sabadell eingerichtet. Sie selbst hatte natürlich keinen Zugriff auf dieses Konto. Es kommt noch krimineller. Selbst auf die Namen von bereits verstorbenen, ehemaligen Mandanten der Kanzlei wurden Konten mit Millionenbeträgen im Plus geführt. Offenbar haben die Anwälte der Kanzlei auch Vollmachten verstorbener Klienten für ihre kriminellen Machenschaften benutzt, so die Ermittler.

Man ist geneigt anzunehmen, die Anwälte der Kanzlei Feliu hätten nach dem Drehbuch der CDU-Parteispendenaffäre in Hessen gehandelt. Damals versuchte die Partei Überweisungen aus dem Ausland, namentlich aus Liechtenstein, als Spenden zu tarnen. Um die Angelegenheit zu verschleiern, hat der ehemalige hessische CDU-Schatzmeister, Casimir Prinz zu Sayn-Wittgenstein, im Jahre 2000 in einer infamen, kaum zu übertreffenden Geschmacklosigkeit öffentlich erklärt, die Spenden an den CDU-Landesverband Hessen würden aus Vermächtnissen verstorbener Juden stammen.

Der damalige SPD-Fraktionschef, Armin Clauss, sagte dazu: *„Die Instrumentalisierung der Verfolgten des Naziregimes für die eigenen kriminellen Machenschaften ist eine besonders perfide und geschmacklose Ablenkungsstrategie".*

Nicht weniger perfide und geschmacklos ist das kriminelle Vorgehen der Feliu-Anwälte und Notare zu beurteilen. Gerade Anwälte und Notare genießen das besondere Vertrauen ihrer Mandanten. Sie müssen selbst nach Beendigung eines Mandats über alle Erkenntnisse, die sie im Zusammenhang mit diesem Mandat erlangt haben, schweigen. Ganz anders die Anwälte der Kanzlei Feliu.

Sie benutzten für ihre kriminellen Geldwäscheaktionen Vollmachten und Namen von verstorbenen Mandanten. Mandanten, die zu Lebzeiten genau diesen Anwälten, oft über Jahre hinweg, ihr vollstes Vertrauen geschenkt hatten. Da bekommt der volkstümliche Begriff „Winkeladvokat" eine ganz neue Bedeutung.

Wer in Spanien einer Anwaltskanzlei eine umfängliche Vollmacht erteilt, sollte sich vor dem Unterschreiben derselben ausführlich informieren. Vor allem sollte er sich durch einen vereidigten Dolmetscher den genauen Inhalt der Vollmacht übersetzen lassen. Denn in Spanien und ganz speziell auf Mallorca, ist größte Vorsicht bei der Erteilung einer Anwaltsvollmacht geboten. Anders in Deutschland. Dort unterschreibt der Mandant bei seinem Anwalt eine einfache Vollmacht. Eine notarielle Beglaubigung ist nicht notwendig. Gleich ob es sich um eine zivilrechtliche Angelegenheit oder um eine Strafsache handelt. Meist handelt es sich bei der Vollmacht um einen Vordruck im DIN A5-Format. Die Vollmacht gilt stets nur für den zuvor genau definierten Fall. Aber Vorsicht, auch einem deutschen Anwalt sollte keine Generalvollmacht erteilt werden.

Der spanische Anwalt hingegen lässt sich gerne eine umfangreiche Generalvollmacht ausstellen, die oft mehrere Seiten füllt. Mit dieser einmal erteilten Vollmacht hat der Anwalt in Spanien Handlungsfreiheit, um nicht zu sagen Narrenfreiheit. Wenn es sich um eine Kanzlei mit mehreren Anwälten handelt, so wird die Vollmacht meist auf alle Anwälte der Kanzlei ausgestellt. Der deutsche Vollmachtgeber glaubt sich in besten Händen, nach dem Motto: *„Wir kümmern uns nicht um Rechtsangelegenheiten, das macht alles unser Anwalt."*

Diese dümmliche Einstellung wird oft von ausländischen Bürgern vertreten, die in Spanien eine Immobilie kaufen oder verkaufen wollen. Oder irgendein Geschäft, gleich welcher Art, betreiben wollen. Diese Einstellung kommt nicht von ungefähr. Sie kommt vor allem daher, weil die allermeisten Nichtspanier die Sprache nicht beherrschen und allein deshalb schon auf die Hilfe von Anwälten und „guten Freunden" angewiesen sind. Dazu äußert sich der Anwalt Hans Freiherr von Rotenhan, der seine Kanzlei in Palma betreibt, in einem FOCUS-Beitrag vom 13. Juli 2008 folgendermaßen: *„Die meisten Deutschen, die ich kennengelernt habe, wollen die spanische Sprache gar nicht lernen. Diese Leute lassen sich immer nur mit solchen Leuten ein, die die deutsche Sprache beherrschen."*

Gemeint sind damit auch die spanischen Anwälte, die einigermaßen Deutsch sprechen. Für die sind solche Ausländer Gold wert, vor allem wenn sie dem Anwalt eine Generalvollmacht unterschrieben haben. Aber Vorsicht.

Wenn der Mandant bei Beendigung des Mandats die erteilte

Vollmacht nicht per Einschreiben mit Rückschein kündigt, gilt diese weiter bis zum Sankt Nimmerleinstag. Kriminelle Anwälte benutzen offenbar solche Vollmachten über den Tod des Mandanten hinaus, wie der Fall Feliu ja deutlich zeigt.

Das ganze Gehabe und Getue, das in spanischen Notariatsbüros beobachtet werden kann, ist nichts weiter als eine Show. Sie soll dem Unbedarften glauben machen, hier wird mit allergrößter Sorgfalt und Seriosität gearbeitet. Es ist vom spanischen Gesetzgeber vorgeschrieben, dass Kopien von amtlichen Dokumenten notariell beglaubigt werden müssen. Nicht vorgeschrieben jedoch ist der horrende Preis, zu dem diese Kopien, die von einer Notariatssekretärin angefertigt werden müssen, gerne veräußert werden. Zum Beispiel wird die Kopie eines Personalausweises oder Reisepasses nur dann bei einer spanischen Behörde anerkannt, wenn diese Kopie von einer Notarssekretärin angefertigt und vom Notar beglaubigt wurde. Man misstraut in Spanien sogar dem Fotokopiergerät.

Vor diesem Hintergrund bekommt die Arbeitsweise der Notare Herrán & Delgado, die selbst gefälschte Ausweise und gefälschte Identitäten testiert haben, einen ganz neuen Charakter.

Richard Branson

Von den zahlreichen Geldtransaktionen, die über Anwaltskonten der Kanzlei Feliu und über Konten der Banco Sabadell in den Avenidas Jaime III abgewickelt wurden, ist für das Untersuchungsgericht eine Transaktion von besonderer Bedeutung. Es geht um den Kauf und Verkauf eines einmaligen Anwesens auf dem Gemeindegebiet von Banyalbufar. Mit im Zentrum des Interesses steht ein englischer Selfmademan. Sein Name: Richard Branson.

„Wer ist dieser Mann und hat sich auch Richard Branson strafbar gemacht?", fragte eine mallorquinische Tageszeitung, die sich auf Ermittlungsergebnisse der Untersuchungsbehörden berief. Demnach sollen im Jahr 2002 Grundstücke und Immobilien

auf Mallorca, deren Eigentümer Branson war, im Gesamtwert von rund 11,5 Millionen Englischen Pfund über dubiose Firmen und Strohmänner verkauft worden sein.

Wer ist dieser Richard Branson, der „englische Finanzmagnat", wie er sich gerne tituliert sieht? Sein Vermögen soll in die Milliarden gehen. Richard Branson, der die Virgin Group schuf, ein Mischkonzern für Rockmusik, Brautmode, Ferienflüge, Mobilfunk und Motorräder, hat, wie viele seiner Milliardärsbrüder, klein angefangen.

Sir Richard Charles Nicholas Branson, so sein vollständiger Name, wurde am 18. Juli 1950 in Blackheath geboren. Doch da fängt es schon an. Andere Quellen behaupten, er sei in Sharnley Green zur Welt gekommen. Sicher ist jedenfalls, Branson, der englische Vorzeigeunternehmer und weltberühmte Ballonfahrer, ist in zweiter Ehe verheiratet und hat zwei Kinder. *Ein Mann voller Widersprüche* schreibt die ZEIT am 25. September 2003 und fährt fort, *einer der von Musik nicht viel versteht und dennoch eines der größten Plattenlabel der Welt geschaffen hat.* Ein Legastheniker, der eine der bedeutendsten Erfolgsgeschichten modernen Unternehmertums geschrieben hat. Die Lese- und Schreibschwäche hatte wohl dazu geführt, dass er die Mittelschule ohne Abschluss verließ.

1970 gründete er sein erstes Unternehmen, die Firma Virgin, über die er einen Versandhandel für Schallplatten betrieb. Kurz darauf richtete er in seinem Gutshaus Shipton ein Tonstudio ein. Knapp ein Jahr später klopfte ein ungepflegter, schüchterner Junge ans Tor und wurde eingelassen. Sein Name Mike Oldfield, ein unbekannter Musiker einer unbekannten Band. Branson erkannte das Genie. Wenige Monate später war die Schallplatte *Tubular Bells* entstanden. Ein Stück, in dem Oldfield über zwanzig Instrumente selbst spielt. Nach Pink Floyd und den Rolling Stones hatte die Rockszene einen neuen Superstar, das Plattenlabel Virgin seinen ersten großen Hit und Richard Branson seine ersten Millionen. Die Schallplatte verkaufte sich über fünf Millionen Mal. 247 Wochen war der Hit *Tubular Bells* in den Charts. Das war der Grundstein aller weiteren Branson-Unternehmungen. Von Coca-Cola über Wein, Brautkleider, Motorräder und

Hubschrauber bis hin zu eigenen Fluglinien, von Popvideos über ein eigenes Mobilfunknetz bis zu einer eigenen Eisenbahn firmieren alle Unternehmen unter dem Logo VIRGIN-GROUP, ausgenommen ein Schwulen-Nachtclub und eine Kondommarke. Dabei wäre um ein Haar doch alles schief gegangen. Noch bevor seine Erfolgsplatte Tubular Bells Geld in die Kasse spülte, verkaufte Branson unversteuerte Ware in seinen Plattenläden. Der Zoll kam ihm drauf und er in kurze Untersuchungshaft. Seine Eltern streckten die Kaution vor und verhinderten so eine Gefängnisstrafe. Die Geldstrafe von 53.000 Pfund, bezahlten ebenfalls die Eltern. 1971 waren das umgerechnet rund eine halbe Million Mark.

Neunzehn Jahre später kaufte Branson den Luxuszug „Blue Train" in Südafrika. Noch im gleichen Jahr wurde der Tausendsassa für seine unternehmerischen Leistungen zum „Knight Bachelor" ernannt und von der englischen Königin Elisabeth II zum Ritter geschlagen. Seither darf er den Titel Sir im Namen führen.

Richard Branson, ein genialer Selbstdarsteller und Vermarkter machte immer wieder Schlagzeilen mit seinen spektakulären Weltrekordversuchen zu Wasser und in der Luft. Vor allem als Ballonfahrer. So gelang ihm 1998 ein Rekordflug von Marokko ostwärts bis Hawaii.

Sir Branson kaufte Anfang der 1990er Jahre das wohl berühmteste Hotel Mallorcas, La Residencia in Deia. Die edle Herberge, in der Superstars und Politprominenz aus aller Welt übernachten, wurde durch die ZDF-Fernsehserie „Hotel Paradies" auch dem normalen Volk bekannt. Die 26-teilige Serie wurde von Januar bis April 1990 ausgestrahlt. Heute gehört das Hotel zur Orient-Express-Hotel Gruppe. Interessanterweise ist die Kauf- und Verkaufsoperation dieser Immobilie korrekt und für jederman durchsichtig abgelaufen.

Am 3. September 2007 verlor Branson seinen langjährigen Freund und Abenteurer Steve Fossett. An diesem Tag um 8:45 Ortszeit startete der Mann für außergewöhnliche Weltrekorde mit einem Leichtflugzeug zu einem Erkundungsflug. Sechs Stunden später wurde ein Notsignal aus der Maschine aufgefangen.

Groß angelegte Suchaktionen blieben ohne Erfolg. Fossett blieb verschwunden. Ein Jahr später, am 29. September 2008 fanden Spaziergänger die Wrackteile von Fossetts Flugzeug. Überreste der Leiche entdeckte der Bergungstrupp im Inneren der zerschellten Maschine. Die Unglücksursache ist bis heute nicht genau geklärt. Angeblich ist der erfahrene Flieger und Branson-Freund gegen einen Berg geflogen.

Sir Richard Branson hat schon lange vor dem Unglück seines Freundes Fossett einen Super-Coup geplant. 2009 will er, der englische Selfmademan, Weltraumtouristen ins All bringen. Seine Firma Virgin Galactic bietet Kurzausflüge ins All für 200.000 Dollar pro Person an. 150 „Neugierige" haben bereits gebucht und insgesamt 13,1 Millionen Dollar an Kaution hinterlegt. Innert der kommenden zehn Jahre will der Millardär 50.000 zahlende Kunden in die Erdumlaufbahn schicken. Danach soll die Reise um die Erde billiger werden.

Doch bevor er abhebt muss er vorerst noch auf der Erde bleiben und hier zur Aufklärung einiger Immobilien-Transaktionen beitragen. Vor allem geht es um die Beantwortung von Fragen die mallorquinische Staatsanwälte und Untersuchungsbehörden beschäftigen. Sie wollen Licht in das Dunkel einer Verkaufs-operation bringen, bei der rund fünfhundert Hektar Grund und Boden auf dem Gemeindegebiet von Banyalbufar, bebaut mit wunderbaren alten Landsitzen, den Besitzer wechselten. Fünfhundert Hektar das sind umgerechnet rund fünf Millionen Quadratmeter, mit einer Küstenlinie von fünf Kilometern Länge. Es geht um Anwesen der allerersten Güte. Sogenannte emblematische Fincas. In allgemeinverständliches Deutsch übersetzt: Es handelt sich um Landsitze von herausragendem, kulturellem Interesse, Wahrzeichen der Insel.

Sir Richard Branson hat diese *Fincas antiguas*, die unter dem Namen Son Bunyola berühmt sind, am 18. Mai 1994 von dem damaligen Alleineigentümer, Don Emilio Puig Marqués erworben. Sein Plan war es, eine große, noble Hotelanlage zu schaffen. Der Plan wurde nach langen Jahren der Verhandlungen schließlich nicht genehmigt. Das ist wahrscheinlich auch der Grund, warum

Sir Branson acht Jahre später, Ende 2002, das Anwesen an das englische Ehepaar Christian und Martha Hore wieder verkaufte.

Emilio Puig Marquez, ein Venezolaner, war der letzte Eigentümer von Son Bunyola, den man noch mit Namen kannte. Man wusste, mit wem man es zu tun hat. Das änderte sich, als Sir Richard Branson die Bühne betrat. Nicht mehr Privatpersonen sondern ein Geflecht von diversen Firmen wurde Eigentümer. Fortan wusste niemand mehr so genau, wem hier in Banyalbufar das gigantische Anwesen Son Bunyola gehört.

Die Staatsanwaltschaft untersucht diesen Handel besonders genau. Sie vermutet Schlimmes. Das verschachtelte Geschäft mit Aktien von Scheinfirmen in Steuerparadiesen, die wiederum auf Mallorca einfache S.L.-Gesellschaften halten, soll der Geldwäsche gedient haben. Wer heute die tatsächlichen Eigentümer von Son Bunyola sind, kann im Moment nur vermutet werden. Jedenfalls aus den Akten des Eigentumsregisters ist kein Rückschluss möglich.

Ausdrücklich muss hier angemerkt werden, dass Sir Richard Branson in den Akten der Staatsanwaltschaft nicht als Beschuldigter geführt wird. Ob das so bleibt, werden die weiteren Ermittlungen ergeben. Die Rolle des Milliardärs beschränkt sich im Augenblick darauf, als Zeuge der Anklage für Aufklärung zu sorgen.

Wie gesagt, schon beim Eigentümerwechsel von Emilio Puig Marquéz auf Sir Richard Branson wurde nicht Herr Branson neuer Eigentümer, sondern die Firma *Son Bunyola S.L.* die von Sir Branson zuvor eigens zu diesem Zweck gegründet worden war. Gleichzeitig wurden auch die Firmen *Son Balaguer S.L.* und *Son Creus S.L.* gegründet. Die Firmennamen sind zwei weiteren Fincas, die denselben Namen tragen, entliehen. Nur einen kleinen Teil des Anwesens Son Bunyola, mit einem alten Herrenhaus bebaut, hatte Branson auf seinen Namen gekauft.

1998 gibt es eine neue Verschachtelung. Jetzt taucht in den Grundbüchern eine Firma mit dem Namen *Ganson S.L.* auf. In diese Firma wird die schon erwähnte Firma *Son Balaguer*

S.L. mit ihren Besitzungen, *Son Valenti* und einer Parzelle von Son Bunyola eingebracht. Im gleichen Jahr wird ein Stück der Finca *Son Valenti* abgetrennt. Dieses Teilstück wird nun als Stammkapital in eine neue Firma mit dem Namen *Dinicero S.L.* als Gründungskapital eingebracht. Ein Jahr später geht der Rest der Finca Son Valenti in den Besitz der Firma *Galliot S.L.* über. Die Verschachtelung springt jedem Betrachter sofort ins Auge, allen voran den Untersuchungsbehörden. Zumal in den Eigentumsurkunden nur spanische GmbHs, sogenannte S.L.-Gesellschaften als Eigentümer von wertvollsten Fincas aufscheinen. Die spanische S.L. ist eine juristische Person, vergleichbar mit der deutschen GmbH. Als Gründungskapital für eine S.L. genügen 3.006 Euro. Der krumme Betrag kommt durch die Umrechnung von Peseten auf Euro zustande. Ursprünglich waren 500.000 Peseten als Gründungskapital notwendig. Auffallend ist natürlich auch, dass all diese neugegründeten Firmen keinerlei geschäftliche Aktivitäten aufweisen. Diese entstanden erst durch das hin und her transferieren von Vermögensanteilen. Mit den häufigen Transfers soll die ursprüngliche Herkunft des Geldes möglichst verdeckt bleiben.

Was die meisten S.L.-Gründer nicht wissen, ist die Tatsache, dass die spanischen Finanzbehörden seit ein paar Jahren eine eigene interne Software zur Verfügung haben, mit der sämtliche Inhaber von S.L. Gesellschaften erfasst sind. Selbst wenn die S.L.-Gesellschaften von Treuhändern vertreten werden. Es spielt dabei keine Rolle, ob die S.L. in Mallorca, in Barcelona, in Madrid oder sonstwo in Spanien ihren Sitz hat. Werden Transaktionen zwischen diesen Gesellschaften durchgeführt, scheinen diese bei den Finanzbehörden auf. Allerdings nur dann, wenn die Banken ordnungsgemäß arbeiten und nicht selbst von kriminellen Direktoren geleitet werden. Egal wie oft welche S.L.-Gesellschaft welchen Anteil an Grund und Boden überträgt, es bleibt immer die Frage im Raum: Woher kommt das ursprüngliche Kapital, mit dem die Immobilie erworben wurde? So auch im Fall von Son Bunyola. Die sterotype Antwort auf diese Frage lautet meistens: Das Geld kommt von einer XYZ-Aktiengesellschaft mit Sitz in einem der bekannten Steuerparadiese. Diese Antwort, oder besser gesagt, diese faule Ausrede, befriedigt naturgemäß keinen Steuerfahnder und keinen Staatsanwalt.

Es ist also nicht weiter verwunderlich, wenn die Staatsanwaltschaft und der Fiskus von einer ausgeklügelten Verschleierungstaktik bei dem *Compraventa* Geschäft zwischen Branson und Emilio Puig Marquéz und später zwischen Branson und dem Ehepaar Hore sprechen.

Auch die Spezialisten der Steuerfahndung ermitteln in dieser Sache. Sie wollen herausgefunden haben, dass dem Fiskus Millionen an Übertragungssteuern vorenthalten wurden. Im Visier der Fahnder ist vor allem das englische Ehepaar Christian und Martha Hore, die Käufer.

Christian und Martha Hore

Bei Christian Hore soll es sich um einen betuchten, englischen Geschäftsmann handeln, der sein Vermögen mit rund 170 Millionen Euro angibt. Ein Beleg für die Seriosität von Mister Hore ist das trotzdem nicht, meinen zumindest die Ermittler von Staatsanwaltschaft und Steuerfahndung. Sie halten ihn für einen Edelstrohmann.

Martha, die Ehefrau von Christian Hore, heißt mit ihrem Mädchennamen Martha Mónica Ocampo López. Auch sie ist für die Staatsanwaltschaft nur eine zwischengeschaltete Person. Unter ihrem Mädchennamen wird die Dame als Angeklagte geführt. Ihre Aussagen vor der mallorquinischen Justiz zu diesem Fall sind zweideutig und widersprüchlich. Martha Mónica Ocampo López ist Kolumbianerin. Vor ihrer Verheiratung mit dem Engländer Christian Hore war sie eine jener namenlosen, südamerikanischen Schönheiten mit bronzefarbener Haut, von denen nordische Bleichgesichter schwärmen.

Heute hat Martha Hore einen britischen Pass, gibt die reiche Geschäftsfrau und verfügt über Vollmachten von Bankkonten mit Millionenbeträgen. Ihr Anwalt, der bekannte Strafverteidiger Andrés Jiménez de Parga aus Barcelona, möchte sie vor dem mallorquinischen Untersuchungsgericht etwas kleiner erscheinen lassen: *„Meine Mandantin ist nur eine einfache Hausfrau"*, gibt er zu Protokoll und fährt fort: *„Die Gelder, die für den Erwerb der mallorquinischen Anwesen notwendig waren, hat ihr Ehemann erarbeitet und in England versteuert."*

Gegen die einfache Hausfrau hatte das Untersuchungsgericht im Rahmen der *Operación Relampago* am 26. April 2007 Haftbefehl erlassen. Begründet wurde der Haftbefehl mit einer Fluchtgefahr. Die englische Lady hatte sich, trotz gerichtlicher Vorladung, vorsorglich nach England begeben und konnte deshalb über längere Zeit in ihrer Privatvilla *La Marina* von der Polizei nicht angetroffen werden. Die Hores werden, wie schon gesagt, beschuldigt, Strohleute eines noch Unbekannten zu sein und mit dem Kauf des Anwesens *Son Bunyola* Geld für diesen Unbekannten gewaschen zu haben. Mit im Boot und damit ebenfalls beschuldigt ist der Anwalt der Familie Hore, der den Kauf von Son Bunyola im Jahr 2002 abgewickelt hat. Alejandro Feliu Vidal.

Bereits drei Jahre vor dem Kauf von Son Bunyola, im Jahr 1999 hatte das englische Ehepaar Hore die Anwaltskanzlei Feliu mit seiner Vertretung beauftragt. Eine Sprachbarriere gab es nicht. In Kolumbien wird, wie allgemein bekannt, Spanisch gesprochen. Aus dem Mandat wurde alsbald eine tiefe Freundschaft, gab der Anwalt Alejandro Feliu Vidal zu Protokoll.

Das Ehepaar Hore beabsichtigte 1999 die großzügige Finca *La Marina* mit 15 Hektar Grund und verschiedenen Gebäuden, in direkter Nachbarschaft zum Anwesen *S'Estaca,* zu erwerben.

S'Estaca hatte einst der österreichische Erzherzog Ludwig Salvator für seine Geliebte, Catalina Homar, die Tochter eines Tischlers, errichten lassen. Catalina genoss, dank ihres Mentors und Geliebten eine erstklassige Ausbildung. Sie lernte mehrere Sprachen und wurde die Verwalterin der erzherzoglichen Weingüter auf Mallorca. Ludwig Salvator baute vor allem Malvasier-Trauben an, eine der ältesten Rebsorten der Welt, die ursprünglich aus Kleinasien stammt. Für seine Weine erhielten der Erzherzog und seine Winzerin Catalina Homar zahlreiche Preise bei internationalen Ausstellungen, sogar in Amerika. Nach seinem Tod geriet die alte Rebsorte alsbald in Vergessenheit. Erst im Jahr 2003 wurde sie wiederentdeckt. Eine alteingessene Winzerfamilie aus Banyalbufar baut seither auf eineinhalb Hektar Land diese Malvasier-Traube wieder an. Wer den süffigen Weißen probieren möchte, dem sei die Bodega *Juxta Mare* in Banyalbufar empfohlen.

Über hundert Jahre später, Anfang der 1990er Jahre, entdeckte der amerikanische Schauspieler und Filmproduzent Michael Douglas, ebenfalls Klient der Kanzlei Feliu, seine Liebe zu Mallorca. Er kaufte das Landgut *S'Estaca* für sich und seine damalige Ehefrau Diandra, die als Diplomatentochter auf Mallorca großgeworden ist. Der Preis, den Herr Douglas für das feudale Anwesen bezahlt hat, wird mit umgerechnet circa fünf Millionen Euro angegeben.

Später musste er noch mal eine Strafe von 96.000 Euro dafür bezahlen, dass er einen illegalen Erweiterungsbau errichtet hatte. Heute teilen sich Michael Douglas und seine Geschiedene das Anwesen halbjährlich. Schon länger wird gemunkelt, das Kleinod stünde wieder zum Verkauf.

Doch zurück zu Madam Hore und ihrem Gatten Christian. 1999 erteilte sie ihrem juristischen Berater, Rechtsanwalt Alejandro Feliu Vidal, eine Generalvollmacht, die gleichzeitig auch eine Vollmacht für alle Bankgeschäfte beinhaltete. Damit konnte der jetzt schwer Beschuldigte schalten und walten, wie er wollte. So ist es auch nicht weiter verwunderlich, dass Feliu den Mann von Welt gab, als die Ehefrau eines mallorquinischen Industriellen bei einem gemeinsamen Abendessen mit Alejandro diesem erzählte, dass sie ein wunderbares Ferienhaus auf der Insel günstig erwerben könnte, aber leider im Moment nicht flüssig sei. Noch vor dem Dessert hatte die Industriellengattin die verbindliche Zusage über einen Privatkredit von lumpigen 900.000 Euro. Das Geld kam aus dem Vermögen der Madam Hore, abgebucht von einem Konto bei der Banco Sabadell in der Avenida Jaime III.

Auch einem anderen Geschäftsfreund konnte Señor Feliu Vidal behilflich sein. Dieser Herr brauchte zwischendurch mal Bares.

Kein Problem. Feliu griff ihm mit einem nicht unbedeutenden Privatkredit unter die Arme. Heute ist der Geschäftsfreund einer der Beschuldigten im Fall Relampago.

Mittlerweile sind private Kredite aus dem Vermögen der Familie Hore nach dem Modell Feliu an Freunde desselben, unmöglich geworden. Das Untersuchungsgericht Nummer 7 hat auf Antrag der Staatsanwaltschaft 37 Millionen Euro, die sich auf Konten von Martha Hore bei der Banco Sabadell befanden, beschlagnahmt. Der Richter, Antonio Garcias, der den Hauptteil im Fall „Operación Relampago" untersucht, stützt die Beschlagnahmung der 37 Millionen auf ein Gutachten der Finanzbehörden. Ursprünglich wurde seitens der Ermittler angenommen, dass diese Geldsumme für weitere Immobilieneinkäufe auf den Balearen gedacht war.

Woher das Geld in Wahrheit stammt, konnte bis dato nicht geklärt werden. Jedenfalls ist dem Untersuchungsgericht aufgefallen, dass über mehrere Monate hinweg niemand die Freigabe der horrenden Summe bei Gericht beantragt hat.

Erst Monate später ist der Familie Hore eingefallen, dass das Geld ihr gehört. Durch den Anwalt Alejandro Feliu Vidal haben die Hores dem Gericht mitteilen lassen, dass die 37 Millionen auf der Banco Sabadell aus ihrem Vermögen stammen und für den Kauf einer Luxusyacht vorgesehen sind. Das Geschäft mit der italienischen Werft Perini wurde, so der Anwalt, von den Hores auf der internationalen Bootsmesse in Monaco abgeschlossen. Bei einer Yacht, die 37 Millionen kosten soll, muss es sich um ein Supermodell handeln, wie es sonst nur von arabischen Scheichs geordert wird.

Um die Größenordnung eines solchen Schiffes vorstellbar zu machen, sei hier erwähnt, dass die Privatyacht des gehängten irakischen Diktators Saddam Hussein, die rund 84 Meter lang und mit einem eigenen Raketenabwehrsystem ausgestattet ist, für 22 Millionen Euro angeboten wird. Natürlich gebraucht und natürlich über eine Firma, die ihren Sitz auf den Cayman Islands hat.

Oder ein anderes Beispiel: Die bekannteste Yacht im Mittelmeer mit Heimathafen Palma de Mallorca ist die Yacht des saudischen Milliardärs und Baulöwen, Nasser al-Raschid. Sie misst 105 Meter in der Länge und trägt den Namen *Lady Moura*. Das Schiff, mit allem nur erdenklichen Luxus ausgestattet, hatte einst achtzig Millionen Mark gekostet und war das größte Privatschiff der Welt. Umgerechnet wären das heute vierzig Millionen Euro. Gerade mal soviel wie das von Hore georderte Luxusschiff. Da bleibt doch einiger Erklärungsbedarf. Den Ermittlern ist auch nicht klar, warum Martha Hore im Real Club Nautico in Palma neun Liegeplätze für rund eine Million Euro gekauft hat. Für wen sind diese Liegeplätze gedacht? Jedenfalls kann die 37 Millionen-Yacht an diesen Liegeplätzen nicht festgemacht werden.

Nobelkähne solcher und noch weit größerer Dimension werden heute nicht nur von saudischen Milliardären in Auftrag gegeben. Auch russische Oligarchen prahlen nur allzugern mit ihrem Reichtum. So lässt der Russe Roman Abramovich derzeit eine 160 Meter Yacht bauen. Natürlich ganz diskret, wie in der Presse zu lesen war.

Die Version des Ehepaares Hore, der Luxusliner sei für sie privat bestimmt, ist wenig glaubwürdig. Die Hores besitzen bereits eine stattliche Motoryacht vom Typ Sunseeker. Seit 2003 dümpelt die im Hafen von Palma de Mallorca vor sich hin. Auslaufen kann der Nobelkahn nicht. Ihm fehlt die amtliche Zulassung. Die ist aber nur zu bekommen, wenn die Steuern auf das Schiff ordnungsgemäß bezahlt wurden. Es gibt noch einen weiteren Grund, die Horesche Version anzuzweifeln. Auf die Frage, warum die Familie Hore über Steuerparadiese mittels Firmenverschachtelungen ihr Geld auf Mallorca investiert hat, anstatt den geraden und soliden Weg zu gehen, erklärt diese: *„Wir wollen nicht mit unserem Reichtum protzen. Außerdem wollen wir nicht Ganoven auf uns aufmerksam machen, die an Entführung und Erpressung denken."* Eine doch recht einfältige und dumme Antwort. Sie passt so gar nicht zu einer Yacht im Wert von 37 Millionen Euro. Eine Yacht, die, wie die *Lady Moura,* garantiert stets für großes Aufsehen sorgen wird, wenn Sie in den Hafen von Palma de Mallorca einläuft. Ob das Superschiff jemals an das englische Ehepaar ausgeliefert wird, bleibt abzuwarten. Die für die Bezahlung vorgesehenen 37 Millionen Euro stehen jedenfalls momentan nicht zur Verfügung. Vielleicht kommt bald ein neuer Investor oder ein neuer Strohmann oder gar der wirkliche Auftraggeber aus der Deckung, der dann die Bezahlung übernimmt. Abwarten und guten englischen Tee trinken, heißt die Devise.

Das Geschäft mit dem Anwesen Son Bunyola

Nun aber soll das eigentliche Geschäft zwischen dem englischen Milliardär Sir Richard Branson und dem englischen Ehepaar Christian und Martha Hore näher beleuchtet werden. Ein Geschäft, das sich nach Abschluss der anstehenden Strafprozesse möglicherweise als krimineller Kuhhandel herausstellen wird. Vor allem ein Geschäft, welches einigen der beteiligten Personen eine langjährige Haftstrafe bescheren könnte.

Im Herbst 2002 erwirbt das Ehepaar Hore von Sir Richard Branson eines der mallorquinischen Wahrzeichen, das Anwesen *Son Bunyola* auf dem Gemeindegebiet von Banyalbufar. Ursprünglich hieß der Ort Banya Al Bahar und geht zurück auf die Araber. Francesc Alberti ist der Präsident einer Gesellschaft mit dem Namen *Banya Al Bahar*. Eine Gesellschaft die sich die Erhaltung des kulturellen Erbes Mallorcas auf die Fahnen geschrieben hat. Ein Anliegen, das große Hochachtung verdient. Doch die Realität sieht düster aus. Francesc Alberti warnt seit Jahren vor dem Ausverkauf der Landsitze. Landsitze wie *Planícia, Son Valenti, Son Balaguer, S'Arbocar, Es Rafal, Son Bujosa und Son Coll,* die zum Teil mehr als achthundert Jahre in Familienbesitz sind, werden neuerdings zu Spekulationsobjekten geldgieriger Zeitgenossen. Son Bunyola ist ein klassisches Beispiel dafür.

Der Kaufpreis, den das Ehepaar Hore für Son Bunyola bezahlen musste, wird mit 17,1 Millionen Euro beziffert. Lässt man die Bemühungen des Señor Alberti, kulturell wichtige Landgüter zu erhalten, außer acht, dann erscheint das Geschäft auf den ersten Blick als ein Geschäft unter Reichen und Superreichen.

Von der Besonderheit einmal abgesehen, dass sich beide Parteien des selben Bevollmächtigten bedienten, wäre eine (fast) normale Abwicklung in etwas so abgelaufen:

Das Millionärspaar Hore überweist von seinen englischen Konten 17,1 Millionen Euro auf das Anderkonto ihres Anwaltes, der gleichzeitig der Geschäftsführer der Son Bunyola S.L. und ein enger Freund der Hore-Familie ist. Dann wird ein Notartermin anberaumt und das *Compraventa-Geschäft* notariell beglaubigt. Der Hore-Anwalt, Alejandro Feliu Vidal, übergibt vor den Augen des Notars einen bankbestätigten Scheck über 17,1 Millionen Euro, ausgestellt von der Bank bei der das Anwalt-Anderkonto geführt wird, an Sir Richard Branson, bzw. an den Geschäftsführer der Son Bunyola S.L. die damals als Eigentümerin des Anwesens fungierte, nämlich an Alejandro Feliu Vidal, der gleichzeitig als Anwalt von Sir Branson agiert. Mit anderen Worten an sich selbst. Er reicht sich den Scheck mit der linken Hand und nimmt ihn mit seiner Rechten entgegen. Auch wenn es noch so merkwürdig klingt, Feliu Vidal war ja der alleinige bevollmächtigte Geschäftsführer der Verkäuferseite. Damit wäre ein fast normales *Compraventa-Geschäft* abgeschlossen gewesen.

Wie gesagt, wenn es so gelaufen wäre. Eine Kleinigkeit fehlt noch. Der Käufer, die Familie Hore, hätte noch sieben Prozent der Kaufsumme, sprich knappe 1,2 Millionen Euro Grunderwerbssteuer an die Gemeinde Banyalbufar entrichten müssen.

Dass die Verkäuferseite und die Käuferseite bei der Aushandlung des Deals und dem Notartermin von ein und demselben Anwalt vertreten wurden, deutet darauf hin, dass keine der beiden Seiten einen Dritten, sprich einen außenstehenden Anwalt bei der Transaktion dabei haben wollte.

Und noch etwas ist ungewöhnlich an diesem *Compraventa-Geschäft*. Die Verkomplizierung der Abwicklung. Das ist es, was die spanischen Ermittler stutzig gemacht hat. Nicht die Tatsache, dass mehrere jungfräuliche spanische S.L. Gesellschaften, die zuvor keinerlei Geschäftsaktivitäten aufzuweisen hatten, als Eigentümerinnen eines so großen Anwesens eingetragen waren, war ausschlaggebend für das Misstrauen der Staatsanwaltschaft, sondern die Tatsache, dass diese spanischen S.L.-Gesellschaften, darunter Son Bunyola S.L. jeweils Töchter einer Aktiengesellschaft sind, die auf den Virgin Islands ihren Sitz hat. Dieses Firmenkonstrukt ist den spanischen Steuerfahndern und Staatsanwälten ins geschulte Auge gestochen. Hier wurden sie misstrauisch. Insbesondere deshalb, weil der oder die tatsächlichen Inhaber der Aktien dieser involvierten Gesellschaft auf Virgin Islands nur schwer zu ermitteln sind. Und die Beteiligten, die es ja wissen müssten, schweigen sich in ihren Vernehmungen aus. Jedenfalls wurde das Ehepaar Hore mit dem Kauf von insgesamt einhundert Prozent der Aktien dieser Firma Eigentümer von Son Bunyola.

Die Ermittlungsbehörden fragen sich zu Recht: Was sind die Hintergründe für den teuren Immobilienerwerb? Das Ehepaar Hore ist bereits Eigentümer der großen Finca *La Marina* mit 15 Hektar Grund in Valldemossa. Selbst dort verbringt die Familie nur ein paar Sommermonate im Jahr. Eine gewinnbringende Investition, wie das Ehepaar zunächst glauben machen wollte, kann nicht hinter der Investition von 17,1 Millionen Euro stecken. Nur drei der zahlreichen antiken Gebäude auf dem fünfhundert Hektar großen Anwesen Son Bunyola werden vom Ehepaar Hore genutzt. Zwei davon als Nobelherberge. Zahlungskräftige Urlauber können die beiden Villen für die Kleinigkeit von wöchentlich sechs- bis elftausend Euro pro Villa anmieten. Inclusive Reinigung, versteht sich. Im dritten Gebäude betreiben die Hores ein Restaurant mit internationaler Gourmetküche.

Selbst bei jahrelanger, gleichbleibender sommerlicher Auslastung von Restaurant und Vermietobjekten, hätten sich die eingesetzten 17,1 Millionen Euro frühestens in 56 Jahren kapitalisiert. Rechnet man den Zinsverlust von jährlich rund 800.000 Euro mit ein, dann bräuchte es rund einhundert Jahre, bis sich das eingesetzte Kapital amortisiert hat. Welcher Investor rechnet in Zeiteinheiten von einhundert Jahren?

Ein merkwürdiges und auffälliges Negativgeschäft, auf das sich das englische Millionärspaar Christian und Martha Hore eingelassen hat. Entweder können die Herrschaften nicht rechnen oder die, die rechnen können, heißen nicht Hore.

In ihren Vernehmungen vom 19. September 2007 behaupten die beiden Beschuldigten, Sir Richard Branson habe auf diesem Erwerbsmodell bestanden. Zur Erinnerung. Der Anwalt Alejandro Feliu Vidal hatte beide Geschäftspartner juristisch beraten. Auf der einen Seite war er als Geschäftsführer der Son Bunyola S.L. und anderer Firmen aufgetreten, auf der anderen Seite hatte er die *Compraventa-Konstruktion* ausgearbeitet und dabei das Ehepaar Hore beraten. Außerdem war der Herr Rechtsanwalt seit 1999 der Bevollmächtigte über das Hore-Vermögen auf mallorquinischen Banken.

Einen Interessenskonflikt, wie man angesichts solcher Konstellationen vermuten sollte, gab es offenbar nicht. Ganz zu schweigen von der Tatsache, dass es nach spanischem Recht verboten ist, in ein und derselben Sache zwei beteiligte Parteien zu vertreten. Die Vermutung der Staatsanwaltschaft, bei dem Ehepaar Hore handle es sich um sogenannte Luxusstrohleute, ist nicht von der Hand zu weisen. Im Prinzip ist nichts dagegen einzuwenden, wenn Privatpersonen oder juristische Personen über den Kauf von Aktien eine Gesellschaft erwerben. Das ist ein ganz normaler Vorgang, der tagtäglich tausendfach in aller Herren Länder so vollzogen wird. Der Vorgang wird erst dann zum Untersuchungsfall, wenn sich der Sitz der Gesellschaft in einem der rund fünfzig Steuerparadiese befindet und niemand Auskunft darüber geben kann oder will, woher das Aktienkapital dieser Gesellschaft stammt. Und genau das trifft in diesem Fall zu.

Die Aktien dieser Gesellschaft im Wert von 17,1 Millionen Euro wurden also von dem Ehepaar Hore gekauft. Fünfzig Prozent der Aktien kaufte Martha, die einfache Haus- und Ehefrau, die anderen fünfzig Prozent Christian, Ehemann der einfachen Hausfrau. In einer Vernehmung erklärt Frau Hore den Staatsanwälten, sie habe keine richtige Ahnung von solchen Geschäften, das sei immer die Angelegeheit ihres Mannes gewesen. Die Aussage, sie, die Unbedarfte, habe keine richtige Ahnung von „Geldwäsche", klingt einigermaßen glaubwürdig. Wer Ahnung von Geschäften dieser Art hat, ist der einst renommierte Anwalt Alejandro Feliu

Vidal, der Bevollmächtigte und enge Freund der Familie Hore. Bei einer seiner Vernehmungen tischt der Herr Rechtsanwalt dem Untersuchungsgericht folgende Version auf: *„Mit dem hälftigen Erwerb von Aktien, also fünfzig Prozent pro Ehepartner, entfallen sämtliche Steuern."*

Staatsanwaltschaft und Steuerfahnder sind da ganz anderer Ansicht.

Sir Branson, der englische Milliardär und Großinvestor, kann sich nicht selbst um seine Geschäfte kümmern. Er, der Denker und Macher, übergibt die Leitung von Firmen stets an seine Vertrauensleute. In der Zeit zwischen 1994 und 2002 hatten die Geschäftsführer für seine mallorquinischen Gesellschaften ständig gewechselt. Am 28. Juli 2002 ernennt Sir Branson den Anwalt Alejandro Feliu Vidal zum alleinigen Geschäftsführer seiner Firmen, Son Bunyola S.L., Ganson S.L. und Dinicero S.L. Zu diesem Zeitpunkt muss längst festgestanden haben, dass das Anwesen Son Bunyola an oder über das Ehepaar Hore verkauft wird. In aller Regel dauern Immobilienverkäufe in diesen Größenordnungen auf Mallorca zwei bis drei Jahre.

Bei der Durchsuchung der Anwaltskanzlei Feliu finden die Ermittler Dokumente, in denen der Anwalt nicht nur als Geschäftsführer der vorgenannten Firmen aufscheint, sondern gleichzeitig auch als Geschäftsführer mehrerer panamesischer Gesellschaften, die eindeutig der Geldwäsche im großen Stil zugeordnet werden können.

Steuerhinterziehung?

Derzeit untersuchen die Staatsanwaltschaft und die Beamten der Steuerfahndung hauptsächlich fünf Immobilienverkäufe, bei denen Fincas von großem öffentlichem Interesse verhökert wurden. Darunter der Fall Branson/Hore. Bei diesen fünf Transaktionen sollen, so die Erkenntnis der Finanzbehörde, Steuern in Millionenhöhe hinterzogen worden sein. Die Rede ist von einem Vermögen von rund zweihundert Millionen Euro, welches vorbei am Fiskus, den Besitzer wechselte. Der größte Teil davon soll, laut Steuerfahnder, aus den Steuerparadiesen Panama und Cayman Islands ins balearische Urlaubsparadies Mallorca geflossen sein.

Martha Hore betonte bei all ihren Vernehmungen, sie sei Engländerin und als solche in England steueransässig. Eine spanische Residencia würde sie nicht besitzen und deshalb in Spanien auch nicht steuerpflichtig sein. Nach Meinung der Ermittler ist Martha Hore aber sehr wohl in Mallorca steueransässig, besitzt sie doch das große Anwesen La Marina de Valldemossa und ist dort auch gemeldet.

Was die kolumbianische Schönheit nicht weiß, ist die Tatsache, dass die spanischen Steuerfahnder von der ONIF (Oficina National de Investigación del Fraude Fiscal) im Fall der *Operación Relámpago* engste Beziehungen zu den englischen Kollegen des HMRC (Her Majesty's Revenue & Customs) unterhalten. Die Auskünfte, die die Spanier von der englischen Finanzbehörde erhalten haben, bestätigen sie darin, dass Martha Hore in Spanien steueransässig ist. Und es kommt noch schlimmer für das Paar.

Bei den Durchsuchungen am 26. April 2007 finden die Ermittler ein höchst interessantes Dokument. Es handelt sich um einen Auszahlungsbeleg über 6.000 Euro. Gezahlt wurde das Geld an eine Person, die als Strohmann bereits in anderen Immobiliengeschäften für die Kanzlei Feliu tätig war und den Ermittlern dabei aufgefallen ist. Die Identifizierung des Strohmannes war für die spanischen Kriminaler ausgesprochen einfach. Praktischerweise befand sich bei dem Auszahlungsbeleg gleich die Kopie seines Personalausweises. Damit steht fest, in das Horesche Geschäft war mindestens ein weiterer Strohmann involviert.

Das Untersuchungsgericht Nummer 7 hat bei den Finanzbehörden ein Gutachten über die verschachtelte Immobilientransaktion von Branson und Hore in Auftrag gegeben. In diesem Gutachten wird eine Serie geschäftlicher Aktivitäten und Immobilien Operationen minutiös analysiert, die von Martha

Hore und der Anwaltskanzlei Feliu als Berater, in den letzten Jahren durchgeführt wurden. Im Ergebnis wird in dem Gutachten festgestellt, dass die Beschuldigte Martha Hore weder Einkommensteuer noch Vermögenssteuer noch Grunderwerbsteuer bezahlt hat. Eine Steuerschuld von immerhin rund 22 Millionen Euro. Diese Summe übersteigt bei weitem die Quote eines einfachen Steuervergehens, das auch in Spanien durch das Nachbezahlen der Steuer zusammen mit der Zahlung einer höheren Geldstrafe erledigt werden kann. Hier handelt es sich eindeutig um ein Steuerdelikt, welches nach spanischem Recht automatisch zu einer empfindlichen Haftstrafe führt. Dazu kommen die Nachzahlung der Steuer und eine Geldstrafe, die der doppelten Summe der hinterzogenen Steuern entspricht.

Das spanische Finanzministerium hat bereits angekündigt, dass man beabsichtige, in einem Strafprozess die höchstmögliche Strafe zu fordern. Außerdem will das Finanzministerium die höchstmögliche Entschädigung fordern, die im Codigo Penal (spanisches Strafgesetzbuch) für Steuerdelikte vorgesehen ist.

Das *Compraventa-Geschäft* „Son Bunyola" zwischen Sir Richard Branson und dem Ehepaar Hore ist im Gesamtkomplex der *Operación Relámpago*, der Teil, der zuerst vor das Strafgericht kommt.

Vor Gericht

Das zuständige Gericht in Palma hat unter dem Vorsitz von Richter Antonio Garcias in der Zwischenzeit eine Kaution von 154 Millionen Euro festgelegt. Diese Summe muss vom Ehepaar Hore und seinem Berater, Alejandro Feliu Vidal aufgebracht werden. Herr Feliu hat davon 44 Millionen Euro an Kaution zu tragen, die restlichen 110 Millionen bleiben an den Engländern hängen. Sollte die Kaution nicht hinterlegt werden, ist die Pfändung des gesamten Besitzes von Hore und Feliu vorgesehen. Die Staatsanwaltschaft war noch brutaler. Aufgrund des Gutachtens der ONIF und der

Ermittlungen der SEPBLAC hatte sie ursprünglich eine Kaution von 246,5 Millionen Euro gefordert. Das Gericht hat zwar die Summe gesenkt und auf die genannten154 Millionen Euro festgelegt, dennoch ist es die höchste Kaution, die von der Justiz jemals auf den Balearen festgelegt wurde. Der Entscheid kann zwar noch vor dem Provinzgericht angefochten werden, aber die Aussichten auf einen Erfolg sind nicht sehr rosig. Das 33 Seiten umfassende Gutachten der nationalen Steuerfahnungsbehörde ONIF wurde auch von den Geldwäschespezialisten der SEPBLAC geprüft. Diese bestätigten ihrerseits den Steuerbetrug und die durch Feliu, absichtlich herbeigeführte Verschleierung der Compraventa-Operation zum Zwecke der Geldwäsche. Weil die Sache eine derart große Brisanz hat und vor allem, weil sie der strengsten Geheimhaltung unterliegt, hat der Delegierte der Finanzbehörde Señor Raúl Burillo das Gutachten persönlich bei Richter Antonio Garcias abgeliefert. Begleitet wurde er dabei von den Herren Juan Carrau und Pedro Horrach, den beiden Antikorruptionsstaatsanwälten.

Auch die Chefsekretärin von Alejandro Feliu Vidal, Señora *Maria Antonia Ferragut*, die ebenfalls als Beschuldigte geführt wird und am 26.April 2007 festgenommen wurde, sagt, sie wisse nicht, ob das Ehepaar Hore der wirkliche Eigentümer von Son Bunyola oder nur Handelsbevollmächtigter sei. Wie gesagt, das gibt die Chefsekretärin zu Protokoll, über deren Schreibtisch nicht nur alle Aktivitäten gelaufen sind, sondern die selbst Teil des kriminellen Netzwerkes ist. Damit sie bis zu ihrem Prozess in Freiheit bleiben kann, musste die Señora eine Kaution von fünf Millionen Euro bei Gericht hinterlegen. Die Summe errechnet sich aus nichtbezahlten Steuern plus Steuerstrafe. Wer ihr das Geld zur Verfügung gestellt hat, darüber kann nur spekuliert werden.

Die Anwälte der Beschuldigten sehen das alles naturgemäß ganz anders. Für sie sind Delikte, wie sie dem Ehepaar Hore vorgeworfen werden, in anderen Ländern gang und gäbe und nicht strafbar. Für einige afrikanische Länder mag das durchaus zutreffen, auf Mitgliedsländer der Europäischen Union aber ganz sicher nicht. Trotzdem fühlt sich das Ehepaar Hore vollkommen unschuldig. *„Transaktionen in Form von Aktienweitergabe sind in England ein probates Mittel, um Vermögen vor Verbrechern aller Art zu schützen. Diese Operationen garantieren die größtmögliche Diskretion"*, geben die Herren Verteidiger zu Protokoll. Das bestreitet noch nicht einmal die Staatsanwaltschaft. Alejandro Feliu Vidal, der oberste Strippenzieher im Geldwäscheskandal von Mallorca, erklärt dem Gericht in Palma: *„Steuerparadiese wie Panama, die Cayman Islands, die Virgin Islands, die Antillen oder Gibraltar werden schon immer von reichen Klienten benutzt, um ihr Geld aus legalen Einkünften dort zu hinterlegen. Damit erhöhen diese Personen ihre Kreditwürdigkeit bei den Banken."*

Wenn es sich um legal verdientes und versteuertes Geld handelt, hat auch niemand etwas dagegen. Aber hier geht es um andere Einkünfte. Einkünfte, die unter anderem, laut Steuerfahnder aus dunklen Kanälen stammen, oder um Einkünfte, die nicht versteuert wurden. Die Ermittlungsbehörden interessiert in diesem Fall deshalb die Antwort auf die Frage: *„Woher kommt das Kapital der Aktiengesellschaften in den Steuerparadiesen, in diesem Fall auf den Virgin Islands?"*

Ganz sicher könnte der Direktor der Banco Sabadell in der Avenida Jaime III, Señor *Juan Cañellas Matas,* Auskunft über die Herkunft der Gelder geben. Über seine Bankfiliale wurden Millionen hin und her geschoben. Nicht nur die 17,1 Millionen für Son Bunyola. Insgesamt wurden in den vergangenen acht Jahren mindestens fünfhundert Millionen Euro, über Mandantenkonten der Kanzlei Feliu transferiert. Davon wurden nur 22 Millionen deklariert. Die Filiale der Banco Sabadell in der Avenida Jaime III stellte gewissermaßen die Transfer-Logistik für die Geldwäsche zur Verfügung.

Und nicht nur das. Auch Hypothekenkredite, die die Bank zum Teil an finanziell schwache und undurchsichtige Kreditnehmer ausgereicht hatte, wurden mit Geldern krimineller Herkunft bedient. Gleich ob Ratenzahlungen oder Einmalzahlungen vereinbart waren, das Geld kam auf Umwegen aus den Steuerparadiesen. Mindestens zwölf Millionen Euro an Hypothekenkrediten dienten, nach Erkenntnissen der Ermittler der

Geldwäsche. Für Firmen, die systematisch Verluste produzierten und deshalb von seriösen Banken keine Kredite erhalten hatten, hielt die Banco Sabadell Entsprechendes bereit. Die Untersuchungsgerichte *Nummer 1 / 7 / 11 und 12* in Palma haben ein Embargo über alle Immobilien verhängt, die auf die Namen von Gesellschaften eingetragen sind, die der Geldwäsche verdächtigt werden. Das betrifft Hunderte von Firmen auf den Balearen und in Steuerparadiesen.

Die Mallorca Connection benutzte eine Flut von Gesellschaften, über die Hunderte von Millionen gewaschen wurden, so die Ermittlungsbehörden. Angesichts solcher Ermittlungserkenntnisse ist das Vorgehen von Señor Joan Font, seines Zeichens Dekan des balearischen Anwaltskollegiums vollkommen unverständlich. Er hatte sich in einem Schreiben beim Generalstaatsanwalt der Balearen, Bartomeu Barceló über das Vorgehen der Antikorruptionsstaatsanwälte Juan Carrau und Pedro Horrach beschwert. Die Staatsanwälte würden unverhältnismäßig scharf vorgehen.

Bartomeu Barceló hat mit seiner Antwort nicht lange gezögert. In einem Schreiben vom 09. Mai 2007 stellte sich der balearische Generalstaatsanwalt demonstrativ vor die Herren Carrau und Horrach und würdigte deren Vorgehen in der Operación Relámpago. Gleichzeitig hat er den Herrn Dekan darüber aufgeklärt, dass die Antikorruptionsstaatsanwaltschaft nicht ihm, dem balearischen Generalstaatsanwalt untersteht, sondern dem Generalstaatsanwalt von Spanien in Madrid.

218

Aktualisierung 2012

zu Alejandro Feliu Vidal, Christian Hore und dessen Ehefrau Martha Monica Hore.

Auf den nachfolgenden Seiten kommen Sie, verehrte LeserInnen in den Genuss einen Blick in die 52 Seiten umfassende Anklageschrift der Staatsanwaltschaft zum Fall Hore / Feliu zu werfen.

AL JUZGADO DE INSTRUCCIÓN
NUMERO SIETE
DE PALMA DE MALLORCA

El Fiscal en la pieza separada letra A del Procedimiento Abreviado que con número 1447/2007 tramita este Juzgado de conformidad con el artículo 781 de la Ley de Enjuiciamiento Criminal solicita la apertura del Juicio Oral ante el Juzgado de lo Penal contra:

1.- Christian John Hore
2.- Martha Mónica Hore (de soltera **Martha Mónica Ocampo López**)
3.- Alejandro Feliu Vidal
y formula el presente

ESCRITO DE ACUSACIÓN:
1°.-
A.- (Sobre la intención de defraudar)

En Palma, los tres acusados se concertaron para defraudar a la Hacienda Pública de modo que los bienes y riqueza que en España Martha Mónica Hore iba a obtener, adquirir y disfrutar como propietaria eludieran el correcto pago de los diversos impuestos.

Con dicha finalidad Christian Hore había contactado conAlejandro Feliu Vidal quien a través de su despacho profesional (el Bufete Feliu) proporcionó las medidas necesarias para ocultar la cuantía de la riqueza, la titularidad y su origen evitando, de este modo, la correcta tributación durante los años 2002 a 2007.

***

Mit großer Liebe zum Detail hat die Staatsanwaltschaft das Firmenkonstrukt der Familie Hore exakt aufgezeigt. Ebenso präzise wird das „Steuersparmodell" von Alejandro Feliu erklärt. Zunächst stellt die Staatsanwaltschaft fest:

„Das Trio hat sich einzig zu dem Zweck zusammen getan, um den spanischen Fiskus um Millionen Euro zu betrügen. Es ging dabei darum, dass das Vermögen, welches Martha Monica Hore in Spanien anhäufen wollte, von jeglicher Steuer verschont bleibt."

Mit dieser kriminellen Vorstellung hat Christian Hore, den Anwalt Alejandro Feliu Vidal bereits 1999 kontaktiert, als die Hores beabsichtigten die Finca „Sa Marina" zu kaufen. Auf die Kanzlei FELIU in Palma de Mallorca ist das Ehepaar Hore durch das Internet gestoßen. Dort war zu lesen:

„IHRE EXPERTREN FÜR PANAMA & SPANIEN"

Das genaue Internetangebot habe ich bereits an anderer Stelle ausführlich beschrieben. Jedenfalls war es für die Hores ein Angebot, das verlockend klang und ganz nach ihrem Geschmack war. Alsbald traf sich das Trio zu ersten geheimen Gesprächen in der Bufete FELIU, Passeig Mallorca 2 in Palma. Dort im ersten Stock, etwas verwinkelt und weit weg von der Rezeption, befand sich jener diskrete Besprechungsraum, der ausnahmslos für reiche Mandanten reserviert war. Alejandro Feliu hatte vorgearbeitet. Nach den üblichen Höflichkeitsfloskeln und einem etwas tiefer gehenden Gespräch über die Finanzsituation der Engländer Hore legte Feliu seinen „Steuersparplan" auf den Tisch. Ein Firmenkonstrukt, welches auf Aktien und Geschäftsanteilen basiert, die zwischen Off-shore-Gesellschaften auf den Bahamas und Gesellschaften in Spanien in verwirrender Form hin und her geschoben werden. Das Ehepaar Hore war jedenfalls begeistert.

Wie das sogenannte Steuer-Spar-Modell, Marke FELIU genau ausgesehen hat, können Sie dem Ausriss aus der Anklageschrift entnehmen.

El **diseño** de la operación que realizó **Alejandro Feliu Vidal** lo plasmó por escrito de la siguiente forma:

- 1. *"La propiedad se vende a una compañía española, cuyas acciones pertenecerán al vendedor, por 250 millones de pesetas.*

- 2. *La persona o entidad designada por el vendedor constituye una compañía de las Bahamas, residente en las Bahamas.*

- 3. *La compañía de las Bahamas tiene una opción de compra para comprar el 100 % de las acciones de la española por 250 millones de pesetas. CH compra la compañía de las Bahamas por 475 millones de pesetas con la recepción simultánea. La compañía de las Bahamas ejecuta la opción para comprar la compañía española por 250 millones de pesetas.*

- 4. *La compañía de las Bahamas traslada su residencia a España, evitando el impuesto especial sobre inmuebles de compañías offshore no residentes en España.*

- 5. *El valor de la compañía española se verá incrementado, no obstante con un 7 % de impuestos".*

***

Weiter führt die Staatsanwaltschaft in der Anklageschrift aus:

„Die Familie Hore akzeptierte den Vorschlag von Alejandro Feliu und mit einigen kleinen Änderungen wurde das Anwesen Sa Marina gekauft. Statt der Gesellschaften auf den Bahamas wurden die Gesellschaften LEBAN und NABEL mit Sitz auf den britischen Virgin Islands benutzt und als spanische Gesellschaft wurde die Gesellschaft BOLDRONS gegründet und die Immobilie auf diese Gesellschaft übertragen.

Das war der Mechanismus, den die Familie Hore angewendet hat, wenn sie Immobilien in Spanien kaufte und der ihrem Wunsch gerecht wurde, die tatsächlichen Umstände zu verschleiern. So z.B. die involvierten Personen, die Höhe des transferierten Kapitals und der Weg, den das Geld nahm. Für den Kauf des Anwesens SON BUNYOLA wurde der gleiche Mechanismus angewandt."

Hier hat die Staatsanwaltschaft die Konstruktion für den Erwerb der *Finca de Son Bunyola* aufgezeichnet.

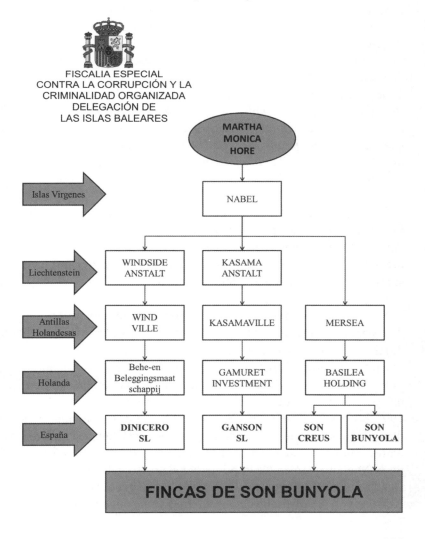

Laut Anklageschrift hat Frau Hore nicht nur 17 Millionen Euro für den Kauf der Finca bezahlt, wie in der Erstausgabe meines Buches geschrieben, sondern sogar mehr als 21 Millionen Euros auf den Tisch geblättert. Das selbe Firmenkonstrukt diente auch der Anschaffung einer weiteren Immobilie in Santa Ponça für 1,6 Millionen Euro, dem Kauf eines schnittigen Sportbootes der Marke Sunseeker für 1,1 Million Euro und dem Erwerb eines Liegeplatzes im Yachhafen *Real Club Nautico* in Palma. Selbst die Familienkutsche, ein Jeep, wurde über die gleichen Tarnfirmen angeschafft.

Zum Thema „*Tarnfirmen*" notiert die Staatsanwaltschaft in ihrer Anklageschrift:

„*Die Benutzung von Tarnfirmen zur Verschleierung von Besitzverhältnissen betrifft nicht nur das Finanzamt, sondern auch andere Verwaltungsbereiche. So beeinträchtigt sie auch das balearische Recht auf Rückkauf von Kulturgütern durch die Regierung der Balearen, wenn solche Kulturgüter, wie das Anwesen SON BUNYOLA im Naturschutzgebiet ANEI liegen.*"

Ein klassisches Beispiel für einen staatlichen Rückkauf ist die Finca *PLANICIA*, die ganz in der Nähe von *SON BUNYOLA* liegt. Anstatt die Finca undurchsichtigen Investoren zu überlassen, hat die Regierung dieses wertvolle Kulturgut zurück gekauft und somit der Öffentlichkeit zugänglich gemacht.

Spannend zu lesen ist vor allem die Zusammenfassung, die die Staatsanwaltschaft dem Gericht vorgelegt hat. Darin kommen die Ermittler zu dem eindeutigen Schluss, dass die beschriebenen Operationen von Christian Hore und Rechtsanwalt Alejandro Feliu einzig zu dem Zweck entwickelt und durchgeführt wurden, um das Vermögen der Martha Monica Hore während der Jahre 1999 bis 2007 zu vervielfachen. Alle Operationen fanden unter dem Namen von Gesellschaften statt, die zwischengeschalteten wurden und hinter denen Señora Hore steckte, die des öfteren auch ihren Mädchennamen Ocampo verwendete. So gab es z.B. in der Banco Sabadell einen Vorfall, den die hauseigene Abteilung zur Abwehr von Geldwäsche der Geschäftsleitung angezeigt hat. Das dort geführte Konto von Frau Hore wurde als „Nicht Resident" geführt. Eine Nachfrage bei der zuständigen Polizeibehörde ergab jedoch das Gegenteil. Die Polizei verweigerte ein Zertifikat, welches Frau Hore als „No Residente" qualifizierte. Bei dieser Bankverbindung, so die Staatsanwaltschaft, benutzte Frau Hore keine der Identifikationsnummern, die sie von spanischen Behörden erhalten hat. Ein Schachzug mit dem es der Señora gelungen ist, Verwirrung zu stiften und ihre wahre Identität zu verschleiern.

Weiter schreibt die Staatsanwaltschaft:
„Der Anwalt Alejandro Feliu leitete den größten Teil der Horeschen Finanzoperationen, die zu Steuerkonsequenzen führten. Und er kontrollierte den Betrugsmechanismus. Möglich wurde dies, da Feliu über weitreichende Vollmachten von Hore / Ocampo verfügte. Dazu gehörten nicht nur Vollmachten über laufende Bankverbindungen. Er repräsentierte gleichzeitig die übergeordneten Gesellschaften NABEL Corp. und BOLDRONS. Feliu ordnete an, was mit welchem Geld zu geschehen hatte. Er veranlasste Überweisungen und Investitionen im großen Stil, und leitete in Gänze die wirtschaftlichen Aktivitäten der Martha Monica Hore in Spanien. Gleichzeitig fungierte er, in Bezug auf alle Steuerangelegenheiten, als Beauftragter von Frau Hore.

In ihren ersten Vernehmungen konnten das Ehepaar Hore und der Anwalt Alejandro Feliu die spanischen Ermittler noch hinters Licht führen. Das änderte sich aber je weiter die Auswertung der unzähligen Dokumente, die bei den Durchsuchungen der Kanzlei FELIU beschlagnahmt wurden, vorangeschritten war. Vor allem haben die intensiven Ermittlungen der Spanier und die gute Zusammenarbeit mit den Finanzbehörden in England die Lügen der Martha Monica Hore aufgedeckt. Heute ist bekannt, dass Frau Hore alleinige Besitzerin des gesamten Vermögens in Spanien ist. Das geht u.a. aus einem Briefwechsel zwischen Anwälten und den holländischen Geschäftsführern der Hore Firmen hervor. Hier wird bestätigt, dass Frau Hore der sogenannte UBO - *ultimate beneficial owner*- von diesen Gesellschaften ist.

Weiter schreibt die Staatsanwaltschaft in der Anklageschrift: *„Feliu hatte Anteil an den Aktivitäten von Frau Hore, die zur Verwirrung und zur Verschleierung dienten. So hat Feliu am 31. März 2005 von der Banco Sabadell in der Jaime III folgendes Zertifikat für Frau Hore verlangt; Die Bank möge bescheinigen, dass Señora Martha Monica Hore, identifiziert durch einen ausländischen Pass mit der Nummer 202133866, eine seriöse und solvente Kundin der Bank ist. Eine knappe Woche später, am 04. April 2005 verlangt Feliu von der gleichen Bank ein weiteres Zertifikat für Señora Hore, allerdings unter ihrem Mädchennamen Martha Monica Ocampo Lopez, identifiziert durch ihren kolumbianischen Pass mit der Nummer 34542365. Wiederum sollte bestätigt werde, dass Señora Ocampo Lopez Kundin der Bank ist und als seriös und solvent eingestuft wird. Beide Aktivitäten dienten der Verwirrung über die Identität des wahren Inhabers eines Millionenvermögens. "*

Wer das spanische Namensrecht kennt wird verstehen, dass diese Feliu-Aktivitäten durchaus Sinn machen. Im Kapitel über die *„numero de contribución"* habe ich das Thema -spanisches Namensrecht- ausführlich behandelt.

Der angeklagte Ehemann von Frau Hore, Christian Hore, hatte seinerseits Anteil am Entwurf der Konstruktion von einem Netz aus Tarnfirmen. Durch sein berufliches Wissen als Fondsmanager kannte er sich mit Offshore-Firmen und Steuerhinterziehung bestens aus. Señor Hore hat die Machenschaften des Alejandro Feliu nicht nur autorisiert, sondern bei deren Durchführung Feliu nach besten Kräften unterstützt. So die Erkenntnisse der Staatsanwaltschaft.

In ihrer Anklageschrift fordert die Staatsanwaltschaft für die Steuervergehen der drei Angeklagten jeweils 200 Millionen Euro Sicherheitsleistung und saftige Haftstrafen. Für Alejandro Feliu 42,5 Jahre, für Christian Hore 42,5 Jahre und für Martha Monica Hore 37,5 Jahre. Während der zahlreichen Verhandlungen vor Gericht wurde dem Trio klar, dass ihnen langjährige Unterkunft in staatlicher Obhut droht. Erst jetzt, Anfang des Jahres 2012 lenkten die Angeklagten ein. Unter Ausschluss der Öffentlichkeit wurde mit der Staatsanwaltschaft und den Finanzbehörden über einen Deal verhandelt. Wichtig ist zu erwähnen, dass zwischenzeitlich aus den ehemals dicken Freunden Feliu und Hores erbitterte Feinde geworden sind. Die Hores gingen soweit, dem Anwalt Alejandro Feliu die ganze Schuld in die Schuhe zu schieben. Das gipfelte in der Behauptung, sie, die Hores, hätten gar nicht gewusst, dass der Anwalt Feliu niemals Steuern bezahlt hatte. Kurzum, es kam zu einem Deal. Die Hores müssen insgesamt 5,7 Millionen Euro bezahlen. Davon vier Millionen an Steuern und 1,7 Millionen an Zinsen. Dazu kommen 320.000 Euro, die die Hores und ihr ehemaliger Anwalt, Alejandro Feliu gemeinsam an Prozesskosten bezahlen müssen. Alejandro Feliu muss vier Millionen Euro Geldstrafe bezahlen und 504.000 Euro, um einer Haftstrafe von sieben Jahren zu entgehen. Am 21. März 2012 hat die Familie Hore öffentlich gemacht, dass insgesamt 10,6 Millionen Euro bezahlt wurden. Damit wurde das jahrelange Embargo über das Hore-Vermögen aufgehoben.

In den Unterlagen die die Staatsanwaltschaft sichergestellt hat, fand sich ein Briefwechsel zwischen Hore und Feliu aus dem hervor geht, dass das Anwesen Sa Marina in naher Zukunft Hauptwohnsitz der Familie Hore werden soll. Unter allen Umständen, schreibt Christian Hore in seinem Brief an Feliu, müssen Schwierigkeiten mit dem spanischen Fiskus vermieden werden.

Salopp formuliert könnte man sagen; der Schuss ging in den Ofen. Anstatt unbehelligt auf *Sa Marina* ein großes Vermögen genießen zu können, mussten die Hores über Jahre die harten Anklagebänke mallorquinischer Gerichte drücken und sich durch die Presse schmieren lassen. Und obendrein wird in aller Zukunft der spanische Fiskus das Tun und Treiben der Hores mit Argusaugen beobachten.

Soweit die Aktualisierung.

Peter Brian Bradley

Ein anderes, bereits eröffnetes Verfahren betrifft ebenfalls einen Engländer. Sein Name ist Peter Brian Bradley. Der 1949 geborene englische Staatsbürger und Geschäftsmann wird ebenfalls im Zusammenhang mit der *Operación Relámpago* der Geldwäsche, der Steuerhinterziehung und des Betruges angeklagt. Bradley gründete 1994 die Firma „Alta Gas" mit Domizil in Knowsley, Merseyside in England. 2001 ging die Firma pleite. 45 Millionen englische Pfund und 250 Arbeitsplätze gingen verloren. Seither ermittelt das englische „Serious Fraud Office" zusammen mit der Kriminalpolizei von Merseyside gegen Herrn Bradley. Ihn selbst konnten die königlichen Ermittler zunächst nicht greifen. Peter Brian Bradley hatte sich nach Marbella abgesetzt. Dort führte er in seiner Luxusvilla in der Urbanisation *Nueva Andalucia*, deren Wert auf rund fünf Millionen Euro geschätzt wird, ein feudales Leben.

Seine Firma „Alta Gas" expandierte in den 1990er Jahren rapide, entsprechend auch der Kapitalbedarf. 2000 lieh sich Bradley deshalb von *Mezzanine Management UK Ltd* dreißig Millionen englische Pfund. Ein Jahr später kam „Alta Gas" in eine finanzielle Schieflage. Als Geschäftsführer und Hauptanteilseigner kreierte Bradley ein betrügerisches Buchungssystem mit dem er die Rentabilität seiner Firma nach oben manipulierte, um neue Investoren zu täuschen. Wie gesagt, die Quittung hat er schon bekommen.

Bradley war kein Geizhals, wenn es um persönliche Bereicherung ging. So schenkte er einer Freundin eine Million Pfund in bar und zahlte zudem noch ihre horrenden Rechnungen beim Juwelier.

Auf Mallorca gründete er die Firma Bel-Brogit. Über sie kaufte er im September 2004 in Calvia ein Anwesen. Laut Escritura, der spanischen Besitzurkunde, hat er 1,85 Millionen Euro dafür bezahlt. Das wäre nicht weiter erwähnenswert, hätte die Steuerfahndung nicht Beweise dafür gefunden, dass Bradley in Wahrheit drei Millionen Euro bezahlt hatte. Ein unangenehmer

Fund vor allem auch für den Verkäufer, der rund 1,2 Millionen Euro Schwarzgeld nachversteuern muss. Von der Strafe ganz abgesehen.

Interessant ist, dass die mallorquinischen Fahnder bei der Durchsuchung der Kanzlei Feliu Dokumente entdeckten, die Herrn Bradley als Klienten der Kanzlei identifizierten. 2006 wurde er, aufgrund eines britischen Haftbefehls auf Mallorca festgenommen und ausgeliefert. In England verurteilte man den Herrn zu vier Jahren Haft. Wahrscheinlich wird er direkt im Anschluss in Mallorca einsitzen müssen.

Die Staatsanwaltschaft verdächtigt den Engländer Bradley, mittels seiner Immobiliengeschäfte Geld gewaschen zu haben. Ihr Verdacht wird durch einen ehemaligen Angestellten der Bankfiliale in Calvia erhärtet, über die die Geldtransaktionen gelaufen sind. Durch die Aussagen des Bankers konnte die Staatsanwaltschaft das Netz der Scheinfirmen in Steuerparadiesen, über die die Gelder geflossen sind, sichtbar machen. Mitten im Netz wieder der ehrenwerte Anwalt Alejandro Feliu Vidal. In seiner Vernehmung am 31. Januar 2008 erklärt dieser dem Untersuchungsrichter Antonio Garcias, Bradley habe über die Gesellschaften Bel-Brogit S.L., Acantus de Bari S.L. und Mallorca San Telmo S.L. Millioneninvestitionen in Immobilien auf Mallorca getätigt. Auch diese drei Bradley-Firmen werden von Gesellschaften in Panama, Jersey und den Cayman Islands kontrolliert.

Es ist schon erstaunlich wie im kriminellen Netzwerk der Mallorca Connection die Fäden zusammenlaufen. Der Engländer John Morgan gründete die Firma *„Mar de Sant Elm S.L.“* Diese Firma projektierte einen Sporthafen in Sant Elm, auf dem Gemeindegebiet von Andratx. Nun ist das so eine Sache mit den Sporthäfen auf Mallorca, insbesondere in Gegenden, in denen strenge Naturschutzregeln gelten. Da sind beste Beziehung zur Mallorca Connection Grundvoraussetzung. Die aber hatte der gute John Morgan nicht. Nachdem aber Alejandro Feliu Vidal auch Geschäftsführer der Bradley Firma Bel-Brogit war, konnte sich Herr Bradley des Wohlwollens der Mallorca Connection sicher sein. Also machte er seinem Landsmann Morgan ein

Angebot für dessen Firma. Später fanden die Staatsanwälte bei ihren Durchsuchungen im Fall Andratx Dokumente, die beweisen, dass Herr Bradley für die Genehmigung des Sporthafens dem damaligen Generaldirektor für Raumordnung, Jaume Massot 250.000 Euro in bar angeboten hat.

Der Friedhof Bon Sosec

Wenn es um Tarnprojekte für Investoren und deren Investitionen geht, schreckt die ehemals angesehene Kanzlei vor nichts zurück.

Dieselben Personen, die im Fall *Operación Relámpago* beschuldigt sind, Geldtransfers in Millionenhöhe verschleiert zu haben, hatten auch den Privatfriedhof *Bon Sosec* in der Gemeinde Marratxi für ihre kriminellen Machenschaften benutzt. *Bon Sosec S.A.* die Betreibergesellschaft des privaten Gottesackers, wurde 2004 an Juan Feliu verkauft. Der wurde gleichzeitig Geschäftsführer der *Bon Sosec S.A.* Die Gesellschaft unterhielt jedoch nicht nur ein Begräbnisunternehmen. Kaum zum Geschäftsführer ernannt, erweiterte der kreative Anwalt das Arbeitsfeld mit den Toten um den Bereich Immobilien für lebendige Geldhaie.

Damit die Geldwaschanlage reibungslos funktioniert, wurde die *Bon Sosec S.A.* an die panamesischen Gesellschaften *Lazy Developments Inc.* und *Pretoria Financial S.A.* verkauft. Eine Operation, um die wahren Besitzer des privaten Friedhofes zu verschleiern, sagt die Staatsanwaltschaft. Nach Erkenntnissen der Untersuchungsbehörden wurden im Zusammenhang mit der Verschachtelung der *Bon Sosec S.A.* Geldtransfers von Panama und England nach Mallorca getätigt. Diese Gelder wurden, laut Staatsanwaltschaft, dazu verwendet, ein Anwesen in Marratxi zu kaufen. Wert: drei Millionen Euro. Welche Leichen sonst noch auf dem privaten Gottesacker verbuddelt sind, wird sich zeigen, wenn sich die Untersuchungsbehörden durch alle beschlagnahmten Akten gegraben haben.

Catalina Vidal Roselló versteht die Welt nicht mehr

Die folgende Geschichte soll in keinem Zusammenhang mit dem zuvor geschilderten Sachverhalt verstanden werden.

Catalina Vidal Roselló ist mit ihren 95 Jahren die Grande Dame und Matriarchin des Feliu Clans. Sie kann die Welt nicht mehr verstehen. Vor allem kann und will sie nicht glauben, was die Staatsanwälte und Untersuchungsrichter ihren Zöglingen vorwerfen. Sie hat sich einen Sessel vor das Eingangstor des Regierungssitzes stellen lassen. Mehrere Tage hat sie stundenlang demonstrativ in ihrem Sessel gesessen und darauf bestanden, dass sie der Delegierte der Regierung, Señor *Ramon Socías,* empfängt, um ihm ihren Protest vortragen zu können.

Man hat sie nicht vorgelassen. Stattdessen wurde ihr höflich aber bestimmt erklärt, dass nicht Regierungsmitglieder sondern die Gerichte über den Fall FELIU befinden. Ein schwerer Schock für die Dame im gesegneten Alter. *„So etwas hätte es früher nicht gegeben",* soll sie zu einer guten Freundin gesagt haben.

Früher, verehrte Señora Vidal Roselló, herrschten auf Mallorca noch ganz andere Sitten. Da haben die mallorquinischen Vorfahren der Mallorca Connection ihr Geld noch ehrlich mit Schmuggel und Seeräuberei verdient. Das hat mit Stolz in der Stimme der Großaktionär der *Banco de Credito Balear* und superreiche Großgrundbesitzer *Miguel Nigorra Oliver* Frau Alida Gundlach, anläßlich eines Fernsehbeitrages für den NDR, anvertraut. Auch von ihm wird noch zu berichten sein. Natürlich weiß die Grande Dame des Feliu-Clans, wer Miguel Nigorra Oliver ist. Wahrscheinlich haben die Großväter von Miguel Nigorra Oliver und Catalina Vidal Roselló sogar gemeinsam Tabak geschmuggelt und die Seeräuberei betrieben. So etwas verbindet über Generationen. Polizei gab es auch damals schon. Die aber stand auf der Lohnliste der Schmugglerkönige.

Der Nigorra-Clan

Der lange Arm aus Beton

„Der lange Arm der Nigorras aus Beton", so beschreibt der mallorquinische Journalist Joan Riera die Macht und den Einfluss der Familie Nigorra. Mallorca Connection in Reinkultur bis zum heutigen Tag.

Man muss in der Tourismusgeschichte Mallorcas ein ganzes Stück zurückgehen, um das Funktionieren der Mallorca Connection verstehen zu können. Vetternwirtschaft gab und gibt es immer und überall, auch in Deutschland. Der ehemalige und inzwischen verstorbene bayerische Ministerpräsident Streibl hat seinen Parteigenossen zugerufen „Saludos Amigos". Damit wollte er sagen, *mir sann mir.* In Bayern spricht man von Amigos. Gute Beziehungen nennt man dort Spezlwirtschaft. In NordrheinWestfalen ist die Rede vom Klüngel. Doch die Mallorca Connection hat noch einmal eine ganz andere Qualität. Wer mit wem, wie zusammenhängt, wird, wenn überhaupt, erst im Verlauf der anstehenden Prozesse, in denen es um Korruption, Betrug, Bestechung usw. geht, aufgedeckt werden.

Die Familie Nigorra stammt aus dem Städtchen Santanyi im Südosten von Mallorca. Die Geschichte, die hier erzählt werden soll, begann im Jahr 1953 zur Zeit der Franco-Diktatur. Damals erlangte der Patriarch der Familie, Juan Nigorra Reynés, die Kontrolle über die Bank *Es Credit.* Die stand damals unter der Aufsicht der Bank von Spanien, nachdem sie im Jahr 1934 zahlungsunfähig geworden war.

Kurz zuvor hatte die Bank im Hinblick auf eine touristische Zukunft, große Ländereien in Santa Ponça gekauft. Die Rechnung aber ging nicht auf. Der Bürgerkrieg machte dieser Spekulation zunächst ein Ende und *Es Credit* ging unter. Wie in Florida, so die Idee des Bankdirektors José María Mádico, sollte das Land parzelliert, bebaut und teuer verkauft werden.

Wer es nicht weiß, der Börsencrash von 1929 wurde unter anderem auch durch die gigantische Spekulation mit Grund und Boden in Florida ausgelöst. Ähnlich der Krise im Herbst 2008, platzte die Blase und alles Geld war verspielt.

Der damalige Bankdirektor von *Es Credit,* José María Mádico hatte sich nach der Pleite 1934 konsequenterweise in Paris das Leben genommen.

Doch die Zeiten sollten sich zu Gunsten der Familie Nigorra ändern. Anfang der 1960er Jahre gelang es Juan Nigorra Reynés sich der Kontrolle der Bank von Spanien zu entledigen. Der Hauptaktionär der Bank *Es Credit* setzte jetzt mit aller Kraft auf die Bebauung jenes Geländes in Santa Ponca, das 1934 von der Bank *Es Credit* erworben worden war und noch immer brach lag. Dazu gründete er die Firma IMISA. Teilhaber war die von der Familie kontrollierte Bank. Gleichzeitig mit den ersten Urbanisationen entstanden zwei Golfplätze der feinsten Art.

1966 wurde aus der Bank *Es Credit*, die balearische Filiale der Banco Popular und nannte sich nun Banco de Credito Balear. Die Präsidenten der Bank kamen weiterhin aus der Familie Nigorra. Ab 1970 war das Miguel Nigorra Oliver. Er übernahm nicht nur die Verwaltung des riesigen Besitzes und die Präsidentschaft der Bank, er expandierte auch in einem kaum zu überschauenden Ausmaß. Die damaligen Bürgermeister der Gemeinde Calvia, nach wie vor die zuständige Gemeindeverwaltung für Santa Ponça, waren auf seiner Seite. Auch nach der Franco-Diktatur, als die Rathäuser demokratisch wurden, gab es für den Nigorra-Clan kein Halten. Im Gegenteil. Von Magaluff, westlich von Palma bis zum Yachthafen von Santa Ponça wurde jeder Quadratmeter betoniert. Es entstanden die exklusiven Urbanisationen Nova Santa Ponça, Las Abubillas, Los Pámpanos, Lomas de Santa Ponça, Porto Golf, bebaut jeweils mit sehr teuren Luxusimmobilien. Trotz horrender Preise sind es hinzementierte Geschmacklosigkeiten, weit entfernt von jeder mallorquinischen Kultur und Identität.

Dazu schreibt Joan Riera in seiner Kolummne:

„Die Urbanisationen, die von der IMISA und der HABITAT GOLF gebaut wurden, hinterlassen ein Santa Ponça, das nicht wiederzuerkennen ist. Santa Ponça im westlichen Teil Mallorcas gelegen, ist einer der charakteristischen Orte der Insel. In den vergangenen Jahrzehnten hat Santa Ponça eine brutale Ausdehnung der Bebauung erlebt. Mit der andauernden Urbanisierung durch die Familie Nigorra sind die natürlichen Orte verschwunden. Vom Berg Saragossa, der an Magaluff grenzt bis zum Yachtclub von Santa Ponça erstreckt sich ein gigantischer Teppich von Urbanisationen. Die Zerstörung von unvergleichbar schöner Natur, zusammengenommen Millionen von Quadratmetern, diente einzig dem Zweck der Familie Nigorra ein Milliardengeschäft zu sichern."

Verkauft wurden die noblen Chalets, Apartments und Villen vorrangig an reiche Kunden. Diese zu suchen war die Aufgabe der Aristokratin Brigitte von Schweden. Für ein, für mallorquinische Verhältnisse, eher kleineres Apartment von gerademal 83 Quadratmetern mussten in den 1990er Jahren rund fünfzig Millionen Peseten (umgerechnet rund 300.000 Euro) bezahlt werden. Nach oben gab und gibt es keine Grenzen.

Die große Leidenschaft von Miguel Nigorra Oliver aber war der Bau einer sogenannten Golf-Stadt. Es sollte die größte werden in ganz Europa, natürlich mit der größten Konzentration an Golfplätzen und Löchern. Dazu natürlich die entsprechende Anzahl an Residenzen. Ein Geschäft in der Größenordnung von einer Billion Peseten. Das sind umgerechnet rund sechs Milliarden Euro. Das gigantische Projekt erschreckte selbst das sonst nicht so zimperliche Rathaus von Calvia. Wobei man wissen muss, dass zu dieser Zeit nicht die Partei der Nigorras am Ruder war, sondern die Sozialisten. Ein Teil des Projektes wurde dennoch genehmigt. In der Folge gab es Bestechungsskandale auf der einen Seite und üble Verleumdungen und Beschimpfungen auf der anderen.
1998 wurde die IMISA-Inmuebles y Materiales Industriales S.A. aus dem Vermögen der Banco de Credito Balear abgetrennt

und bliebt unter der alleinigen Kontrolle der Familie Nigorra. Wie es der Familie Nigorra gelungen ist, die Banco de Credito Balear auszutricksen, ist nie bekannt geworden. Immerhin trennte sich die Bank mit dieser Operation von ihrem bedeutensten Vermögen. Wenige Jahre später wurde das Vermögen der IMISA auf die HABITAT GOLF, Santa Ponça übertragen.

In der Nacht zum 23. Mai 2003 gab es ein großes Fest im Haus der Familie Nigorra. Der PP-Politiker Carlos Delgado, selbst Anwalt und ehemaliger Generaldirektor der Vermögensverwaltung der Matas-Regierung, war zum neuen Bürgermeister von Calvia gewählt worden. Zur Erinnerung: Carlos Delgado ist der Bruder des Anwaltes Àlvaro Delgado, einer der Hauptbeschuldigten im Fall *Operación Relámpago*.

Wenige Wochen später war die offizielle Amtseinführung von Carlos Delgado. Nach der offiziellen Feier begab man sich gemeinsam in das noble Restaurant „Ses Forquetes". Dort warteten neben vielen Freunden bereits Miguel Nigorra Oliver nebst Gattin Corona Cobián.

Eine der ersten Amtshandlungen des neuen Bürgermeisters und Nigorra-Freundes war die Erteilung der Genehmigung zur Verlegung eines dringend notwenigen Rohrsystem für den Bau von zwei neuen Golfplätzen. Darauf hatte der Nigorra-Clan so lange gewartet.

So funktioniert die Mallorca Connection.

Wer zum Freundeskreis der Familie Nigorra gehört, hat es in Mallorca geschafft. Wer nicht dazugehört, hat es unter Umständen sehr schwer. Das musste deren Majordomus nebst Familie schmerzlich erfahren.

Señor Joaquin Vincente Reinoso ist seit 1987 der Hausverwalter des gepflegten Anwesens der Nigorras in Santa Ponça. Eine Vertrauensstellung, zumal der Hausverwalter samt Familie in einem der Gebäude des Anwesens auf demselben Grundstück wohnt, besser gesagt gewohnt hat. Er wurde psychisch schwer krank. 2007 diagnostizieren die Ärzte schwere Depressionen und ein Angstsyndrom. Schuld daran waren jahrelange Schikanen des

Milliardärs Miguel Nigorra Oliver. Auch dessen Ehefrau und sein Sohn Juan Nigorra Cobián gaben ihr Bestes den Hausverwalter zu drangsalieren. Das übrige Hauspersonal war ebenfalls mit von der Partie und glänzte mit Mobbingattaken gegen den heutigen Ex-Hausverwalter. Am 9. Oktober 2007 kündigte man ihm seine Anstellung. Fristlos und ohne weitere Begründung. Gleichzeitig wurde ihm seine Dienstwohnung gekündigt.

Obwohl der untadelige Mann ausschließlich als zuverlässiger Haus- und Grundstücksverwalter gearbeitet hatte, wurde er auf Anweisung des Hausherrn in den Büchern nur als Hilfskraft in diversen Nigorra-Firmen geführt. Der Grund dafür ist ganz einfach. Hilfskräfte haben auch in Mallorca keine Lobby. Sie können, wie in Deutschland die Leiharbeiter, ohne große Anstrengung gekündigt werden. Eine Sklavenhalter-Mentalität, die möglicherweise tief in den Genen der Nigorras verwurzelt ist.

Señor Vicente Reinoso, durch die jahrelangen Schikanen psychisch und physisch ein Wrack, klagte dagegen und verlor in erster Instanz. Erst in der zweiten Instanz vor dem Obersten Sozialgerichtshof hatten die Richter ein Einsehen. Der Präsident des Gerichts, Francisco J. Wilhelmi, hatte es als sehr bezeichnend empfunden, dass man dem Hausverwalter gleichzeitig mit der fristlosen Kündigung verboten hat, seine Wohnung weiter zu bewohnen. Sein Urteil: Die Kündigung ist rechtswidrig. Der Hausverwalter muss weiterbeschäftigt werden, oder, wenn dies seitens des Beklagten Miguel Nigorra Oliver nicht gewünscht wird, muss Nigorra 50.000 Euro an den Kläger bezahlen. Für die mallorquinische Presse ein gefundenes Fressen, zumal der große Miguel Nigorra Oliver persönlich vor Gericht erscheinen musste. Ein kleiner Dienstbote zwingt den großen, superreichen Nigorra in die Knie, das ist doch eine Geschichte, die auch Mallorquiner gerne lesen. Die Berichterstattung muss den Nigorra-Clan zur Weißglut gebracht haben. Nigorra denkt nicht daran, den Richterspruch zu befolgen. Wie kommt ein Richter dazu, ihn, den großen Nigorra, zu verurteilen? Stattdessen wurde der Hausverwalter mehrmals tätlich angegriffen, weil er die Wohnung nicht sofort geräumt hatte. Die Vorfälle zeigte dieser bei der Guardia Civil an.

Am 7. Januar 2008 wird der Majordomus in der Nähe seiner

Wohnung erneut von drei vermummten Gestalten überfallen. Sie machen ihm deutlich: *„Wir bringen dich um, wenn du nicht schnellstens verschwindest."* Noch in der gleichen Nacht zeigt der Geschundene auch diesen Überfall bei der Guardia Civil in Palma Nova an.

Am 26. Februar 2008 wird die minderjährige Tochter des Hausverwalters vom Sohn des großen Nigorra auf dem Anwesen der Familie Nigorra angegriffen. Er packt sie mit großer Gewalt an den Armen und schreit: *„Hau endlich ab, du bicho"* („bicho" ist der abfällige Ausdruck für Ungeziefer). Sofort nach dem Überfall bringt der Vater das Mädchen zu einem Arzt. Der bestätigt in einem ärztlichen Gutachten, dass das Mädchen Blutergüsse und Schwellungen am rechten Oberarm erlitten hat.

In der Nacht vom 9. März 2008 geschieht ein erneuter Überfall auf den Hausverwalter. Zwei vermummte Gestalten würgen und schlagen den Mann mehrfach ins Gesicht. Bevor sie von dem Zusammengeschlagenen ablassen, ruft der Würger dem Schläger zu: *„Nimm ihm die Brieftasche ab, dann sieht das aus wie ein Raubüberfall."* Der Überfallene ruft sofort die Polizei und meldet den Vorgang. Obwohl die Beamten gleich mit zwei Streifenwagen anrücken, können die Täter natürlich nicht mehr gefasst werden.

Auffällig ist in diesem Zusammenhang, dass der Hausverwalter sofort am Montag nach diesem Überfall eine notarielle Aufforderung von Miguel Nigorra Oliver erhält, in der ihm dieser mitteilt, dass er jetzt das Urteil des Obersten Sozialgerichtshofes erfüllen und den Arbeitsvertrag unter Zahlung des verhängten Schmerzensgeldes von 50.000 Euro auflösen wird. Gleichzeitig teilt Nigorra seinem Dienstboten mit, dass er die ihm zur Verfügung gestellte Dienstwohnung zu räumen habe. Bis zur endgültigen Räumung sei es ihm außerdem untersagt, Wäsche zum Trocknen außerhalb der Wohnung aufzuhängen.

Ein feiner Herr der Señor Bankpräsident der *Banco de Credito Balear.* In dem bereits erwähnten Interview mit Frau Gundlach für den NDR hat Miguel Nigorra Oliver aus seinem Herzen keine Mördergrube gemacht. *Er wünsche sich nur reiche Mallorca-Urlauber, die sich auf seinen Golfplätzen entspannen können.*

Den gemeinen Pöbel möchte er hier nicht sehen.
Auch das ist die Mallorca Connection.

Apropos Mallorca Connection.
Juristischer Berater der Gemeinde Calvia war bis zu seiner Festnahme am 26. April 2007 der Anwalt Miguel Feliu Bordoy, einer der Haupttäter im Fall Relámpago und Chef der Kanzlei Feliu. Zur Erinnerung: Er wurde gegen eine Zahlung von 500.000 Euro und gravierenden Auflagen bis zu seinem Prozess aus der Untersuchungshaft entlassen. Die Staatsanwaltschaft hätte ihn allerdings lieber hinter Gittern gesehen, weshalb die Antikorruptionsstaatsanwaltschaft am 25. Oktober 2007 erneut, trotz Kaution, die Inhaftierung von Feliu beantragte.

Am selben Tag veranstalteten die Familie Feliu und deren Freunde eine Solidaritätsfeier für ihren Gestrauchelten. Dreihundert Freunde und Angehörige versammelten sich in der Sala Magna im königlichen Yachtclub, Real Club Nautico, in Palma. Durch den Festakt führte der angesehene Anwalt *Guillermo Dezcallar* assistiert vom Bürgermeister von Calvia, Carlos Delgado Truyols. Wie schon erwähnt, der Bruder des schwer beschuldigten Notars Álvaro Delgado Truyols. Die Festredner lobten unisono die großen menschlichen Qualitäten und die Ehrenhaftigkeit ihres Freundes Miguel Feliu Bordoy. Von so vielen Lobeshymnen war der Gestrauchelte sichlich gerührt. Seine Tränen konnte er nur schwer unterdrücken.

Unter den Festgästen war natürlich auch die zweite Bürgermeisterin von Palma und Schwägerin von Miguel Feliu Bordoy, Señora Christina Cerdó.

Geheime Ermittlungen

Zugriff in Barcelona

Doch zurück in die Gegenwart. Wer geglaubt hat, dass mit den Durchsuchungen im April 2007 die sprichwörtliche Kuh vom Eis ist, hat sich getäuscht. Ein Jahr später, am 13. März 2008 durchsuchen Kriminalbeamte der National-Polizei, die Antikorruptionsstaatsanwaltschaft und Steuerfahnder im Rahmen der *Operación Relámpago* sechs Büros von Bauträgern und Anwaltskanzleien in Barcelona. Es geht um Firmen und Gesellschaften, bei denen Anwälte der Kanzlei Feliu als Geschäftsführer eingetragen sind. Und es geht um ein weiteres Netzwerk, welches zur Geldwäsche diente und zugleich mit dem mallorquinischen Netzwerk verknüpft ist.

Pedro Horrach, der zusammen mit seinem Kollegen Juan Carrau die Ermittlungen im Fall *Operación Relámpago* leitet, ist selbst vor Ort um die Durchsuchungen zu beaufsichtigen. Die Ausbeute der Aktion kann sich sehen lassen. Zehn neue Verfahren werden eröffnet. Der Untersuchungsrichter Antonio Garcias lässt noch am selben Tag siebzig Konten bei diversen Banken blockieren. Wieder handelt es sich um Bankverbindungen von mallorquinischen und katalanischen Gesellschaften, die mit der Bufete Feliu eng verbunden sind.

Einer der katalanischen Anwälte, die durchsucht werden, ist ein ganz besonderes Exemplar seiner Zunft. Er steht, wie nicht anders zu erwarten, in enger wirtschaftlicher Verbindung zu der mallorquinischen Kanzlei Feliu in Palma. Das aber ist nicht die Besonderheit. Auch dass er ein Millionenvermögen in Barcelona und auf Mallorca besitzt, ist nicht außergewöhnlich.

Was ihn auszeichnet, ist die Tatsache, dass der Anwalt noch nie eine Steuererklärung abgegeben hat. Mehr noch, er ist, obwohl Spanier, genauer gesagt Katalane, von der Steuerbehörde gar nicht erfasst. Genau genommen gibt es den Mann gar nicht. Wie er das geschafft hat, wird derzeit untersucht. Wie er zu seinen riesigen Immobilienbesitzungen in Barcelona und Mallorca gekommen ist, wird ebenfalls genauestens untersucht.Die Ergebnisse der Durchsuchungen in Barcelona werden vom Untersuchungsgericht als „geheim" eingestuft.

Dazu passt die Rede des spanienweit tätigen Antikorruptions-staatsanwalts, *Luis Pastor*. Auf dem 13. Wirtschaftsforum der Balearen, im Festsaal der Stiftung der Bank *La Caixa*, sagte Luis Pastor: „*Der Immobiliensektor in Spanien ist für Gelder verbrecherischer Herkunft das wichtigste Versteck.*" Weiter sagte er, dass er mit den Kollegen Juan Carrau und Pedro Horrach in Verbindung steht und dass er über die Fälle Andratx und Relámpago informiert ist. Er betonte, dass es Verbindungen dieser Fälle zu anderen spanischen Regionen gibt. Wörtlich sagte der Staatsanwalt: „*Ich kenne die Fälle der Balearen nicht im Detail, aber das, was sich dort ereignet hat, geschieht an der ganzen spanischen Küste des Mittelmeers, wo sich ein Nährboden für Geldwäsche und alle Delikte, die damit zusammenhängen, gebildet hat. Es gibt immer neue Formen der Geldwäsche, aber wegen des gigantischen Volumens ist der Hauptbrennpunkt der Immobilienmarkt. Es ist ein ewiger Kampf.*"

Pastor zufolge beschreibt das spanische Strafgesetzbuch in einem sehr breiten Spektrum die Delikte, die die Korruption ausmachen. Delikte wie Bestechung, Amtsmissbrauch, Unterschlagung, Trafico de Influencias (Einflussnahme) und Rechtsbeugung. Dieses Mal, da dürfen sich die Angeklagten sicher sein, wird die spanische Justiz nicht Augen und Ohren verschließen, dieses Mal wird sie hart durchgreifen.

Die ewige Versuchung

Korruptionsbilanz 2008 für die Balearen

Auch ein noch so geübter und routinierter Schreiber kommt mit der Berichterstattung über die Skandale, die sich hier auf der beliebten Ferieninsel Mallorca monatlich, besser gesagt, wöchentlich ereignen, gar nicht hinterher. Zunächst das Erfreuliche.

Eine positive Meldung ließ die amtierende Präsidentin der PP (Volkspartei) Rosa Estarás, verbreiten: Die PP-Partei habe sich entschlossen eine Ethikkommission einzurichten. Den Vorsitz übernimmt der renommierte Geschichtsprofessor Don Roman Piña. In dieser Kommission sollen die Korruptionsfälle untersucht werden, die sich in der Amtszeit des Ex-Balearen-Präsidenten Jaume Matas (PP) von 2003 bis 2007 massiv gehäuft hatten. Die Kommission begann am Mittwoch, dem 15. Oktober 2008, mit ihrer Arbeit. Das besonders Positive an dieser Meldung ist die Tatsache, dass auch der Ex-Präsident Matas selbst vor der Kommission erscheinen muss. Bleibt nur zu hoffen, dass er in der Zwischenzeit nicht an Gedächtnisschwund erkrankt. Zumal einige seiner früheren Untergebenen noch mit empfindlichen Strafen rechnen müssen.

Die Meldung von der Ethikkommission war noch warm, da kam schon die nächste. Diesmal allerdings weniger positiv. Gemeldet wurde ein neuer Korruptionsskandal, der abermals die abgewählte PP- Regierung unter Jaume Matas betrifft. Namentlich dreht es sich um die Behörde für balearische Wirtschaftsförderung (CDEIB). Die ehemalige Leiterin dieser Behörde, Señora Antónia Ordinas hatte sich bestechen lassen. Rund fünf Millionen Euro, so eine erste Bilanz, sollen in ihre Taschen und in die Taschen weiterer Abteilungsleiter der Behörde geflossen sein. Das Geld stammte zum großen Teil aus EU-Fördermitteln. Señora Ordinas lebt in sogenannter gleichgeschlechtlicher Ehe mit Señora Isabel Rosselló, einer bekannten spanischen Sopranistin, die gerne auf Veranstaltungen der PP-Regierung Kostproben ihrer Sangeskunst zum Besten gab. Wohl auch deshalb hat man der Operation den Namen „Operación Scala" gegeben. Die ehemalige Chefin der Behörde für Wirtschaftsförderung, Ordinas, hat jeweils die Firmen, an die sie Aufträge vergeben hatte, verpflichtet, Marktanalysen im Büro ihrer Gattin, der Sopranistin Roselló, machen zu lassen. Zwischen zehn und 25 Prozent der Auftragssumme flossen so zurück in die Privatschatulle des Ehepaares. In ihrer vierjährigen Amtszeit hatte Señora Ordinas außerdem 322.000 Euro allein für Restaurant Besuche und Taxifahrten ausgegeben und abgerechnet. Das sind rund 80.000 Euro pro Jahr. Beide Damen wurden am Montag den 29. September auf ihrer Finca in Pórtol verhaftet. Ein verständnisvoller Richter hat dem Ehepaar Hafterleichterung verschafft und ihm erlaubt, gemeinsam in einer Zelle zu nächtigen. Viva Mallorca.

Nach anfänglich beharrlichem Abstreiten und Lügen, und einigen Tagen im wenig gemütlichen Untersuchungsgefängnis von Palma de Mallorca, war das Damenpaar scheinbar weichgekocht. In Handschellen gekleidet, führten sie schließlich eine Truppe von Polizeibeamten und den Staatsanwalt in den Garten ihres Landhauses in Pórtol, nahe der Hauptstadt Palma de Mallorca. Im Garten zwischen Kohl und Blumen hatten die Damen eine große rote Büchse vergraben. Eingepackt in Plastiktüten sollte der Inhalt vor Verrottung geschützt werden. Immerhin zählten die Beamten 240.000 Euro in großen Scheinen, die die Señoras in der Büchse versteckt hatten. Eine viertel Million Euro, die sich die Damen mit der Fälschung von Belegen, mit Schmiergeldzahlungen für kulante Auftragsvergaben und Marktanalysen zusammengerafft hatten. Marktspezialisten behaupten, die Analysen seien wertlos gewesen und nur aus dem Internet heruntergeladen worden. Während die Polizisten mit der Exhumierung der gehaltvollen Büchse beschäftigt waren, wedelte der Hund des geldgierigen

Ehepaares eifrig mit dem Schwanz. Vielleicht weil ihm das Graben so gut gefallen hat. Wohl aber eher aus Freude darüber, dass seine Frauchen endlich wieder zu Hause waren. Antónia Ordinas und Isabel Rosselló wurden gegen strenge Auflagen und einem umfänglichen Geständnis aus der Haft entlassen. Bis zum Prozess hat das Ehepaar nun genügend Zeit seinen Garten, der bei der Polizeiaktion doch merklich gelitten hat, neu zu gestalten. Vielleicht geht die Arbeit den beiden besser von der Hand, wenn Isabel eine Arie schmettert. Die PP-Partei jedenfalls hat beschlossen, Antonia Ordinas aus der Partei auszuschließen.

Die Aussagen der kriminellen Vereinigung Ordinas-Rosselló vor dem Untersuchungsrichter brachten den ehemaligen balearischen Handelsminister, Juan Cardona ins Visier der Ermittlungsbehörden. Die Staatsanwaltschaft von Palma hat gegen ihn bereits ein Ermittlungsverfahren eröffnet. Darin wirft sie ihm vor, von den Machenschaften seiner Abteilungsleiter gewusst zu haben. Mehr noch, er soll sie sogar toleriert haben. Das hat zumindest Señora Ordinas zu Protokoll gegeben. Ob er auf freiem Fuß bleibt, wird sich zeigen, wenn er vernommen wurde. Die Formel heißt: Geständnis gegen Haftverschonung.

Dem Ex-Abteilungsleiter für Außenwirtschaftsförderung, Kurt Joseph Viaene, der kurz nach den Señoras Ordinas und Rosselló verhaftet wurde, scheint diese Formel nicht geläufig zu sein. Dessen erste Anhörung vor dem Richter hatte diesen offenbar nicht zufrieden gestellt. Der Herr Abteilungsleiter muss weiter in Untersuchungshaft bleiben.

Insgesamt hat man im Zusammenhang mit der neuen Affäre um Betrug und Schmiergeldzahlungen zehn hochrangige Mitglieder der früheren konservativen Matas-Regierung verhaftet. Vorerst. Damit wird der neu eingerichteten Ethikkommission die Arbeit wohl nicht so schnell ausgehen.

Am 21. November 2008 kommt ein neuer Korruptionsfall ans Licht der Öffentlichkeit. Er spielt im kleinen Inselort Maria de la Salut. Weit weg von jedem Tourismus. Dort haben die

Machenschaften des amtierenden Bürgermeisters, Antoni Mulet Campins (PP-Partei), die Staatsanwaltschaft auf den Plan gerufen.

Der stellvertretende Generalstaatsanwalt Ladislao Roig hat sich der Sache persönlich angenommen und das bedeutet für die Beschuldigten nichts Gutes. Die Strafanzeige gegen den Bürgermeister und gegen Antonio Crespí Rotger, seines Zeichens Bauunternehmer, nennt zwei Delikte, Amtsmissbrauch und die Weitergabe von vertraulichen Insiderinformationen an die eigene Familie und den Freundeskreis.

Der junge Bürgermeister wollte sich und seinem Clan ein rentables Geschäft zuschanzen. Es ging um die Urbanisierung und Bebauung eines Industriegeländes. Auf einem Grundstück, das ursprünglich für den Bau einer Schule und eines Gesundheitszentrums bestimmt war, soll nun ein rentables Industriegelände entstehen. Das wissen in der Gemeinde nur der Bürgermeister und sein Clan. 2005 gründen die Herrschaften die Firma Closanet S.L. In der Geschäftsleitung sind Señor Antonio Crespi Rotger und die Firma Rústic des Pla S.L., die der Familie des Bürgermeisters gehört und in der der Vater und der Bruder des Bürgermeisters Geschäftsführer sind. Gleichzeitig kauft der Clan das Gelände, auf dem der Industriepark entstehen soll. Selbst in einem der kleinsten Orte der Insel blüht die Korruption.

Zum Jahresende wird gerne Bilanz gezogen. Was haben wir erreicht, wo waren wir Spitze, was waren die herausragenden Ereignisse des vergangenen Jahres? So oder so ähnlich sind Jahresbilanzen in aller Regel überschrieben.

Auch die mallorquinische Publikumszeitung EL AVISO zieht für das Jahr 2008 Bilanz.

Titel: *„KORRUPTION – Die ewige Versuchung – endlich werden korrupte Politiker genauso hart bestraft wie gewöhnliche Verbrecher ... es wurde Zeit, denn Mallorca versinkt im Sumpf der Korruption.“*

Unabhängig der großen Ermittlungskomplexe wurden außerdem die im Folgenden aufgezählten Fälle im Verlauf des Jahres 2008 bekannt.

Ende November 2008 wurde der Bürgermeister von Lluchmajor, Lluc Tomás, zu drei Jahren Haft verurteilt. Sein Delikt: Veruntreuung öffentlicher Gelder.

Der stellvertretende Bürgermeister von Lluchmajor und Ortsbürgermeister von S'Arenal, Joaquin Rabasco, muss für acht Jahre hinter Gitter. Seine Lebensgefährtin, Maria del Amor Aldao, hat sich drei Jahre Gefängnis eingehandelt. Die Delikte: Unterschlagung und Veruntreuung von öffentlichen Geldern.

Javier Rodrigo de Santos, zweiter Bürgermeister von Palma und Beauftragter für das Bauwesen der Stadt Palma, finanzierte Bordellbesuche, Strichjungs und Kokainkonsum mit der städtischen Kreditkarte. Er sitzt seit dem 27. Juni 2008 in Untersuchungshaft.

Damilá Vidal, ehemaliger Geschäftsführer der Informatik-Firma der Balearen-Regierung, wurde wegen Veruntreuung öffentlicher Gelder verhaftet.

Bartolomeu Vicens und Maximiliá Morales, zwei führende Mitglieder der UM-Partei (Unio Mollorquina), stehen unter dem Verdacht, bei der Umdeklarierung von Acker- zu Bauland kräftig kassiert zu haben. Ein Teil der Schmiergelder wurde auf Konten auf den Cayman Islands gefunden.

Der Inselratspräsident von Ibiza, Xiscu Tarrés (PSOE-Partei), wird verdächtigt, rund 1,5 Millionen Euro Schmiergelder für Bauaufträge im Zentrum von Ibiza-Stadt kassiert zu haben.

Der Generaldirektor für Jugendtourismus der Balearen-regierung unter Präsident Jaume Matas (PP), Juan Francisco Gálvez, wird angeklagt. Ihm wird vorgehalten: Korruption, Untreue, Bestechung und Bestechlichkeit. Sein technischer Leiter, Juan Francisco Gosálbez, muss am 29. August 2008 in Handschellen vor Gericht erscheinen. Er hat bei der Vergabe von Aufträgen horrende Provisionen kassiert.

Auffallend ist, dass hauptsächlich Politiker der PP-Partei in Korruptionsfälle verstrickt sind. Aber auch die Politiker der UM- und der PSOE-Partei sind mit von der Partie.

Die Aufzählung erhebt nicht den Anspruch der Vollständigkeit. Bei weiteren Grabungen der Ermittlungsbehörden, dürften noch weitere Korruptionsfälle an Licht der Öffentlichkeit kommen.

Der nächste Skandal wird nicht lange auf sich warten lassen.

Der Küstenschutz, die Hiobsbotschaft

statt eines Schlusswortes

Die Wiederentdeckung des Küstenschutzgesetzes

Die Aufregung unter Immobilienbesitzern entlang der spanischen Küsten, auf den Kanarischen Inseln und natürlich auf Mallorca ist groß. Betroffen sind nicht nur die Eigentümer von Ferienhäusern, Villen oder Apartments, sondern auch die Eigentümer von Hotelanlagen und sonstigen Feriensiedlungen, die zu nah am Wasser gebaut wurden. Die Besitzer kommen nachts nicht in den Schlaf. Berichte über diplomatische Unstimmigkeiten zwischen Madrid, Berlin und London beherrschen die Schlagzeilen in den jeweiligen Ländern. Allein an der Küste zwischen Valencia und Alicante haben sich 20.000 Menschen in einem Interessensverband zusammengeschlossen. Häuser wurden abgerissen, so auf den Kanaren, am Festland und auch auf Mallorca. Tausenden weiteren Immobilien droht der Abriss. Auslöser ist ein Gesetz aus dem Jahr 1988. Sie lesen richtig. Es geht um ein Gesetz, das vor zwanzig Jahren in Kraft getreten ist. Besser gesagt, es geht um die Durchsetzung eines Gesetzes. Die Rede ist vom spanischen Küstenschutzgesetz, Ley de Costas, das von der konservativen Regierung unter Ministerpräsident Aznar nie umgesetzt wurde.

Was ist passiert?

Das spanische Umweltministerium hat die sogenannte Küstenlinie, wie sie im Gesetz von 1988 festgelegt wurde, kontrolliert und festgestellt, dass die verbindlichen Bauvorschriften nicht eingehalten wurden. Seit das Gesetz in Kraft getreten ist, wurde selbiges grob fahrlässig missachtet.

Korruption und Vetternwirtschaft in den zuständigen Rathäusern haben das Ihrige dazu beigetragen. Illegal ausgestellte Baulizenzen gegen Bakschisch aller Art gab es in den vergangenen zwanzig Jahren zuhauf. Gewinnsüchtige Bürgermeister, Stadt- architekten, Ministeriumsangestellte und Baulöwen konnten den Hals nicht vollbekommen. Auch auf Mallorca wurden annähernd eintausend Immobilien jenseits der 1988 festgelegten Küstenlinie errichtet.

Ein Häuschen am Meer. Wer träumt nicht davon? Frühmorgens ein Frühstück mit Blick direkt aufs Wasser, den Badesteg am Haus und abends den Sundowner genießen, wenn gerade die Sonne im Meer versinkt. Die Träumer kamen in Scharen und gegen entsprechendes Kleingeld wurden die Träume auch wahr.

Aus den Träumen sind Alpträume geworden. Wo sind die, die viel, sehr viel Geld mit der Vergabe illegaler Baulizenzen verdient haben? Können die nicht zur Verantwortung gezogen werden? Wo sind die Bauträger, die mit Hochhäusern von besonderer Geschmacklosigkeit die Küsten zubetoniert haben? Kann man die nicht haftbar machen? Die Antworten auf diese Fragen müssen in den anstehenden Prozessen gegeben werden.

Alles, was vor der Küstenlinie nach 1988 errichtet wurde, steht auf öffentlichem Grund und Boden und ist damit per Gesetz Eigentum des Staates. Dafür gibt es auch keine Entschädigung. Das hat die Regierung in Madrid bereits verkündet.

„Enteignung von Immobilieneigentümern in Spanien", so oder so ähnlich lauteten die Schlagzeilen. Eine Enteignung, im eigentlichen Sinn des Wortes, wie sie in der untergangenen DDR praktiziert wurde, gibt es nicht. Die Enteignung ist schleichend. Der Eigentümer darf sein Haus dreißig Jahre weiter nutzen und auf Antrag weitere dreißig Jahre. Aber er darf es nicht verkaufen, nicht beleihen, nicht vererben und nicht einmal um- oder ausbauen. Sobald er gestorben ist, geht die Immobilie an den spanischen Staat. Das trifft vor allem diejenigen hart, die geplant hatten, ihren

Ruhestand zusammen mit ihrem Ehepartner an Spaniens Küsten zu verbringen und anschließend das Haus an die Kinder weiter zu vererben. Stirbt der, auf den die Immobilie eingetragen ist, muss der Überlebende das Haus räumen.

Noch härter trifft es diejenigen, die eine Hypothek auf ihr Haus aufgenommen haben. Nachdem das Haus ab sofort keinen Verkehrswert mehr hat, kündigen die Banken jetzt die Hypotheken, natürlich fristlos. Haus weg und dann noch ungedeckte Schulden, das sind keine rosigen Aussichten.

So hatte ein Spanier eine Villa gekauft und mit einer Hypothek von 600.000 Euro teilfinanziert. Ende Oktober 2008 bekam er per Einschreiben mit Rückschein einen Brief von seiner Bank. Darin die fristlose Kündigung der Hypothek.

Manchem Eigentümer, dessen Immobilie jenseits der Küstengrenzlinie (*deslinde marítimo-terrestre*) steht, droht unter gewissen Umständen auch der Totalabriss. Allerdings nicht in jedem Fall. Eine Rechtsberatung ist dringend zu empfehlen.

Wie gesagt, die Korruption der vergangenen Jahre wirft im sonnigen Spanien jetzt einen großen Schatten. Die Rede ist von 50.000 Immobilien, die von der Durchsetzung des Gesetzes zum Schutz der Küsten betroffen sind. Andere Erhebungen gehen von 300.000 Immobilien aus. Dazu kommen Tausende von Immobilien, die, wie in den Fällen Andratx, Marbella und anderen Orten mit illegalen Lizenzen errichtet wurden.

Aktualisierung 2012

zu Llucalcari

Wenn von Abriss und illegalen Baulizenzen die Rede ist, darf der Fall „Llucalcari" nicht unerwähnt bleiben. Llucalcari ist ein klassisches Beispiel dafür, wie Korruption und Vetternwirtschaft Unschuldige um Haus und Hof bringen können. Hier, an der Nordwestküste von Mallorca, auf dem Gemeindegebiet von Deia hat es vier Hauseigentümer besonders hart getroffen. Sie hatten, ausgestattet mit allen Genehmigungen der Gemeindeverwaltung von Deia und der Inselregierung der Balearen Ende der 1980iger Jahre in Llucalcari, hoch oben über dem Meer vier wunderbare, klassische mallorquinische Landhäuser errichten lassen. Landhäuser, die den Eindruck erweckten, als stünden sie schon seit mehr als hundert Jahren an diesem Platz. Architekt und selbst Inhaber eines der vier Häuser war Axel Ball, der auch das berühmte Nobelhotel *La Residencia* in Deia um- und ausgebaut hat. *La Residencia* wurde mit der ZDF-Serie „Hotel Paradies" weit über Mallorca hinaus berühmt.

Ich kannte die vier Häuser aus eigener Anschauung in- und auswendig und ich habe 2009, als feststand, dass die Häuser abgerissen werden, dem ZDF dazu ein Interview gegeben. Den Beitrag können Sie auf der Webseite

www.mallorca-hausabriss.de

unter dem Link - Presse/Medien - mein Fall in Mallorca/ Llucalcari- anschauen. Auf der Webseite ist es der letzte Beitrag, ZDF Hallo Deutschland vom Juni 2009.

Richtig ist, alle vier Häuser wurden im Naturschutzgebiet

errichtet. Die Sierra de Tramuntana ist bereits seit 1975 Naturschutzgebiet. Das hat die Gemeinde Deia offenbar wenig gestört. Die Auslegung der Gesetze zum Schutz der Natur wurde, wie überall in Spanien, mehr als lax gehandhabt. So hat das Bauamt in Deia fleißig Baugenehmigungen erteilt, wo in keinem Fall hätte gebaut werden dürfen. Offenbar wurden die damaligen Bauherren seitens der Gemeinde Deia arglistig über die Bebaubarkeit, oder besser über die Nichtbebaubarkeit besagter Grundstücke getäuscht. Wie gesagt, die Gemeinde hat den Bauherren nachweislich alle amtlichen Baugenehmigungen erteilt. Nur waren eben diese Genehmigungen von korrupten Staatsdienern illegal ausgestellt worden.

Einige der Häuser wurden Ende der 1990iger Jahre, also zum Zeitpunkt, als das aktuelle Naturschutzgesetz bereits gültig war, an Deutsche verkauft. Auch hier wurden den Käufern bei der notariellen Übertragung alle amtlichen Dokumente vorgelegt. Noch schlimmer, ihnen wurde arglistig verschwiegen, dass den Objekten der Abriss droht, denn um diese Zeit waren schon Verfahren gegen die Gemeinde Deia anhängig, die die illegalen Baulizenzen ausgestellt hatte. Die ortsansässigen Anwälte, die Notare und auch die Makler haben offensichtlich geschwiegen. Die Gemeinde Deia hat einmal mehr einen Batzen Grunderwerbssteuer eingestrichen. Die beteiligten Anwälte, Notare und Makler haben ebenfalls, jeder für sich, eine schöne Summe an Honoraren kassiert.

Die Neubesitzer konnten beim besten Willen nicht erkennen, dass hier mit gefälschten und illegalen Lizenzen operiert wurde. In den 1990iger Jahren hat der spanische Umweltverband GOB gegen diese Bebauung geklagt und gewonnen. Jetzt wurde ein Exempel statuiert. Der gesamte Prozess lief an den aktuellen Eigentümern vorbei. Sie waren ja nicht die Beklagten, sondern die Gemeinde Deia. Erst aus der Presse erfuhren sie von dem drohenden Abriss. Dadurch, dass sie nicht die Beklagten waren, hatten sie keinerlei Möglichkeit in das Prozessgeschehen einzugreifen.

Am Montag den 13. Dezember 2010 begann nach jahrelangen,

juristischen Auseinandersetzungen tatsächlich der Abriss des ersten Hauses. In der Abrissverfügung des Obersten Gerichtshofes heißt es lapidar: *„Die Baugenehmigungen sind illegal erteilt worden."*

In der Zwischenzeit wurden alle vier Häuser dem Erdboden gleich gemacht. Geblieben ist eine große Öde im Naturschutzgebiet, zugemüllt mit Bauschutt. Von Renaturierung keine Spur.

Es kommt noch härter. Nicht nur, dass die vier Häuser abgerissen wurden, obendrein bekommen die Eigentümer nicht einen Cent Entschädigung von der Gemeinde Deia, die die illegalen Baulizenzen ausgestellt hat. Erst jetzt, nachdem die Häuser total abgerissen sind, könnten die Geschädigten eventuell auf Schadenersatz klagen. Aber es ist bereits durchgesickert, dass auch dieser Weg versperrt ist, weil die Frist zur Klageeinreichung schon verstrichen ist. Das ist eben spanisches Recht.

Einzig die Abrisskosten von rund 207.000 Euro pro Haus müssen Gemeinde und Inselregierung gemeinsam tragen. Die heute wertlosen Grundstücke, auf denen die Häuser einst standen, gehören allerdings weiter den eingetragenen Besitzern. Man könne ja Schafe dort weiden lassen, meinte ein Bauer aus der Gemeinde Llucalcari, der in der Dorfbar seinen Feierabend-*Hierbas* schlürft.

Häuser, wie die in Llucalcari, die mit amtlichen, aber illegalen Baugenehmigungen errichtet wurden, gibt es zahlreich auf Mallorca. Allein auf dem Gemeindegebiet rund um Deia sollen 800 Objekte im Naturschutzgebiet errichtet worden sein. Nur wo kein Kläger, da kein Richter. Allerdings wollen die Geschädigten von Llucalcari die Angelegenheit nicht so einfach hinnehmen. Fritz S., einer der Betroffenen von Llucalcari, hat schon angekündigt, dass er ein Verfahren wegen der 800 illegalen Bauten anstrengen wird. Zusammen gerechnet kämen dann rund 160 Millionen Euro an Abrisskosten auf die ohnehin pleite Gemeinde Deia zu.

Ich kenne den Fritz S. und ich bin sicher; der Fritz S. macht sein Versprechen wahr.

Zum Autor

Günther G. Prütting, Journalist und Autor, hat 2009 die Erstausgabe seiner spannenden Reportage

„Die Mallorca Connection"

vorgelegt. Sein Bericht ist ein Kriminalstück, wie es die Mafia nicht besser hätte erfinden können.

Leider hat der Mankau-Verlag, trotz nachhaltiger Bitten zahlreicher Leser und intensiver Nachfrage der Barsortimenter LIBRI, KNV und ROTGER, die Auslieferung des Buches eingestellt und die bereits gedruckten Exemplare vernichtet.
Der Hofnarr Verlag hat jetzt eine Neuausgabe veranstaltet.

Prütting hat für die politischen Magazine von ARD, ZDF und Schweizer Fernsehen zahlreiche Skandale aufgedeckt.

Prütting ist exzellenter Mallorca-Kenner und beobachtet die Szene seit über zwanzig Jahren. Mit dem Buch. „Die Mallorca Connection" beweist er einmal mehr seinen Spürsinn für brisante Themen.

Der Hofnarr
Verlag

FÜR KINDER

Als eBooks zum Herunterladen

Hofnarr Kinder

Das ABC der wilden Tiere
ISBN: 978-3-9815450-1-2
Von A wie Äffchen bis Z wie Zebra
beschreiben Autor und Zeichner
die lustige Seite wilder Tiere.
Das ideale Gute-Nacht-Buch zum
Anschauen und Vorlesen .

für **3,45** als eBook

Erhältlich auf:
www.hofnarr-verlag.de

Ein Ball reist nach Rio
ISBN: 978-3-9815450-2-9
Die abenteuerliche Geschichte
eines Fußballes, der eines Tages
in Rio de Janeiro landet und
einen kleinen Brasilianer-Jungen
zum Weltstar macht.

für **3,45** Euro als eBook

Erhältlich auf:
www.hofnarr-verlag.de